네가 여기에
빛을 몰고 왔다

네가 여기에 빛을 몰고 왔다
먼저 떠난 아들에게 보내는 약속의 말들

1판1쇄 | 2021년 4월 18일
1판2쇄 | 2021년 5월 31일

지은이 | 김혜영

펴낸이 | 정민용
편집장 | 안중철
책임편집 | 강소영
편집 | 윤상훈, 이진실, 최미정

펴낸곳 | 후마니타스(주)
등록 | 2002년 2월 19일 제2002-000481호
주소 | 서울 마포구 신촌로14안길 17, 2층 (04057)
전화 | 편집_02.739.9929/9930 영업_02.722.9960 팩스_0505.333.9960

블로그 | humabook.blog.me
트위터, 페이스북, 인스타그램 | @humanitasbook
이메일 | humanitasbooks@gmail.com

인쇄 | 천일문화사_031.955.8083
제본 | 일진제책사_031.908.1407

값 14,000원

ISBN 978-89-6437-369-9 03810

먼저 떠난
아들에게 보내는
약속의 말들

네가 여기에 빛을 몰고 왔다

김혜영
지음

후마니타스

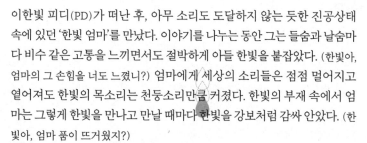

이한빛 피디(PD)가 떠난 후, 아무 소리도 도달하지 않는 듯한 진공상태 속에 있던 '한빛 엄마'를 만났다. 이야기를 나누는 동안 그는 들숨과 날숨마다 비수 같은 고통을 느끼면서도 절박하게 아들 한빛을 붙잡았다. (한빛아, 엄마의 그 손힘을 너도 느꼈니?) 엄마에게 세상의 소리들은 점점 멀어지고 옅어져도 한빛의 목소리는 천둥소리만큼 커졌다. 한빛의 부재 속에서 엄마는 그렇게 한빛을 만나고 만날 때마다 한빛을 강보처럼 감싸 안았다. (한빛아, 엄마 품이 뜨거웠지?)

보내 주라고, 잊으라고, 그래야 산 사람은 산다고. 하지만 그건 사실이 아니다. 사력을 다해 한빛을 찾아 손잡고 한빛의 말에 온 체중을 싣고 귀 기울였던 저자는 아들을 제대로 만나야만 엄마가 살 수 있다는 사실을 온몸으로 보여 준다. 한빛이 괴로워한 게 무엇이고 어떨 때 행복했는지, 아들 한빛이 어떤 존재였고 또 어떤 아들이었는지 더듬어 가며 엄마는 더욱 한빛 엄마가 되었다. 그렇게 비로소 김혜영 자신이 되었다.

나는 이 책을 통해 '슬픔이지만 찬란한 한빛'을 만났다. 개인적으로 끌리는 인간이었고 아름다운 청년이었다. 한빛아, 엄마, 아빠를 통해 널 알게 됐어. 넌 참 사랑스럽더라. 이름처럼 환하더라. 한빛아, 내내 사랑하고 또 사랑할 거야.

— 정혜신 | 정신건강의학과 전문의, 『당신이 옳다』 저자

어떤 마음으로 읽어야 하나, 고민하면서 읽은 책은 아마도 내 기억 속에 최초다. 상상할 수 없는 아픔, 겪어 보지 못한 슬픔인데도 감히 저자의 마음이 흠씬 헤아려졌다. 상실, 분노, 슬픔, 자책, 반성. 자식을 먼저 떠나보낸 부모의 고통을 몇 단어로 표현하는 일이 과연 가능할까. 부모로서의 자아와 교사로서의 자아가 충돌할 때마다 느껴야 했던 번민 앞에서 누가 옳고 그름을 판단할 수 있을까. 그것은 가능한 일이 아니다. "적당히 사랑하지 않았기 때문에" 적당히 슬퍼할 수 없는 사람이 있다. 고(故) 이한빛 피디의

엄마 김혜영. 하늘에서 이한빛 피디가 엄마의 기록을 읽고 나면 어떤 말을 해줬을까, 오래 생각해 봤다. 아마도 저자가 아들이 키우던 고양이 '푸리'를 생각하며 했던 말과 꼭 같은 말이 아닐까. "미안해하지 마세요. 엄마의 마음을 다 알아요."

— 엄지혜 | <채널예스> 기자, 『태도의 말들』 저자

사랑하는 사람을 잃은 사람은 후회와 자책에 사로잡힌다. 미안한 일들과 더 이상 해주지 못하게 된 좋은 일들만 떠오른다. 나만 살아 있는 게 염치없기 때문이다. 이 모든 일을 모른 척할 수 없게 마음 다해 사랑했기 때문이다. 떠난 사람과 남은 사람의 관계가 자식과 부모일 때, 후회와 자책의 서사는 '더 잘 해줄 걸'을 넘어서기 쉽지 않다. 부모와 자식은 서로 평등하게 만나기보다 돌봄을 주고 기대에 부응하는 관계로 뿌리 깊게 자리매김해 있기 때문이다.

'한빛 엄마' 김혜영도 엄마의 자리에서 출발해 지난 시간 속의 한빛을 다시 만나러 간다. 만남은 부모-자식에 대한 확고한 이야기를 새로 쓰며, 점차 한 사람과 한 사람의 만남으로 확장된다. 김혜영이 자꾸만 이한빛의 자리에 서보려 애쓰기 때문이다. 내가 알던 한빛뿐 아니라, 내가 모르던 한빛을 만나려 하기 때문이다. 그렇게 김혜영은 매일 한빛을 새롭게 발견한다. 한빛은 계속해서 새로운 이야기로 태어난다. 멈춰 있지 않고 흐르고 바뀌는 것, 그것이 바로 '삶'이다. 김혜영은 이한빛에게 줄 수 있는 가장 좋은 것, 삶을 선물하고 있다.

때로 선물은 주는 사람에게도 큰 선물이 된다. 김혜영은 이한빛이 보았던 세상으로 조금씩 나가며, 한빛과 함께 다짐만으로 도달할 수 없는 곳으로 향하는 길을 새기고 있다. 그러니 이 책은 누구보다 우리에게, 소중한 선물이다. 지옥을 품은 세계에서 안전한 사람은 아무도 없기 때문이다.

— 박희정 | 인권기록활동가, 『금요일엔 돌아오렴』 공저자

사랑하는 사람들은 무덤이 아니라 내 기억 속에 묻혔으니,
내가 죽지 않는 한 그들도 계속해서 살아가리라는 사실을 나는 안다.

니코스 카잔차키스

일러두기

♦ 2018년 3월에서 2020년 12월까지 한빛미디어노동인권센터(한빛센터)
　홈페이지(http://hanbit.center)에 연재한 글들에서 가려 뽑고 새로 쓴
　글들을 더해 엮은 책이다.

♦ 단행본·간행물에는 겹낫표(『 』)를, 기사·시·수필에는 홑낫표(「 」)를,
　노래·영화·사진·라디오·온라인 매체에는 홑화살괄호(< >)를 사용했다.

들어가며

2016년 10월. 아들 한빛이 떠난 후 내 시간도 함께 멈췄다. 아무것도 할 수 없었고, 속절없이, 아무 감각 없이, 그저 흘러가는 세상의 시간을 쓰며 울 수밖에 없었다. 한빛한테 '너를 가슴에 묻지 않고 부활시켜 함께 걸어가고 같이 살아갈 거야' 굳게 약속하고도 곧바로 허물어지는 나를 다잡고자 안간힘을 썼지만 하루하루 힘들었다.

더 슬픈 것은 시간만 멈춘 게 아니라 한빛에 대한 기억도 멈춘 것이었다. '지금, 여기'의 한빛을 이야기하고 싶은데 '그랬었는데' '그랬지' 하며 자꾸 과거로 돌아가야만 했다.

그해 4월, 한빛은 세월호 리본을 내 가방에 달아 주며 말했다.

"기억하기 위한 작은 의식이에요. 기억도 의식을 갖추면 용기가 생겨요. 혼자보다는 함께할 때 우리는 소망을 이루기가 쉽고 연대할 때 혼자라는 외로움에서 벗어날 수 있거든요."

그러니 내게 리본 다는 행위에 대해 불편해하지 말라고 했다. 솔직히 4월만 되면 가슴이 저려 왔고, 미안했다. 내가 경기도 지역에 근무하는 교사이기에 더 그랬다. 사람들이 나를 대단히 의식 있게(?) 볼 텐데, 허리가 안 좋아 전철에서도 교통약자석이 비어 있으면 냉큼 달려가는 나 때문에 통째로 비도덕적이라고 욕먹을까 봐 리본 다는 일을 주저했다. 또 리본을 달았다가도 광장에 자주 나가 힘을 보태지도 않고 그들 생각을 매일 하지도 않는 내가 부끄러워서 슬그머니 풀어

놓은 적도 있었다. 한빛은 리본을 다는 지극히 작은 의식이 사람들 가슴속에 있는 평화의 씨앗을 확인하는 일이라고 했다. 그 작은 씨앗이 고통 속에 있는 사람들에게 힘이 되고 평화로운 세상을 만들 거라고 했다. 한빛은 그렇게 내게 연대에 대해 가르쳐 주고 자신은 홀로 떠났다.

2017년 4월 18일, 기자회견을 통해 한빛의 죽음을 처음 공론화했다. 아들의 죽음을 스스로 인정하고 확인하는 일 같아서 대책위에는 참석하지 않았던 나는 아들의 죽음과 직면하기로 마음먹었다.

내 아들 한빛은 자신이 고민해 온 문제들을 사람들에게 공유하고 사회에 필요한 메시지를 던지는 작품을 만들겠다며 피디가 되었다. 나는 그런 아름다운 마음을 지녔던 청년의 엄마이기에 어떻게 해야 그를 살릴 수 있을지 모르지만 최선을 다하겠다고 약속했고, 용기를 냈다. 그날 나는 이렇게 호소했다.

저는 아들 한빛을 가슴에 묻지 않고 부활시킬 것입니다. 한빛의 죽음이 결코 헛되지 않도록, 한빛이 이 사회에 던지고자 했던 메시지가 실현될 때까지 엄마로서 최선을 다하겠습니다. 여러분들께 진실을 밝히는 데 함께해 달라고, 도와 달라고 간절히 부탁드립니다.

다시 4월이다. 한빛을 기억해야 한다. 함께 걸어가고 같이 살아가야 한다. 그러려면 내가 당당해야 한다. 잘 살아야 한다. 그동안 나는 한빛으로부터 너무 많은 것을 받았고 한빛에게 갚을 것이 많다. 이제부터 다 갚아 나가겠다고 다짐한다.

차례

이 말을
못 했는데
네가
내 곁에 없다

1

특별한 날

어버이날인 5월 8일은 내 생일이다. 내가 몇 살인가? 헤아려 보지 않았다. 의미가 없다. 한빛 없이는 모든 것이 별 의미가 없다. 한빛은 엄마가 이렇게 살 것을 알았을까? 아니면 슬픔을 딛고 씩씩하게 살아가리라고 생각했을까?

한빛한테 뭐라고 하는 게 아니다. 야속해서가 아니다. 이 모든 상황을 예측하고도 죽음을 택할 만큼 한빛은 고통스럽고 힘들었을 테니까. 무섭기도 했을 것이다. 나는 엄마로서 아들의 처절한 아픔을 손톱만큼도 눈치 채지 못했고 헤아리지 못했다. 얼마나 외로웠을까? 그래서 특별한 날이면 내 고통과 슬픔 때문이 아니라 한빛의 아픔을 알아주지 못한 미안함 때문에 가슴이 찢어진다.

나는 한빛에게 갚아야 할 것이 많다. 한빛은 스물일곱 해 동안 내게 행복과 자랑스러움을 안겨 주었고 나는 한빛을 누구보다 믿고 존중했다. 하늘에서 한빛이 자기 때문에 고통스러워하는 것을 보면 힘들어 할 것 같아서 매일 잘 살려고 노력한다. 그럼에도 무던하게 하루하루를 살아가는 내 일상이 가짜 같고, 한빛에게 미안하다.

남편이 교문 앞에서 기다리고 있었다. 이럴 때면 팔랑팔랑 그에게 뛰어가던 지난날들이 밀려와 코가 시큰해졌다. 오후 다섯 시 즈음의 5월 햇살이 환하고 눈부셨다. 이맘때의 햇살은 늘 화려했다. 한빛이 있건 없건 변함없이 그대로다.

내 생일이지만 마땅히 가고 싶은 곳도, 하고 싶은 일도 없었다. 불쑥한빛이 떠올라 초조해졌다. 어디로든 빨리 가고 싶었다. 지난 번 회식 때 가본, 상차림이 인상적이었던 벌교 꼬막 집에 갔다. 어버이날이라 노부모를 모시고 온 가족들로 식당이 북적댔다.

먹음직스런 꼬막이 상에 나왔는데 갑자기 침묵이 돌았다. 남편이 울고 있었다. 그의 굴곡진 얼굴에 굵은 눈물이 주르르 흐르고 있었다.

"미안해. 당신한테 한빛 몫까지 더 잘해야 하는데 내가 못해서. 미안해. 그런데 너무 보고 싶다."

나는, 나는 오늘 한빛을 잊고 있었나? 오늘도 무던한 하루를 보냈다. 회의를 하고 결재를 하고 업무 보고를 받고 교내 순회를 했다. 그 속에 한빛이 없었나? 아니었다. 운동장으로 쏟아지는 5월의 찬란한 햇살을 보면서 '한빛아, 이 아름다운 계절을 왜 버렸니?' 나만 느끼는 게 미안했다.

떠들고 장난치는 중학생들의 건강한 소음 속에서도 한빛을 생각했다. 운동장 구석에 하얀 눈송이처럼 핀 이팝나무를 보면서도 눈물이 핑 돌았다.

또다시 봄. 아무리 참으려 해도 슬프다. 스쳐 가는 봄바람에도 칼날에 에인 듯 아프다. 어떤 때는 감당할 수 없는 감정이 밀려와 화장실로 숨어들 때도 있다.

오늘 같은 특별한 날엔 애써 아무 생각 안 하려고 안간힘을 썼다. 시간이 흘러가는 것을 어떤 무게도 없이 흘려보내려고 했다. 그런데도 가슴이 답답했고 허허로웠다. 이 모든 게 한빛이 없기 때문이구나. 아무리 보고 싶어도 볼 수 없기 때문이구나. 내 앞에서 서럽게 울고 있는 한 남자가 내 마음을 확인해 주었다.

갖은 양념에 울긋불긋 버무린 벌교 꼬막을 앞에 두고 우리는 한참을 소리 죽여 울었다. 덕분에 '진공' 같은 하루의 삶을 얼마간은 덜어 낼 수 있었다.

　보통 사람들에게는 명절이나 생일 같은 날이 즐겁고 행복한 날일 테지만, 자식을 먼저 보낸 부모에게는 아니다. 지난 명절, 남편 혼자 묵묵히 한빛이 상을 차렸다. 나는 남편한테 소리 지르며 울부짖었다. "자식 제사상을 그렇게 차리고 싶어? 부모가 자식 제사상을 차린다는 게 말이 돼? 무슨 신바람이 난다고 음식을 만들고 있어?"

　남편이 내 손을 잡고는 우리 살아 있는 동안만이라도 한빛한테 밥을 차려 주자고. 우리 죽으면 따듯한 밥 한 그릇 차려 줄 사람도 없는데, 부모니까, 우리가 살아 있는 동안이라도 한빛이 따듯한 밥 먹게 해주자면서 울었다.

　한빛 없는 내 여생에 더 큰 근심이나 기쁨도 없을 것이고, 감동이나 감수성이라는 단어도 낯설겠지만, 앞으로 스물일곱 해 이상은 더 살고 싶다. 한빛과 함께했던 스물일곱 해보다 단 하루라도 더 오래 살면서, 한빛을 더 그리워하고 한빛을 위해 더 기도하고 싶다.

　세월호 참사 때 교사였던 딸을 잃은 한 엄마. 행복한 시절로 결코 돌아갈 수 없겠지만 생명이 있는 한, 슬픔과 친구가 되어 아픔을 딛고 살아가겠다고 했다. 그 말을 나는 미래에 대한 희망으로 읽었다. 비록 '진공'의 삶일지라도 그리움을 안고 살아가려면 나는 더 강해져야만 한다.

　'특별한 날'이 갖고 있는 축하의 말들, 즐거운 웃음소리, 함께하는 행복한 순간들이 이제는 먼 이야기 같지만, 울지 않으려고 애쓴다. 어제처럼 아무렇지도 않게 보내려고 한다. 한빛이 혹시 날 보고 있다면 너무 아프지 않기를 바라면서.

　한빛아. 오늘도 진공 같이 산 것은 널 잊어서가 아니다. 약속했듯

이, 엄마는 너와 항상 함께 있어. 너는 분명 다른 모습으로 오늘 우리
와 함께 있음을 믿는다.

보고 배운 것을 실천하려고 노력한

한빛이 떠난 후 남편은 내 앞에서 울지 않으려고 애썼다. 나보다 여리고 외로움을 많이 타는 그이기에 감정을 억제하고 속이고 있다는 것은 짐작하고 있었다. 순간순간 위태위태한 남편을 보면 불안했지만 아무런 도움을 주지 못했다. 나중에 알고 보니 6개월간 술과 수면제 없이는 잠을 잘 수 없었다고 했다.

그래서 남편이 퇴근 후 회식이나 술자리가 있다고 하면 반가웠다. 나는 성당 가서 소리치고 울면서라도 한빛을 찾지만 남편은 그러질 못하니까. 술로 푸는 게 마음에 걸렸지만 그렇게 해서라도 그가 가슴속 응어리를 풀 수 있기를 간절히 바랐다. 남편이 늦게 들어오는 현관문 소리에 잠이 깨서 보면, 남편은 방문을 열어 내가 잠들었는지를 확인한 후 한빛 방에 들어갔다. 곧이어 한빛을 부르며 오열하는 소리가 들렸다. 사람의 울음소리가 아니었다. 짐승의 괴성이었다. 남편의 애간장을 녹이는 고통을 들으면서 나도 이불을 뒤집어쓰고 엉엉 울었다.

남편은 매일 밤 나한테서 쌔근쌔근 숨소리가 들리면 식탁에 앉아 술을 마시거나 수면제를 삼켰다고 했다. 그가 술이나 수면제를 먹어야 잠들 수 있었음을 한동안 몰랐다. 나중에 병원에서 의사에게 하는 말을 듣고 알았다. 결국 남편은 간에 무리가 왔고 간농양으로 2개월간 입원 치료를 받았다. 상태가 위급해져 중환자실로 옮기던 순간,

남편이 혼신의 힘을 다해 나한테 말했다. 한빛 때문에 힘든데 자기까지 힘들게 해서 미안하다며 굵은 눈물을 뚝뚝 흘렸다. 남편의 뜻하지 않은 입원으로, 며칠 후 남편이 나가기로 했던 2017년 4월 18일의 기자회견에, 내 아들 이한빛의 죽음을 처음 공론화하는 자리에, 내가 유족 대표로 나서야 했다.

남편은 아들을 자기 자신보다 더 사랑했다. 한빛이 태어나자 남편은 '출산은 엄마 몫이었지만 육아는 아빠의 몫'이라고 결의한 듯했다. 1989년 즈음에는 '신데렐라 콤플렉스' 같은 단어가 얘기되고 '또하나의 문화' 같은 성평등 문화 관련 활동이 활발히 일어나던 시기였다. 성평등에 대한 별 의식이 없던 나는 이런 흐름이 일부 진보적인 여성의 특별한 실천 운동이려니 했다. 이런 것을 페미니즘이라고 하는지는 지금도 모른다. 내가 페미니즘이란 말을 가까이 접한 것도 한빛이 대학 1학년 때였다.

책상 위에 쌓인 책들 때문에 한빛이 요즘 페미니즘에 관해 집중적으로 공부하고 있다는 것을 알았다. 페미니즘이 이렇게 공부까지 해야 하는 것인가 하며 자료들을 훑어보니 내용이 꽤 어려웠다. 이렇게 힘든 공부를 하니 아빠의 삶을 복기하고 배우는 게 더 낫겠다고 말했던 기억이 난다.

한빛을 출산하던 당시 나는 교사로서 만족하며 지내고 있었고, 고정관념 때문에 육아에 있어 남편의 역할을 크게 기대하지 않았다. 아이는 당연히 엄마가 키워야 한다고도 생각했다. 그런데 남편의 생각은 달랐다. 그는 육아에 정말 지극 정성을 다했다. 부끄러운 고백이지만 나는 한빛의 똥 기저귀를 직접 빨래한 기억이 없다. 임신하면서 배설물이나 음식물 냄새에 민감해지기도 했지만 내가 물러나 있을 수 있었던 것은 남편이 알아서 다 해주었기 때문이다. 한빛이 응가를 하면 나는 "한빛 아빠, 한빛 똥 싸" 하며 호들갑을 떨었다. 그러면 남편이 하던 일을 멈추고 얼른 와서 주저 없이 기저귀를 갈았다. 나보다 더 능숙하고 자상한 모습이 가끔 내 눈시울을 뜨겁게 했다. 남편이 따듯한 물을 받아 아이의 아랫도리를 다 씻기고 나면 그때서야 나는 요 밑에 묻어 두었던 따듯한 새 기저귀를 갈아 주고는 마치 내가 다 한 것처럼 한빛에게 뽀뽀를 했다. 욕실에 가보면 남편이 벌써 똥을 치우고 애벌빨래를 해 뜨거운 물에 담가 놓은 기저귀가 있었다. 나는 비누로 쓱쓱 문질러 행구기만 하면 됐다. 이렇게 부려 먹어도 되나 하며 속으로 뜨끔하기도 했지만 그는 별일 아니라는 듯 늘 자연스럽고 민첩하게 움직였다. 그런 모습을 보면서 과분한 남편이라고 생각했고 진심으로 존경했다.

한빛한테 엄마는 아빠를 '사랑'하기도 했지만 '존경'해서 결혼했다고 말한 적이 있다. 그러나 그 '존경'의 구체적 의미를 이야기하지 못했다. 앞으로 시간이 많으니까 천천히 이야기해야지 했다. 이다음에 한빛이 결혼할 나이가 되거나 아기가 생기면 꼭 그때 이런 이야기를 하려고 했다.

육아뿐만 아니라 남편은 모든 집안일, 흔히 말하는 가사노동을 잘했다. 친정어머니도 남편 잘 얻은 딸을 부러워하고 감탄할 정도였다. 그런데 나는 이 모든 것을 당연히 받아들였다. 남편 지인들이 1950년대 중반에 태어난 그 세대나 또래 중에는 무척 진보적이라고 해서, 그가 별나다는 것을 알았다. 한빛을 키운 8할이 남편의 정성임을 나는 인정한다.

흔히 독서하는 부모를 보고 자란 자녀들이 강요하지 않아도 책을 읽는다고 하듯, 우리 집은 아빠가 집안일을 스스럼없이 잘 하니까 아이들도 설거지 같은 가사를 잘할 거라고 생각했는데 꼭 그렇지는 않왔다. 일부러 일을 나누면서 "집안일도 습관이 안 되면 못해" 하고 가르치기도 했지만 아이들은 그 말을 의미 있게 받아들이는 것 같지 않았다.

그런데 한빛이 대학생이 된 후, 집에 오면 집안일을 곧잘 거들었다. 일요일이면 나는 거의 성당에 있다 보니, 집안일이 항상 밀려 있었다. 세탁기를 돌리면서 청소를 해야지 하며 부랴부랴 집에 들어서면 한빛이 베란다에서 빨래를 널고 있었다. 우리 집에 같이 온 성당 교우가 그 모습을 보고 감탄하며 칭찬했다. 한빛이 까칠하고 학구적인 줄로만 알았는데 빨래를 하나하나 널고 있는 모습이 참 자연스러워 보인다고 했다. 한빛이 페미니즘을 공부하면서 바뀌기도 했겠지만 아빠를 보고 자란 덕분이라고 우기고 싶다.

어제는 베란다에서 빨래를 널다가 한참 울었다. 한빛은 착한 아들이었다. 보고 배운 것을 실천하려고 노력한.

한빛의 방

한빛이 원룸 생활을 정리하고 도봉동 집으로 들어온다고 했을 때 왜 나는 방 꾸미기에 집착했을까?

한빛이 재수를 시작할 때 강남의 학원 주변으로 원룸을 구하러 갔었다. 막연히 학창 시절 가정 시간에 배운 원룸을 상상했다. 네모난 평면 위에 방, 부엌, 화장실이 갖춰져 있고 작은 거실이 딸린 아늑한 집이었다. 아파트와 원룸의 장점은 '동선이 짧다'가 주관식 답안의 정답이라고 달달 외웠던 기억도 떠올랐다. 학창 시절, 물 뜨려면 주인집 마당까지 가야하고 부엌에 가려도 신발을 신고 나와야 했던 읍내 자취방의 불편함을 그럭저럭 잘 살아 낸 것도 이다음에 나도 그런 '원룸'에 살 거라는 꿈이 있었기 때문이었다. 아들의 재수 생활을 걱정해야 하는 마당에 이 설렘은 뭐지, 주책이라고 생각했다.

부동산에 들어가니 고시원, 원룸, 1.5룸, 투룸, 오피스텔 등 집 종류가 많았다. 부동산에서 통용되는 말 중에는 생전 처음 듣는 단어도 있었고, 넓이 또한 4평, 4.5평, 6평 등 평수로 말하는데 전혀 감이 안 잡혔다. 고시원이란 곳에도 처음 가봤다. 세상에 이런 좁은 곳에 사람이 살고 있다니? 충격이었다.

"여기서 어떻게 살아요? 재수생이라 공부에 집중할 환경은 돼야 하는데. 좀 더 쾌적하고 좋은 곳 없어요?"

내 말을 말 그대로 받아들인 중개인은 우리를 오피스텔로 데려갔다. 오피스텔은 사무실과 호텔을 합쳤다는 뜻처럼 고시원보다 훨씬 넓고 좋았다. 일단 현관문을 여는 순간 가느다란 햇살이 드는 창문이 보였고, 네모반듯한 공간에 냉장고, 드럼 세탁기, 인덕션 등이 옵션으로 갖춰져 있었다. 고시원을 보고 난 내게 오피스텔은 신세계였고 딴 세상이었다. 여성지의 집들이 튀어나온 것 같았다. 내가 너무 만족해하는 것을 보고는 부동산 중개인이 "3000에 월 70이에요" 했다. 현실 감각이 없는 걸까 경제 개념이 없는 걸까? 나는 '3000'이라는 숫자가 3000만 원을 말한다는 것을 몰랐고 70만 원을 7만 원쯤으로 자연스럽게 받아들였다.

'이렇게 다 갖춘 좋은 집에 살면서 월 7만 원만 내면 된다고? 너무 좋네, 이거로 하자. 공부에 전념해야 하는데 그깟 1년 부모로서 이 정도도 뒷바라지 못해?' 내 집이 된 것 마냥 흥분했다. 남편이 의아해하며 "매달 70만 원을 어떻게 내려고?" 했다.

"엉? 70만 원? 무슨 월세가 그렇게 비싸? 말도 안 돼."

"저 옆집은 월 120인데요?"

중개인이 어이없어 하며 비웃듯 말했다. 씁쓸함 반, 부러움 반, 속마음을 들킬까 봐 얼른 빠져나왔다.

다시 허름한 원룸에도 가보고 종일 돌아다니다가 결국 고시원으로 결정했다. 고시원 앞에서 망설이는 내게 주인은

"빨리 결정하세요. 이번 주 토요일이면 재수생들이 지방에서 올라와 방 구하느라 난리일 텐데. 그때는 이 주변에 방 없어요."

아주 작은 창문이 있지만 열 수는 없는, 좁은 침대와 작은 책상만 간신히 들어가는 공간이었다. 방 안에 둘 이상이 앉을 수 없어서 내가 짐 정리를 하는 동안 남편은 밖에 나가 있었다.

그리고 대학생 한빛이 살았던 녹두 거리의 원룸. 침실인지 거실인

지 부엌인지 구분되지 않고, 라면이라도 끓여 먹을 수 있을지 의심스럽런 싱크대, 샤워를 하면 변기가 다 젖는 좁은 욕실로 구성된. 이런 곳이 원룸이라는 것을 너무 늦게 알았다. 학창 시절에 꿈꾼 환상 속 공간이 아니었다.

고시원에서 짐을 정리하고 나오면서 복도를 돌아봤다. 교도소 같았다. 길고 좁은 복도에 칸칸이 철제문에 호수가 적힌 모습이 영락없는 수용 시설이었다. 하나 둘 셋 넷…… 1층만 해도 열두 개가 넘는 방이 있는데 곱하기 4를 하면? 주인은 도대체 한 달에 얼마의 임대료를 거두는 걸까. 세상에는 별난 돈벌이가 다 있다고 생각했다.

이런 기억 때문일까? 오로지 한빛을 위해 꾸민 아늑한 방을 선물하고 싶었다. 그러나 한빛은 그 방에서 1년도 채 못 살고 세상을 떠났다.

오늘도 퇴근하면서 "엄마 왔어" 하며 한빛 방에 들른다. 한빛이 쓰던 책상과 의자, 한빛이 읽던 책들, 양말을 넣던 수납장. 다 그대로 있다. 단지 한빛만 없다. 새로 바른 벽지가 점점 푸른빛을 잃어 간다. 환히 웃고 있는 대학 졸업 사진 속 한빛만이 너무나 아무렇지도 않게 나를 반긴다.

고양이 푸리

한빛이 살던 원룸에 갔다가, 웬 고양이가 있어 깜짝 놀랐다. 좁은 원룸에 사료, 그릇, 화장실, 장난감, 캣타워 등 고양이 살림이 그득해서 발 디디기도 어려웠다. 털이 엄청 빠질 텐데 청소도 제대로 안 하면서 어쩌려고? 학교가 멀다고 해서 원룸을 구해 줬더니, 요즘 대학생은 고양이를 키울 만큼 그렇게 한가한가? 온갖 생각에 속상하고 화가 났다.

한빛, 한솔이 어릴 때 강아지를 기르자고 했지만 일언지하에 안 된다고 했다. 나도 어릴 때 시골에 살면서 개를 키웠고 개와 놀던 일이 일상이었기에 그런 생활이 얼마나 좋은지 안다. 하지만 마당 있는 집도 아니고 좁은 아파트에서 개를 키운다는 것이 당시 나로서는 상상할 수 없는 일이었다. 더구나 두 아이도 제대로 챙기지 못하면서 개를 키우면 그만큼 시간과 노력을 나눠야 할 텐데 도저히 자신이 없었다. 그렇잖아도 엄마가 집에 오실 때마다 이사 가는 집 같다고 정리부터 하시는데 무슨 개까지 키운다고? 당연히 있을 수 없는 일이라고 생각했다. 그러나 지금은 생각이 바뀌었다. 이것도 한빛이 나에게 남긴 선물일까?

엄마의 완강한 반대를 꺾을 수 없었던 아이들은 어느 날 토끼를 키우겠다고 했다. 베란다에서 키운다고 해서 동의했다. 어느 날 한빛이 누에도 키우겠다고 했다. 유리 상자에서 키운다는데 애벌레가 너무

징그러웠다. 며칠 챙기다 말겠거니 하고 허락했다. 한솔인 토끼를, 한빛은 누에를 전담했다. 아이들은 정성을 다해 매일 돌보고 들여다봤다. 한솔이 전담한 토끼의 똥오줌 관리는 나중에 아빠 몫이 되었지만 한빛은 달랐다. 아이가 작은 생물에 정성을 다하는 모습은 감동적이었다. 대견했다. 한빛은 아침에 일어나면 제일 먼저 유리 상자를 살폈다. 자기 전에도 꼭 잘 자라는 인사를 했다. "나비가 되면 훨훨 날려 줄게. 빨리 자라라"라는 인사말도 빼놓질 않았다. 누에가 잘 먹게 풀을 최대한 잘게 잘라 주느라 여린 손톱으로 집중하던 한빛의 눈빛.

어릴 때 한솔은 내가 퇴근하기 전까지 TV를 습관적으로 켜놓았다고 한다. 혼자 있는 게 무서웠다고 한다. 삼풍백화점이 무너진 날도 유치원에서 돌아오자마자 TV를 켰다가 생중계를 혼자 보게 됐단다. TV를 끌 생각은 하지 못하고 반복되는 처참한 현장 중계를 고스란히 봤다 한다. 그 후 혼자 있을 때 큰 소리가 들리면 무너진 백화점 생각이 나서 아파트가 무너질 것 같아 뛰쳐나간 적도 있다고 했다. 이 얘기를 나중에 중학생이 돼서 웃으며 이야기했다. 나는 한솔에게 그런 트라우마가 있는지 모르고 씩씩하다고만 생각한 것이 미안해 꼬옥 안아 주었다.

문득문득 '강아지를 키웠으면 내가 채우지 못한 따뜻한 그 무엇을 아이들이 가질 수 있지 않았을까?' 하는 후회가 든다. 그깟 털이 무슨 대수라고? 청소 문제가 아이들의 정서적 행복보다 더 중요했나? 반성하지만 돌이킬 수 없다.

어느 날인가 한빛이 취업해서 돈 벌면 제일 하고 싶은 일이 길고양이에게 사료를 주는 거라고 했다. 그 말을 듣는 순간 한심하단 생각이 들었다. '캣맘'과 관련된 길고양이 기사를 종종 봤지만, 청년이 그런 것에 우선적으로 관심을 갖는 게 좀 그랬다.

고양이 이름이 푸리라고 했다. '자유'(Free)를 뜻하는 거냐고 물으니 공상적 사회주의자 '푸리에'(François Marie Charles Fourier)에서 따왔다고 했다. "그 사람이 누군데?" 하며 깊게 들어가려 하자 "'Free'와도 발음이 비슷하니까 그렇게 생각하세요" 하며 웃었다. 나는 그때나 지금이나 '프리'로 부른다.

푸리는 자폐 증세가 있다. 길고양이 시절에 생긴 트라우마 때문이라고 했다. 푸리는 한빛만 따를 뿐 다른 이에게는 절대 곁을 주지 않았다. 간식을 가지고 살랑대도 섭섭할 정도로 매몰찼다. 나는 어차피 가까이 안 할 거니까, '고양이가 가까이 오는 것도 싫어' 하면서 속으로는 다행이라 여겼다. 어차피 한빛의 원룸에 사는 거니, 나랑은 상관없다고 여겼다.

한빛이 군에 입대하면서 푸리가 우리 집에 오게 됐다. "죄송해요. 제대까지만 키워 주세요" 부탁하는데 속으로는 뜨악해도 "걱정 마. 잘 키울게"라고 답했다. 아들 바보라고 해야 하나? 한빛의 말이라면 모든 게 OK인 엄마이니까 받아들일 수밖에. 한빛은 입대하기 전 푸리에게 큰 캣타워를 선물했다. 무슨 고양이한테까지 선물이냐고 하니 "그동안 모아 놓은 돈이 있어요. 10만 원도 안 해요"라고 말했다. 설치하러 온 기사는 소재가 원목이고 미끄럼틀 옵션도 있는 거라서, 30만 원은 더 될 거라고 했다. 한빛이 내 눈치를 살폈나 보다.

푸리는 항상 한빛 방에서 잤다. 한빛이 침대 위에 책을 펼쳐 놓고 나가면 푸리는 꼭 그 책 위에 엎드려 잤다. 그 모습이 독서라도 하다 잠든 고양이 같아서 "그 집사에 그 고양이" 하며 웃었다. 푸리는 우리한테는 도도하게 거리를 두다가도 한빛이 집에 오면 슬그머니 거실로 나왔다. 한빛이 푸리를 두 손으로 안거나 어깨에 얹어 거실로 나와

장난할 때를 보면 푸리도 귀여운, 보통의 고양이었다. 다른 사람한테는 까칠하면서 한빛이랑은 잘 놀았다.

지금 나는 한빛이 그리울 때마다 푸리를 안는다. 푸리의 깊은 눈빛에 한빛이 어려 있다고 느낄 때도 있다. 푸리도 많이 변했다. 푸리는 이제 한빛이 없이도 우리와 어울리며 잘 지내고 있다. 아침이면 방문 밖에서 야옹대며 잠을 깨운다. 한밤중에도 우리 몸에 올라와 '꾹꾹이'를 한다. 현관의 도어락 버튼을 누르면 어디선가 나타나 마중 나와 있다. 푸리와 함께 살면서 반려 동물에 대한 시각이 달라졌다. 내겐 생각지도 못했던 큰 변화다.

한빛은 마지막 글에 푸리에게 미안하다고, 그 말을 대신 전해 달라고 했다. 따듯한 마음씨를 지닌 아들이었다.

푸리가 창밖을 무심히 내다볼 때, 거실 한가운데 '식빵' 모양으로 웅크리고 앉아 있을 때, 소파 틈새에 똬리를 틀고 곤히 잘 때, 푸리가 한빛을 그리워하는 것만 같아 가슴이 미어진다. 내가 기도하다 울면 옆에 앉아 있다가도 슬그머니 한빛 방으로 들어가는 푸리를 볼 때마다, 더 울 수도 그만 울 수도 없다.

한빛아. 푸리는 잘 지내고 있어. 미안하다는 네 말을 전했더니 네 맘 다 안다고 했어. 너도 미안해하지 마. 우리가 네 맘 다 아니까.

이제라도 네게 비빌 언덕이 되어 주고 싶어.

그리움은 가시지 않는다

한빛이 떠난 후 한동안 방을 치우지 못했다. 언제라도 한빛이 불쑥 들어올 것 같았다. 매일 아침 방에 들어가 창문을 열고 침대 위 이불을 정돈하는 게 첫 번째 일과였다. 남편은 술에 취해 들어오는 날이면 한빛 방에 들어가 쓰러져 잠들었다. 그런 날을 빼고는 늘 어제 정리해 놓은 그대로였지만 나는 매일 침구 정리를 했다.

한빛이 먼지 쌓인 이불로 들어가는 게 싫었다. 땀이 많은 아이니 상쾌하지 않을 것이다. 아침의 상큼한 기운이 이불에 깃들게 하고 싶었다. 창문을 활짝 열고 펄썩펄썩 이불을 털어 먼지를 다 내보냈다. 한빛이 살아 있을 때도 했던 일이다. 어쩌다 깜박 잊고 환기를 안 했다는 걸 깨달으면 밥 먹다가도 얼른 가서 창문을 열었다. 남편은 "그 시간에 밥이나 한술 더 뜨지" 하면서 유난이라고 했다. 어쩜 나는 한빛한테 잘 보이고 싶었는지도 모른다. 한빛이 '날 위해 한 게 뭐예요?' 하고 물어볼까 봐 조마조마했을까? 아마 이 정도라도 해야 엄마 노릇 한다고 할 수 있을 것 같아서 스스로 집착했는지도 모른다.

지쳐서 늦게 들어왔는데 침대가 어제 나간 그대로 어질러 있으면 한순간이라도 쓸쓸할까 봐 싫었다. 한빛도 나처럼 작은 데서 행복을 느낄 거라고 생각했다. 어쩌다 한빛과 메시지를 주고받을 때면 참 행복했다. 내가 날씨 좋다고 한빛에게 메시지를 보내면 한빛인 하늘이 아름답다고, 교정의 나뭇잎이 바람에 흔들리는 움직임이 예쁘다고 답했다.

아까는 베란다에서 빨래를 널면서 "한빛, 세탁기에 양말 남아 있는 것 좀 가져와. 엄마 손이 안 닿아" 하려다가 가슴이 철렁했다. 한빛 침대 옆 콘센트에 꽂힌 빈 충전기를 보면서 '아, 한빛이 없지' 하고 머리가 나를 일깨웠다. 몸은 태연하게 움직이는데 머리와 가슴에는 항상 한빛이 있다. 그럼에도 잘 살아가는 내가 문득 혐오스럽다. 인간은 원래 이렇게 이중적인가? 아님 내가 미쳐 가고 있는 건가?

몇 달 전부터 학교에 와인색 배낭을 메고 출근했다. 취업 축하 선물로 샀던 한빛의 가방이다. 어엿한 직장인이니 고급스런 디자인의 가방을 사라고 했더니, 노트북이 들어가야 한다며 배낭을 골랐다. 한빛이 와인색을 골랐을 때 '뭐지? 저런 튀는 색상은 처음에는 맘에 들어도 금방 질릴 텐데. 무난한 게 좋지 않나?' 생각했지만, 입 밖으로 꺼내지는 않았다. 선물은 받는 사람 마음에 들어야 하니까.

이 가방을 메고 다니면서 한빛이 어릴 때 업어 주지 못한 것이 생각났다. 출산 용품을 준비할 때 엄마가 빨강 포대기를 사줬다. 앙증맞은 자수가 빙 둘러 박힌 예쁜 포대기였다. 엄마에게는 아이를 업어 키우면 안짱다리가 된다고 핀잔 섞어 말했지만, 포대기가 예뻐서 어서 아이를 업고 설거지를 하고 싶었다. 그러나 단 한 번도 사용하지 못했다. 포대기 끈이 한 바퀴 돌아와서 묶여야 하는데, 요령이 없어선지 뚱뚱해선지 늘 포대기 끈이 모자랐다. 안는 것도 힘들었다. 아이를 안으면 앞이 보이질 않아 걷질 못했다.

그러니 아이를 업고 안는 것은 다 남편의 몫이었다. 특히 남편이 가사와 육아에 적극적이었기에 나는 이 모든 것을 당연히 여겼다. 당시는 남자가 아이를 안고 다니는 것이 드물고 어색한 풍경이었는데 남편은 한빛, 한솔을 잘 안고 다녔다. 기저귀 가방을 들고 다니는 것도 주저하지 않았다. 해직 교사 시절에는 빵빵한 기저귀 가방을 메고 두 아이를 안고 걸리며, 전철로 한 시간 넘게 걸리는 사무실을 다니기도 했다.

대학생이 된 한빛이 페미니즘 공부를 한다고 했을 때 주변 시선에 아랑곳없이 당당히 가사와 육아를 도맡았던 아빠에 대해 말해 주려고 했다. 그 말을 아직 못 했는데 한빛이 떠났다.

언젠가 한빛한테 아빠와 달리 엄마는 '제대로' 업어 주지도 못했다고 말하긴 했다. '한 번도'였는데 '제대로'라고 슬쩍 눙쳤다. 대신 엄마가 너를 업어 키우지 않아 네 다리가 길게 뻗은 거라고, 키가 185센티미터까지 큰 거라며 공치사를 했다. 한빛이 이 글을 읽는다면 '엄마가 자기한테 점수 따려고 부단히 노력하셨네' 하며 웃을까?

어느 날 한 40대 교사가 교장 선생님 중에 배낭을 메고 다니는 사람을 처음 봤다고 했다. 내 생각이 젊다며 치켜세웠다. 그게 아닌데. 나는 그저 한빛과 함께 있고 싶어서인데. 이제라도 엄마 노릇 좀 하고 싶어서인데.

매일 끌어안고 울었던, 한빛이 마지막까지 갖고 있었던 이 와인색 배낭을 메면서 이제 울지 않겠다고 한빛과 약속했다. 어제보다는 잘 살고 싶다는 희망을 가방에 꾸역꾸역 채워 넣으며, 매일 한빛과의 약속을 되새긴다.

시간이 흘러도 그리움은 가시지 않는다. 스치는 바람에도 마음이 아프다. 한빛의 모든 것을 하나라도 놓치지 않고 죄다 끌어안고 싶다. 계속하고 싶은데 하나씩 하나씩 옅어짐에 몸서리친다. 그런데 한빛의 배낭을 메고 다니면서 늘 함께 있다고 생각하니, 덜 힘들다는 것을 알았다.

한빛아, 항상 함께 있을게.

해직 교사

2018년 퇴임에 맞춰 출간한 『촛불시대, 혁신교육을 말하다』♦라는 저서에서 남편은 자신이 전교조 교사였고 해직 교사였던 것이 한빛의 마지막 선택에 영향을 준 것 같다고 썼다. 죽을 때까지 벗어날 수 없는 업보가 되어 멍에로 남을 것이라며 괴로워했다.

중학교 시절부터 다양한 외적 조건(?)으로 인해 사회문제에 관심이 많았던 나에게 대학이란 그러한 사회문제에 대한 수많은 이론과 대안들을 토론하고 세우고, 또 실천하기 위하여 현장으로 나가는 장소로 받아들여졌습니다.

한빛이 대학 1학년 때 학회에 가입하며 쓴 글을 읽으며 나도 남편의 그런 생각을 완전히 부정할 수 없었다. 한솔이도 대학에서 총학생회장을 하면서 어떤 인터뷰에서 그 비슷한 얘기를 한 적 있었다.

'아니야. 절대 아니야. 만일 그랬다면 이 세상에 그 많은 사람들이 민주화와 시민운동에 참여했는데 그 가정이 다 무너졌어?'

부인하고 또 부정했다. 그럼에도 불구하고 나 역시 자책에서 완전히 벗어날 수 없었다. 괴로웠다.

♦ 이용관, 『촛불시대, 혁신교육을 말하다』, 살림터, 2018.

그냥 평범하게 술렁술렁 살았어야 했는데. 부부 교사에게는 사실 많은 안정적 조건들이 확보될 수 있었다. 이른 퇴근 후 아이들과 영화나 연극을 보러 갈 수도 있었고, 아이들과 같이 저녁을 준비할 수도 있었다. 저녁을 함께 먹으며 정치나 사회가 아닌 일상에 관한 이야기를 나눌 수도 있었다. 다른 직장인들이 감히 엄두도 못 내는 긴 방학 기간에는 함께 해외여행을 다닐 수도 있었다. 마음만 먹으면 너무나 쉬운 일들이었다.

그러나 남편은 1989년 8월, 한빛이 생후 7개월 되었을 때 전교조 교사로 해직되었고, 거리의 교사가 되었다. 그 후 전교조 본부에서 정책 관련 일을 맡았고, 급박한 정세 변화에 대응하며 항상 긴장 상태로 살았다. 밤낮도 없었고 일요일도 휴일도 없었다. '전교조 합법화'와 '해직 교사 원상 복직'을 위한 집회가 연일 열렸고 남편과 우리 가족은 모든 집회에서 한몫이 되어야 했다. 식사 때도 아까 낮에 참석했던 집회 분위기와 TV 뉴스의 보도 내용이 정반대인 것에 분노하느라 씩씩거리며 밥을 먹었다. 당시 생활은 일상적인 삶의 패턴에서 벗어날 수밖에 없었다. 대부분의 해직 교사들의 생활이 그랬다. 우리도 그렇게 살아야 했다.

한빛이 한글을 조금씩 알아 가던 때쯤. 『한겨레』 1면에 「현직 교사 과외 적발」이란 기사가 크게 실렸다. 한빛이 그 글자를 더듬더듬 읽으며 "현직 교사가 뭐예요? 해직 교사랑 달라요?" 하는 것이었다. 하긴 걸음마 전부터 집회를 따라다닌 한빛이 숱하게 들은 단어는 "해직 교사 원상 복직"이란 구호의 '해직 교사'였다. '해직 교사'가 무슨 뜻인지 모른 채 통 단어로 인식했으니 그런 질문을 하는 것이 당연했다.

당시 민주화 과정에서 많은 사회문제가 봇물처럼 터지면서 명동 성당 등 곳곳에서 다양한 집회가 매일 열렸다. 이 집회에 어린아이들을 데리고 나오는 것에 대해 보수 신문이 자주 비판했다. 어른들의 목적 달성을 위해 아이들을 이용한다는 것이었다. 칭얼거리는 아이를 끌어안고 있거나 지쳐서 잠든 아이를 업고 있는 여성 노동자들의 거친 사진과 함께 기사를 실었다. 누가 봐도 아이들이 불쌍하다고, 동정심을 일으킬 만한 시선이었다. 그러나 내 경험상 그게 아니었다. 당장의 먹고사는 생존을 위해 싸워야 하는 많은 여성 노동자들에게는 아이를 맡길 곳도 없다. 아이를 집회 현장에 데리고 가고 싶은 부모는 없었을 것이다. 그런 상황을 경험해 보지 않은, 상상력조차 발휘하지 못하는 기자나 논설위원이 함부로 그들의 진의를 재단해선 안 되는 거였다.

전교조 집회는 주로 대학교에서 많이 열렸다. 교육 민주화나 해직 교사 관련 이슈라서, 대학생이 된 제자들의 연대가 많아서였는지는 모르겠다. 대학교 안은 경찰들이 절대 들어올 수 없고 최루탄도 안 쏜다고 들었지만, 나는 데모라는 말이 무서웠다. 1981년 지방 국립 사범대를 졸업해 교사가 된 나는 5·18에 대해서도 잘 몰랐다. 집회 참석도 부담스러웠다. 그러나 해직 교사의 원상 복직을 촉구하는 집회라는 것 때문에, 내 남편을 복직시키자고 전국의 교사들이 새벽부터 서울로 올라오는데 수도권에 사는 해직 교사 가족이 불참하면 안 된다는 생각에, 꼬박꼬박 참석했다. 문제는 한빛이었다. 즐거운 놀이터도 아닌데, 한 살도 안 된 한빛을 데리고 각종 집회에 참석하는 것이 싫었다. 아무리 아빠 품에 있다지만 거리 행진을 위해서는 많이 걸어야 했고, 밀고 밀리는 과정에서 힘들어하는 한빛이 안쓰러웠다. 그러나 전교조 집회 관련 뉴스가 저녁에 나오면 곧바로 전화해 혹시 데모에 나갔는지 확인하는 부모에게 한빛을 맡길 수는 없었다. 결국 한빛을, 그 어린아이를 늘 데리고 나가는 수밖에 없었다.

1990년 5월, 경희대 노천극장에서 전교조 출범 1주년 집회가 열렸다. 교사들이 기획해서인가 축제 마당 같았다. 맑은 하늘 위로 오색 풍선이 날고 전국에서 모여든 교사들이 즐겁게 한마음으로 노래했다. 그때 '다다다닥' 하며 최루탄이 터졌다. 학교 안까지 경찰이 들어온 것이다. 대학생들이 화염병 투척으로 막았지만 역부족이었다. 축제의 장은 아수라장이 되었고 몇몇 교사들과 대학생들의 안내에 따라 뒷산으로 뛰었다. 남편은 진행 본부에 있었기에 나 혼자 한빛을 안고 뛰었다. 눈이 따가웠다. 한빛도 매운 최루탄에 재채기를 하며 험악해진 분위기에 울기 시작했다. 최루탄 연기가 그토록 따갑고 매서운지도 처음 알았다. 엉엉 울면서 한빛을 꼬옥 끌어안았다. 조금이라도 최루탄 냄새를 못 맡게 하려고 한빛을 내 옷 속에 숨겼다. 한빛한테 '미안해. 다시는 안 데리고 올게. 미안해' 하며 허둥지둥 행렬을 따라갔다. 정말 미안했고, 한빛한테는, 내 자식한테는 이런 경험을 하게하고 싶지 않았다. 나는 아내니까 어른이니까 받아들일 수 있지만 어린 자식한테까지는 싫었다. 남편이 원망스러웠다. 범벅이 된 눈물을 훔치며 가시철망 울타리를 넘는데 자꾸 시야가 뿌옇게 흐려졌다. 빨리 안전한 곳으로 나가야 한다는 조급함에 쓰고 있던 안경을 내던졌다. '아, 이 안경, 아직 카드 대금도 다 못 냈는데' 하면서도 두 팔로는 한빛을 껴안아야 했고 최루탄으로 따가워진 눈물을 훔칠 손이 없었기에, 나는 고민할 것도 없이 안경을 버렸다.

정신없이 나와 보니 주택가였다. 외대 근처라고 했다. 한빛을 숨겼던 내 옷을 벗고 어느 집 대문 앞에 다리를 뻗고 앉아 엉엉 울었다. 골목은 지극히 평화로웠다. 대문을 닫고 집 안에서 TV를 보면서 5월의 휴일 낮을 즐기고 있을 골목의 집들이 딴 세상 같았다. 최루탄 때문인지 이런 상황이 억울해서인지 터진 울음이 멈추지 않았다. 내가 너무나 서럽게 우는 게 이상했는지 한빛이 울다 말고 나를 쳐다봤다. "엄마 울지 마" 하면서 내 품으로 들어왔다. 한빛에게 물 한 모금이라도 주고 싶었지만 집 대문들은 굳게 닫혀 있었고 골목에는 아무도 없었다.

남편을 원망할 수만은 없었다. 교사로서 나도 해야 할 일을 남편이 대신하고 있기 때문이다. 그들의 희생이 있어 교육 현장이 조금씩 바뀌고 있다는 것을 피부로 느끼고 있었다. 전교조 합법화 투쟁 중에도 남편은 가족에 대한 부채감 때문인지 틈만 나면 집안일을 했고 아이들에게 늘 극진했다. '동지'나 '투쟁' 같은 단어도 무서워 할 만큼 그 세계를 몰랐던 나였기에, 나는 남편에게 '동지'가 되어 줄 수 없었다. 전교조 본부의 정책 일을 하면서 '아내'를 설득하고 '아내'의 눈치까지 살펴야 했으니 몸이 열 개라도 모자랐을 남편은 얼마나 힘들었을까? 그러나 대부분의 해직 교사들의 삶이라며 남편은 묵묵히 받아들였다. 그때 그네들이 '동료'를 넘어 '동지'가 되어 서로 힘을 주지 않았다면, 남편도 그 힘든 시간을 이겨 내지 못했을 것이다.

남편은 전공인 교육사회학에 자부심을 가졌다. 미래 교육을 위해 고민했고 자기가 할 수 있는 일을 찾아 실천하려고 했다. 한빛은 아빠의 이런 면을 모른 채 떠났다. 아빠가 좀 더 적극적으로 자신이 걸어온 길을 한빛과 나눴더라면 좋았을 걸. 아마 그도 나처럼 앞으로 나눌 시간이 많다고 생각했을 것이다.

남편은 오늘도 한빛이 남긴 과제를 온몸으로 껴안고 한빛을 만난다. 한빛이나 남편이나 치열하게 살아온 실천가이기에 둘의 대화가 서로 힘이 되리라 믿는다.

힘들게 쓴 답장

한빛과 남편은 종종 부딪쳤다. 한빛이 대학생이 된 후 더 자주 논쟁했다. 그런 두 사람을 바라보는 게 불편했다. 식사를 하다가, TV를 보다가 어떤 사안에 대해 이야기하다 보면 의견이 팽팽히 갈렸다. 세대가 다르니 해석도 다르겠지 하며 절충하길 바라는데 계속 평행선이었다. 나는 그런 사안에 관심도 없고 잘 모르니 어느 편을 들 수 없어서, 그저 논쟁이 끝나기만 기다렸다. 가족이지만 같이 있는 시간이 많은 것도 아닌데 일상적인 이야기나 하지 왜 저럴까 속상했다. 남편도 한빛도 기분이 찝찝해 보였다.

한빛이 중학교 3학년 2학기 때. 중간고사 기간에 집 앞 사설 독서실을 끊어 달라고 했다. 중학생이 얼마나 공부한다고 독서실까지 가나 하면서도 스스로 공부하겠다니 기특했다. 그런데 우연히 한빛이 책가방만 놓고 독서실에 없다는 것을 알게 되었다. 그동안 12시가 넘어서 공부하다 온 것처럼 들어왔기 때문에 추호도 그런 의심은 하지 않았다. 확인하고도 싶었지만 반항적으로 나올까 봐 애써 무심한 척했다. 교양 있는 부모가 되고 싶기도 했고 학교에서 부모의 극성 때문에 무너지는 아이들을 봤기 때문에 순간순간 올라오는 감정을 꾹꾹 눌렀다. 그런데 가방만 팽개쳐 있는 독서실 빈 책상을 보고 나니 한 방 맞은 기분이었다. 그때 한빛은 특성화 고등학교에 합격한 친구들과 중랑천을 몰려다니며 폭죽을 쏘고 PC방을 드나들고 있었다. 시험 기간엔 학교가 일찍 끝나기 때문에 긴 시간 신나게 놀았을 것이다. 외국어 고등학교(외고)에 가겠다고 한 것을 우리가 반대해서였을까? 반항이었을까, 일탈이었을까?

다른 부모도 그랬을까? 나도 아이를 키우면서 많이 갈팡질팡했다. 부모의 흔들리는 기준에 아이는 얼마나 헷갈리고 어른들이 마뜩잖았을까? 그럼에도 부모로서 깊이 고민하지 않았고 충분히 성찰하지 않았다. 아이는 어리고 자식이니까 내 마음대로 해도 된다고 생각했을지도 모른다. 맞벌이라서 나나 남편이나 바쁘다는 핑계를 무기 삼았다. 철저하게 관리해야 한다는 의욕에는 못 미치더라도 대화나 다른 방법으로 풀어 갈 수도 있었는데, 일부러 시간을 만들지 않았던 것 같다. 내 아이는 '절대로' 벗어날 리가 없다고 교만하게 생각했던 것 같다. '절대로'란 말을 이제는 믿지 않지만.

한빛이 3학년이 되면서 노원구에 있는 학원에 다니기 시작했다. 성적에 따라 외고반에 들어갔다. 당시 외고는 암묵적으로 성적순 등급이 있었다. 학원의 외고반도 역시 그 등급에 따라 반이 구성된다고 했다. 한빛은 배치고사 성적에 따라 최하위 외고반에 들었다. 학원비를 내러 갔다가 깜짝 놀랐다. 학원이 너무 컸다. 거대한 기업이었다. 10여 층이 넘는 큰 건물 전체가 학원이었다. 반이 25개가 넘는다고 했다. 그것도 주 3회 수업이니 곱하기 2를 하면 50반이 넘는 거였다. 작은 보습학원을 상상했던 내게는 충격이었다. 교실 안을 슬쩍 들여다보니 열다섯 명도 안 되는 아이들이 앉아 수업을 하고 있었다. 학원 광고지에서 보던 '소수 정예'란 말을 처음 실감했다. 내가 가르치는 교실의 아이들이 떠올랐다. 조용히 집중하고 있는 모습이 학교 아이들처럼 발랄해 보이지 않았다. 이상하게 마음이 쓸쓸했다. 마침 수업 종료 종이 울리면서 아이들이 몰려나와 좁은 복도가 발 디딜 틈도 없었다. 만약 불이 나면 이 아이들이 어디로 피신하나 하는 괜한 걱정까지 했다.

2학기가 되자 한빛이 학원에서 가져온 동의서를 내놓았다. 2학기에는 외고 입시에 맞춰 '올인' 하는데, 학원 수업이 끝나는 자정에 맞춰 부모가 데리러 올 수 있는지를 표시하는 거였다.

"12시까지 학원에 있으면 다음 날 학교 수업은 어떻게 해? 집에 와 씻고 나면 1시가 넘을 텐데?"

"학교에서 자면 돼요. 어차피 2학기 성적은 외고 입시에 반영이 안 되니까요."

이건 또 무슨 소리? 그게 말이 되냐고 하니

"다른 애들도 다 그렇게 해요. 학원에서 입시에 맞춰 다 해준대요. 여태까지 다 그렇게 했대요."

듣고 있던 남편이 동의서를 빡빡 찢어 버렸다.

"그렇게까지 해서 외고 가서 뭐하려고? 학교 교육이 그렇게 우스워?"

한빛은 그 후로 엄마, 아빠와 각을 세웠던 것 같다. 그렇게 풀면 안 됐는데, 지금까지도 많이 미안하다. 미숙한 부모였다. 부모도 자식을 이해하는 공부를 했어야 했다.

그 후 언젠가 무슨 일로 남편과 한빛이 의견 충돌이 났을 때, 남편이 독서실 땡땡이 얘기를 꺼냈다. 감정이 격해지면서 "양아치 같은 애들이랑 몰려다니며"라고 하니 한빛이 울면서 박박 대들었다.

"아빠는 교사이면서 어떻게 학생들한테 양아치라는 말을 하세요? 교육자가 그래도 되는 거예요? 걔네들 다 좋은 친구들이에요."

한빛의 말이 옳기에 아빠가 사과했다. 그날 한빛의 분노가 우리 부부로 하여금 이후 교사로서 많은 성찰을 하게 했다. 한빛아, 고맙다.

김규항 님의 한 칼럼을 읽고서 내가 당시 고민했던 지점이 적혀 있어 일기장에 붙여 놓았다. 고등학생의 고민 편지로 시작된 글인데 그의 아버지가 진보 진영의 교수여서 중학생 때까지는 공부에 시달리지도 않고 잘 살았고, 아버지의 사회 활동에 대해 자세히 알게 되면서 아버지를 존경하게 되었다고 했다. 그랬는데 고등학생이 되자 아버지가 무거운 얼굴로 대학 입시를 위해 강남으로 이사 가자고 하셨고, 아들은 아버지가 자신을 위해 그런 것을 알지만 더는 아버지를 존경할 수 없게 되었다고 했다. 김규항 님은 이렇게 답했다.

······ 아마도 그 아버지는 아이가 스펙을 쌓아 자본의 시장에서 비싼 가격으로 팔리길 기대하는 게 아니라 진보적 엘리트로 성장하여 자신처럼 사회에 기여하길 기대할 것이다. 하지만 사람이 어떤 삶의 방식을 좇는 건 그 삶이 옳아서만은 아니다. 그런 삶이 멋지게 느껴지고 존경심이 들 때 비로소 그 삶을 좇게 된다. 그런데 그는 이제 아버지를 비롯한 진보 지식인들의 말을 '입으로만 저러지' 냉소부터 하게 되어 버렸으니 어떻게 그게 가능하겠는가. 아니 할 말로, 차라리 그 아버지가 막돼먹은 극우 꼴통이었다면 그는 반항심에서라도 힘을 얻었을지도 모른다.

나는 몇 번을 고쳐 가며 힘들게 답장을 썼다. "무엇보다 나 또한 한 아버지로서 아버지를 존경할 수 없다는 말이 참 아프네요. 그러나 그보다 더 슬픈 일은 님이 이 일을 통해 고작 아버지를 비롯한 진보 지식인들에 대해 냉소적인 태도만을 얻게 되는 걸 거예요. 나는 이 일이 님으로 하여금 우리를 지배하는 시스템, 즉 자본주의라는 괴물이 대체 얼마나 강력한 것이기에 아버지 같은 분도 흔들리는 걸까, 질문하는 계기가 되길 더 깊이 공부하는 계기가 되길

바라요. 괴물이 강력한 만큼 괴물의 정체를 밝히고 그 괴물을 넘어
서는 행로 또한 길겠죠. 그 긴 행로에서 아버지에 대한 존경도 회복
되길 기도할게요."♦

한빛이 어떤 생각을 하는지, 그 속을 슬쩍 엿보고 싶었으나 '나는 네가
이렇게 대학 생활을 했으면 해. 네가 이렇게 청년 시절을 보냈으면
해' 하고 솔직히 말하지는 못했다. 한빛이 편한 길을 걷길 바라면서
도, 그렇다고 부모가 원하는 대로 지내지는 않을 것 같아 애매하게
묻곤 했다. 왜 나는 핵심을 말하지 않고 빙빙 돌렸을까? 아들을 존중
해서였을까? 아들한테 부담을 느꼈을까? 스물두 살이 뭘 안다고 생
각했나? 아니면 다 큰 어른이라고 생각했나? 혹시 괜찮은 엄마로 남
기 위해 자식을 지켜보는 쪽으로 스스로 포장한 것은 아니었을까?
이런 엄마의 속마음을 한빛이 다 꿰뚫고 있었던 건 아닐까? 그래서
삶이 버겁지는 않았을까? 한빛에 대한 기대가 컸고 한빛이 잘 살아가
기를 바랐다면 그냥 노골적으로 물어보거나 내 바람을 솔직히 말해
도 됐을 텐데, 어떤 면에서 난 비겁한 엄마였다. 결국 한빛과 허심탄
회하게 얘기해 보지 못했다. 차일피일 미루다 허망하게 한빛을 보냈
다.
　한빛에게 부모의 삶은 어때 보였을까? 부모의 삶을 좇고 싶을 만큼
부모가 멋지게도 보이고 존경심이 들기도 했을까? 자본주의와 세속
적 가치관에 흔들리며 갈팡질팡하는 부모를 보면서 칼럼 속 고등학
생처럼 때로 냉소적이었을까? 한빛이 진보적 엘리트로 성장해 사회
에 기여하기를 바랐던 부모의 욕심이 버거웠을까? 남편은 나름 소신

♦　　김규항, 「힘들게 쓴 답장」, 『한겨레』(2010/04/15).

대로 살아왔지만 나는 매일 그 언저리에서 주저주저했다. 내가 갈팡질팡할 때마다 한빛은 얼마나 헷갈렸을까?

어엿한 청년이 되었을 칼럼 속 고등학생도 긴 행로를 넘어 지금은 아빠를 이해하고 존경하게 됐을 거라고 기대해도 될까.

한빛은 유서에 엄마, 아빠 사랑을 넘치게 받았다고 남기는 것을 잊지 않았다. 끝까지 철저했다. 내 마음을 이렇게 정확히 내다봤던 아들을 나는 왜 제대로 들여다보지 못했을까.

아들 자랑

한번은 남편이 자기가 자랑질을 하도 많이 해서 한빛을 일찍 데려간 것 같다며 자책하면서 울었다. 은근 슬쩍, 아니 노골적으로 여기저기서 한빛 자랑을 많이 했다고 했다. 나는 순간 그가 부러웠다. 남들이 뭐라 하든 눈치 보지 않고 한빛 자랑을 했다는 남편이 부럽다. 나는 그러질 못했다. 나도 자랑하고 싶었다. 노골적으로 동네방네 자랑하고 싶었다. 겨울방학 근무 도중 '서울대 합격! 엄마 감사합니다!'라는 문자를 받은 순간, 얼마나 기뻤겠는가? "야호!" 소리를 지르고 싶었지만 웬 잘난 척인지 나는 "우리 한빛이 서울대 합격했대요" 하면서 교무실에 있던 두 분의 선생님께 일상처럼 말했다. 위선을 떨었던 거다. 자축하는 떡을 돌릴 때도 한 울타리에 있는 고등학교까지 돌리며 소문내도 되건만 또 위선을 떨었다. 속으로는 다 돌리고 싶었으면서 누가 자랑질이라고 손가락질 할까 봐 마음을 억눌렀다. 그리고는 다 알아주기를, 축하해 주기를 은근히 바랐던 것 같다. 물론 동료 교사들 가운데 이번에 수능 본 자녀가 있는데 혹시 결과가 안 좋다면 상처가 될 거라는 명분을 쥐고, 내 마음을 다스렸다.

한빛이 군 생활 도중 받은 토익 성적을 말해 줬을 때 나는 그 점수가 대단한 건지도 몰랐다. 그냥 원하는 성적이 나왔다고 해서 수고했다며 지나가는 말로 칭찬했다. 나중에 우연히 같이 근무하는 영어 교사와 이야기하다가 그 성적이 대단히 높은 성적이라는 것을 알고 또 아차 했다. 군대에서 시간을 쪼개 공부해 얻은 성적이니 치켜세우고 크게 칭찬해도 부족한데, 나는 한빛 같은 청년들이 군대에 가서까지 열심히 살아야 한다는 것에 그저 마음이 쓰렸다. 별 걱정을 다하느라 정작 한빛에게 무심했던 것이 너무나 후회스럽다. 졸업 전 피디 공채에 합격했을 때도 당연한 노력의 결과라고만 생각했다. '취준생'이란 단어도 생소했고, 2월에 대학 졸업하고 3월에 바로 교단에 섰던 그 옛날의 일만 생각하던 나였으니, 한빛이 그를 위해 얼마나 노력했는지, 몰라도 너무 몰랐다. 그저 '노력한 만큼 좌절하지 않게 해주세요' 하는 기도밖에 한 게 없었다. 세상일이 모두 뜻대로 되지 않는다는 것을 잘 알기에 한빛이 낙심할까 봐 불안해만 했다. 그래서 좋은 결과를 받고도 애써 침착한 척했던 것 같다.

한빛은 많이 서운했을 것 같다. 자식인데 자랑질 좀 하면 어때서? 엄마의 잘난 척, 이중적인 위선 때문이었다. 한빛의 대학 졸업식 사진을 볼 때도 미안하고 미안하다. 엄마, 아빠하고만 찍은 조촐한 사진들. 대가족이 왁자지껄 사진 찍는 다른 졸업생을 보면서 대학 졸업식이 뭐 대단하냐며 에둘러 말했지만 또 아차 했다. 세상 돌아가는 대로 따라가지 이 무슨 고상함인가? 쓸쓸한 졸업식 사진을 볼 때마다 그 순간이 한 번밖에 없음을 깨닫는다. 한빛이 가고 난 후에야 가슴을 쳤다. 나는 앞으로도 한빛과 즐거울 일이, 한빛을 축하하고 격려할 일이 무궁무진하게 펼쳐질 줄 알았다.

남편이 그동안 한빛 자랑을 하고 다녔는지는 몰랐다. 한빛이 그런 아빠를 너무 싫어했기 때문이다. 한빛이 대학 합격 후 명절 쇠러 시골에 갔을 때였다. 남편의 고향은 버스가 하루 두 번밖에 안 들어오는 시골이었다. 요새 말로 '인서울' 즉 서울에 있는 대학만 들어가도 다 서울대 들어간 것으로 아는 시골이었다. 그러니 남편이 마을 회관에 가서 한빛의 서울대 합격을 자랑했을 때 마을 어르신들의 반응이 어땠으랴. 다급해진 남편의 설명은 장황했을 것이고 한빛은 그 상황을 견디기 싫었을 것이다. 그날 남편과 한빛은 크게 부딪쳤다. 눈치 빠른 나는 한빛 앞에서 절대 한빛 자랑을 안 했는데 남편은 그 후에도 친척 모임에 가면 꼭 한빛 이야기를 꺼냈다가 한빛의 표정이 굳어지면 멈추곤 했다. 속마음을 억누르고 속이며 위선적으로 굴었던 나에 비하면 남편은 순수하고 솔직했다. 한빛을 사랑했고 자랑으로, 보배로 여겼다. 한빛이 너무 엄격해서 아빠와 갈등을 빚었지만 '칭찬은 고래도 춤추게 한다'는데, 지금은 아빠를 고맙게 생각할 것 같다. 나도 남편에게 고맙다. 한빛이 받아야 했던 당연한 칭찬을 남편 덕분에 그만큼이라도 받았으니까.

남편은 한빛을 자랑스러워하면서도 애정 표현을 못했다며 울었다. "한빛은 검색창이야. 뭐든 클릭하면 참 쉽게 설명을 해주니! 모르는 게 없어!" "참 잘 생겼네! 키가 크니까 어떤 옷을 입어도 멋지네!" 하며 말끝마다 칭찬하는 내가 부러웠다고 했다. 나를 보면서 용기를 내보기도 했지만 애정 표현이 서투른 자신은 뭘 해도 어색해서 한빛에게 칭찬 한 번 하지 못한 게 미안하다고 울었다. 그러나 한빛은 알 거다. 아빠가 한빛을 얼마나 자랑스러워했고 얼마나 한빛을 사랑했는지를.

한빛한테 미처 말하지 않았던 것 같다. 한빛이 태어난 지 몇 개월 안 되었을 때다. 나랑 같이 누워 있는데 한빛을 한참 들여다보던 남편이 뜬금없이 물었다.

"정말 참 잘생겼지?"

"응. 내 아들이라서가 아니고 정말 잘생겼어. 왜 새삼스레?"

"우리한테 어떻게 이렇게 잘생긴 아이가 태어났는지 신기해서."

듣다 보니 뭔가 이상해서 벌떡 일어났다.

"그게 무슨 말이야? 왜 우리 한빛이 잘생기면 안 돼?"

"아니, 나는 대머리에 얼굴도 길어 나를 닮을까 봐 걱정했거든. 당신도 그리 예쁜 스타일은 아니라서."

하는 게 아닌가? 내가 발끈해서 "내가 어떻다고? 연애할 때 예쁘다고 하지 않았어?" 하며 이불 속으로 숨은 남편을 막 두들겨 때렸다. 한빛이 있다면 이 상황을 재미나게 이야기해 줬을 텐데 이제는 웃음기 가신 아련한 기억일 뿐이다. 나중에 한빛의 아기 때 사진을 보니 지극히 평범하던데, 그땐 내 눈에도 남편 눈에도 정말 특별했었다.

재밌는 이야기가 또 있다. 한빛이 결혼한다고 하면 들려주고 싶었던 이야기. 남편과 사귄 지 얼마 안 돼 선배 교사와 함께 저녁 식사를 했다. 담소도 잘 나누며 좋은 시간을 보냈다. 남편이 계산하는 동안 밖에 먼저 나가 있는데 선배 교사가 걱정스러운 표정으로 말했다.

"대머리에 노총각이잖아. 결혼에 있어 제일 악조건이야. 유전도 되고. 다시 생각해 봐."

그 나이까지도 결혼에 있어 외모나 경제적 조건이 중하다는 개념이 없었기에 선배 교사의 충고가 별로 와 닿지 않았다. 생각이 비슷하고 만났을 때 가슴 설레면, 결혼하는 줄 알았다. 둘만 있을 때 남편에게 머리카락에 대해 넌지시 물어봤다. 남편은 어릴 때 장티푸스를 앓아 머리카락이 많이 빠졌다며 횡설수설했는데 나는 그걸 곧이 믿었다. 왜 당황하면서 말할까 의아해하면서.

결혼식 날 어린 조카가 "이모. 이모부 같은 아저씨들이 엄청 많이 오셨어. 머리가 다 똑같아" 했을 때, 현실을 인지했다. 남편은 "우리 아들 세대에는 안 나타나. 다음 세대에 나타나니까 걱정하지 마" 하면서 내 눈을 피했다.

아빠가 얼마나 순수한 사람인지, 엄마가 왜 아빠를 반려자로 선택했는지 한 번쯤 말해 주고 싶었다. 그러면서 네 짝에게 절대 부담스러운 시어머니 노릇을 하지 않겠다고, 네 삶에 절대 부담 주지 않을 거라고 말하고 싶었다. 나도 늘 네가 자랑스러웠다고, 마음으로는 아빠보다 더 지독한 자랑질을 되뇌며 살았다고 말하고 싶었다. 이런 말을 들으면 한빛이 부담스러워 할까? 엄마 마음 다 알고 있었다면서 나를 또 안심시켜 줄까.

아직 이 말을 못 했는데 네가 지금 내 곁에 없다.

너무 늦었지만

거실 소파를 새 것으로 바꿨다. 한빛이 취업하면서 집으로 들어온다고 했을 때 제일 먼저 소파를 바꿔 주고 싶었다. '바꾸고 싶었다'가 아니고 '바꿔 주고 싶었다'. 집으로 돌아오는 아들에게 뭔가 선물을 주고 싶은데 뭐가 좋을지 고민하다가 우습게도 소파가 생각났다. 쓰던 소파가 너무 낡은 데다 푸리가 발톱으로 뜯어서 너덜너덜 보기 흉했다. 남편이나 나는 가구에 대해 무신경한 편이라서 그냥저냥 생활했는데 한빛이 온다니 신경 쓰였다. 그런데 또 미적대다가 한빛이 떠난 후에야, 새 소파를 들여놓았다.

한빛이 중2 때부터 15년을 넘게 쓴 낡은 소파를 내가는데, 그 소파에서 푸리와 놀던 한빛의 모습이 생각나 울컥했다. 새 소파는 흠집을 안 만들려고 온통 신경을 집중했지만 어느 순간 푸리가 후다닥하더니 소파를 뜯었다.

대학도 졸업하고 취업도 하고 어느덧 20대 후반이 된 한빛, 너무나 잘 자란 한빛을 존중하는 마음을 표하고 싶었다. 더 많이, 다 해주고 싶었다. 우선 쾌적하고 깔끔한 방을 꾸미기로 결정했다.

한빛이 중학생 때부터 쓰던 방을 둘러보니 왜 그리 작아 보이던지? 남편에게 한빛한테 안방을 내주는 게 어떻겠냐고 물었다. 남편은 황당해했다. 자식이 아무리 귀해도 안방을 주는 것은 좀 그렇다고 했다. 나는 실용적인 차원에서 이해를 구했다. 한빛도 이제 어엿한 사회인이 됐는데 한쪽에 옷도 정리해야 하고 책상, 책꽂이, 침대도 있어야 하는데, 그러려면 지금 방으로는 좁다고 했다. 잠만 자는 안방이 우리에게는 너무 넓지 않느냐고 했다. 이참에 벽지도 새로 하고 바닥도 나무 바닥으로 바꾸자고 했다. 그제야 남편이 동의했다. 입주 후 10년이 지나면서 남편이 도배 새로 하자고 할 때도 못들은 척 넘겼기에, "아들 덕분에 새 집 되네" 하며 안 어울리는 질투를 했다.

한빛한테 벽지 색을 고르라고 했더니 푸른색 계통을 선택했다. 발라 놓고 보니 촌스러웠지만 '참 좋네' 하고 푸른색 좋아하는지 새삼 알았다며 너스레를 떨었다. 침구도 모두 푸른색으로 준비했다. 퇴근 후 고속터미널역에 가서 러그도 샀다. 복슬복슬한 털이 있는 부드러운 원형 러그. 침대 끝에 반쯤 넣어 발 디딜 때도 편안하고 보기에도 따듯해 보이게 연출했다. 한빛한테는 말 안 했지만 사실 이 러그는 오래전부터 내가 갖고 싶었던 것이다. 여성지나 TV 드라마에 소품으로 나올 때마다 '살까?' 하다가 접었었다.

그러나 내 소망과는 달리 한빛은 이 러그를 여유 있게 밟지 못했다. 매일 새벽에 들어와 몇 시간 못 자고 다시 나가야 했으니 무슨 우아함을 누렸겠는가? 한빛은 나처럼 살지 말고 따듯하고 편하게 살았으면 했는데 욕심이었나? 한빛이 떠난 지 벌써 몇 해, 아무도 밟지 않는 빈 방의 러그가 오히려 을씨년스럽게 보인다. 이제는 어느 정도 익숙해져 가던 푸른색 벽지도 한없이 춥고 썰렁하게 느껴진다.

에어컨도 그랬다. 몇 해 전부터 여름이 무척 더웠는데, 우리 집에는 에어컨이 없었다. 내가 냉방병이 심하다 보니 가족 누구도 에어컨 얘기를 못 꺼냈다. 한빛은 늘 자정 무렵에나 들어왔고, 휴일에도 꼭 밖에 나갔다 들어왔다. 나중에 알고 보니 집이 너무 더워서 카페나 도서관에서 공부하거나 책을 읽다 오는 것이었다. 재수할 때도 여름에는 집에 오기가 겁났다고 했다. 그래서 집 근처에 와서도 일부러 카페에 들러 12시까지 있다가 들어왔다는 것이었다. 훗날 그 말을 듣고 너무 미안했다. 내가 에어컨을 피해 다니든지 긴 옷을 입으면 됐는데. 에어컨 달자고 하지, 다들 착해도 너무 착한 것 아닌가? 내 위주로만 살아온 게 싫어 그날로 방에 벽걸이 에어컨을 달아 주었다. 너무 쉬운 일인데 한빛은 왜 한 번도 불평하지 않았을까?

그러고 보니 한빛은 늘 나를 배려했다. 아빠하고 논쟁을 벌이고 나서 결국 아빠 말에 따르더라도 표정 관리를 못했지만, 엄마한테는 늘 순했다. 조곤조곤 이야기도 잘했다.

한번은 가을날. 하늘이 참 예뻐서 "학교도 가을이 깊어졌겠네? 가끔 하늘도 보렴" 하고 메시지를 보냈다. 답을 바라지도 않았고 그냥 내 감정을 표현했을 뿐인데 "네에. 물속에 비친 붉고 노란 나뭇잎들에 자하연이 온통 가을이에요. 엄마도 가을을 맘껏 누리세요" 하는 답이 왔다. 자하연은 대학 교정에서 만날 때 자주 찾았던 인문대 앞 연못이었다. 내가 잘 삐쳐서 미리 겁을 먹나? 엄마가 상처를 잘 받는다는 것을 알아서인가? 여하튼 한빛은 엄마를 많이 아껴 주었다.

언젠가 식사하면서 회사 얘기를 조심스럽게 꺼냈는데 나는 한빛의 고민을 눈치 채지 못했다. "사회생활이란 게 다 그래" 하며 가볍게 넘긴 것 같다. 한빛의 눈을 바라봤어야 했는데, 밥상을 차리느라 왔다 갔다만 했다.

"네 꿈을 펼칠 곳이 거기뿐이니? 나와서 새로 찾으면 되지. 더 좋은 곳도 엄청 많으니까 걱정 마."

그때 차라리 호기라도 부렸어야 했는데 아무것도, 아무 말도 해주지 못했다. 한빛은 항상 나를 배려하고 감쌌는데 나는 그 한 번을 헤아리지 못했다. 어리석었다.

이제 와서 미안하다는 말이 무슨 의미가 있을까? 부질없음을 알면서도 그 말만 자꾸 되풀이한다.

"나도 구경 다니고 싶다"

한빛이 떠난 후 내 인생을 실패한 인생이라고 간주했다. 모든 것이 전과는 다른 빛깔이었고 처연했고 슬펐다. 누군가는 최악의 상실감 속에서 최선의 아름다움을 찾을 수 있다고 하지만, 자식의 죽음을 겪어 보지 않은 사람들이 인용하기 좋아하는 의례적인 경구이고 일종의 교만이라고 생각했다.

> 지난 15일 광주 망월동 민족 민주 열사 묘역에서 우리를 볼 때마다 손 꼭 잡아 주시며 "어쩔 끄나, 어쩔 끄나" 하시는 이한열 열사 어머님을 만났습니다. 비가 오는 중에도 참배객들이 분주히 묘역을 오가는 모습을 한참 보시더니 이러시더군요.
> "오메, 나도 구경 다니고 싶다."
> 옆에 있던 한 분이 깜짝 놀라,
> "저들은 구경 온 게 아니라 참배하러 온 사람들이에요."
> "알제. 나도 저그들처럼 구경 다니고 싶다……."
> 유가족 레테르(rhéteur)의 한이 서린 그 한탄이 바로 내 한탄과 같아서…… 고개를 올려 먼 하늘만 쳐다봤습니다.◆

◆ 유경근(예은아빠), 페이스북(2020/05/18).

짧은 글이었지만 읽다 말고 엉엉 울었다. 핑곗거리라도 찾은 것 마냥 내놓고 울었다. 자식의 죽음을 겪어 보지 않은 사람들, 유가족이 되어 보지 않은 사람들은 '나도 구경 다니고 싶다'는 말이 어색하거나 섭섭할 것이다. 5·18 묘지에 온 사람들이 어떤 마음으로 왔는데 급히 오해를 풀어 주고 싶었을 것이다. 그러나 자식을 잃은 예은아빠 유경근 님은 먼 하늘만 쳐다봤다. 나라도 그랬을 것이다.

한빛 장례를 치르고 매일 한빛 방에 들어가 있었다. 침대에 누워 한빛 체취가 남아 있나 숨을 한껏 들이켰다. 책상을 닦고 문구용품들을 가지런히 정리했다. 읽다 만 책에 예쁜 포스트잇을 붙였다. 한빛이 금방 책상에 앉을 것처럼.

책꽂이에 박완서의 『한 말씀만 하소서』가 있었다. 예전에 읽었던 책이다. 아들을 잃은 후 작가가 삶과 죽음, 신의 문제에 대해 성찰해 가는 과정을 쓴 일기이다. 자식을 잃고도 일기가 써지나 했던 기억이 난다. 자식을 잃으면 밥도 못 먹고 따라 죽는 게 엄마려니 했다.

어느새 내가 책을 꺼내 읽고 있었다. 동병상련의 마음으로 위로받고 싶었을 거다. 그 많은 박완서 책 중에 왜 이 책이 한빛한테 있을까? 나는 자식을 보내고도 살고 싶다는 의지로 이 책을 기웃거리는 거겠지. 갑자기 내가 혐오스러웠다. 나를 더 치욕스럽게 한 것은 읽는 내내 누가 덜 불행한가를 비교하는 내 마음이었다.

작가의 홀로 서기를 보면서 '나는 그래도 기댈 남편이 있구나. 그럼 다행인 거네' '작가는 딸이 셋이나 있고 손자들도 있는데 나는 한솔이만 있으니 참 불쌍하네' '작가의 딸들은 서로 엄마를 챙기네. 우리 한솔이는 혼자 감당해야 하는구나' '작가는 소설가니까 살아 냈겠지' 하며 한심한 비교를 하고 있었다. 내가 낫다 싶으면 다행스럽다가도 아들을 잃고도 이런 걸 감사하다니 제정신이 아닌 것 같았다.

심하게 도리질을 한 뒤 한 가지만 붙잡았다. 한빛과 함께했던 27년 만큼만 더 살아서 한빛한테 받은 것을 다 갚게 해달라고 빌었다. 그러더니 어느새 작가의 당시 나이를 헤아리고 있었다. 이한열 열사의 어머니 배은심 님의 나이도 따져 보고 있었다. 한심하게도.

아침에 남편이 청소기를 돌리다가 낡은 조화 카네이션을 버리려고 했다. "안 돼. 한빛이 선물한 거야" 하며 울었다. 하필이면 내가 내 몸 아무 데나 눌러도 눈물이 쏟아질 것 같은 날이었다.

나는 받을 때는 화려해도 금방 시들어 버리는 꽃 선물을 아까워했다. 그렇다고 조화를 좋아하지도 않았다. 생명이 없으니 더 의미 없다고 생각했다. 그러니 우리 집엔 입학식, 졸업식 때 말고는 꽃이 없었다. 그런데 2016년 5월. 한빛이 어버이날 선물과 함께 이 조화 카네이션을 줬다. '무슨 조화를?' 하려다가 "어머, 조화인데도 예쁘다. 생화보다 낫지. 오랫동안 볼 수 있으니까 고마워" 하고 마음에 없는 말을 했다. 엄마를 잘 알고 있는 한빛이 조화를 사온 게 의외였다.

조화 카네이션은 지금도 내 곁에 있다. 한빛은 갔어도 작은 팻말 '감사해요'를 꽂은 채 오늘도 나를 바라보고 있다. 책 『한 말씀만 하소서』도 그렇고, 미리부터 세상에 남은 엄마를 배려한 것처럼.

또 대학 졸업 사진은 어떻고? 사진 속 한빛은 너무나 환하게 웃고 있다. 멋진 정장을 입고 활짝 웃는 모습이 눈부셔서 울컥하다가도 위로가 된다. 엄마도 '구경 다니고 싶다'며 먼 하늘만 쳐다볼까 봐 미리 준비한 선물인 것처럼.

기도해 주길

남편이 한 달 전부터 새벽에 국선도를 배운다. 한참 전부터 어깨가 아파 팔 올리기를 힘들어 하더니 얼마 전부터는 허리가 아파 조심조심 걸어야 했다. 체력에 대해서는 자신만만하던 그였는데 MRI를 찍고 의사의 수술 권유를 듣고는 덜컥 겁이 났나 보다. 스스로 국선도를 나가기 시작했다. 사실 그동안 마음도 힘든데 센터 일에 집중하느라 자신을 돌보지 않는 생활이 불안했었다. 그래서 국선도를 끝내고 들어오는 남편을 보면 감사하다. 그가 조금씩 자신을 돌아보는 것 같아서이다.

나는 2018년 예수회에서 하는 하늘마음 모임(자녀 사별자 모임)에 나갔다. 전문적인 상담 센터는 아니지만 지푸라기라도 잡고 싶어 신청했다. 10회 모임에 나가면서 그나마 숨을 쉴 수 있었다. 한빛이 떠난 그해 가을 이후 나는 모든 감정을 내버렸다. 문을 닫아걸었다. 관계를 먼저 차단했다. 아무렇지도 않은 듯 출근하고 퇴근했다. 철저한 이중적인 삶에 나 스스로 놀랐다. 어느 날은 진짜 나는 어디에 있나 허둥대며 찾았다. 나는 날마다 삭아 가고 낡아 갔지만 이를 당연히 받아들였다. 아들이 떠나고 없는데 이까짓 내 삶과 감정이 무슨 의미가 있으랴. 한빛에 대한 그리움과 슬픔 외에는 아무것도 없었다. 아무리 애를 써도 이전으로 돌아갈 수 없다는 것을 나도 남편도 알았다. 남편의 해직 시절 거리에서 그렇게 피 터지게 외쳤던 "해직 교사 원상 복직"의 '원상'이란 단어가 실은 대단한 희망의 언어였음을 새삼 몸으로 깨달았다.

어느 날 남편이 말했다.

"나도 이번에 하늘마음 모임에 나가려고. 지난주 주보에 나왔는데 이번에 사전 모임을 한다네."

깜짝 놀랐다. 잘못 들었나 했다. 하늘마음 모임 단체방에 이 소식을 알리니 모두들 자기 일처럼 기뻐했다. 남편에게 어쩌다 그런 결정을 하게 됐냐고 하니 자기가 살아야 한빛도 살릴 수 있음을 알게 되었다고 했다. 신앙적으로 맞는 말인지는 모르겠으나 구원받고 싶다고 했다. 가슴이 뭉클했다. 작년에 같이 가자고 설득했지만 끝까지 안 가고 버텼던 그였다.

그 이유를 1년이 지나서야 이야기했다. 그동안 남편이 사는 목표는 오직 한 가지였다. 한빛 죽음의 의미를 살리는 일. 오직 그 하나뿐이었다. 아들을 지키지 못했다는 자책감으로 괴로워하는 것도 사치고 상담 받으며 슬픔을 승화시키는 것도 개인적 욕심이라고 여겼다. 자신이 어떻게 살아남느냐는 중요하지 않았다. 사랑하는 귀한 아들에게 아빠로서 줄 수 있는 유일한 것은 아들이 고민했던 문제를 함께 해결하고 그의 죽음이 헛되지 않게 하는 것이었다. 한빛미디어노동인권센터(한빛센터)를 세우고 한빛이 이루고자 한 일, 방송 노동 현장을 개선하는 일에 온 힘을 다 쏟아야 했기에 자기 몸을 돌보고 마음을 추스를 시간은 버렸던 것이다. 그것도 모르고 나는 건강 좀 챙기라며 잔소리만 했다.

남편은 한빛에게 너는 이렇게 살면 좋겠다며 바람을 얘기할 때도 있었다. 가난 때문에 자신이 못한 것을 한빛이 대신 해주기를 은근히 강요하곤 했다. 물론 번번이 핀잔을 받았다. 그에 비하면 나는 영악하게 한빛의 눈치를 살피며 할 말, 안 할 말을 가렸다. 그러니 나만 항상 좋은 점수를 받았다.

그러나 한빛도 아빠의 진심을 알았을 거라고, 아빠가 엄마보다 훨씬 자신을 많이 사랑했음을 알고 있을 거라고 확신한다. 엄마가 잘 기죽으니 어쩔 수 없이 배려했을 것이다. 고양이 푸리만 봐도 안다. 아침저녁으로 푸리가 좋아하는 통조림을 주는 집사는 나니까 푸리가 나만 졸졸 따라다닐 것 같은데, 아니다. 남편에게 냥냥 대며 말 걸고 간식 달라며 애교 부린다. 남편의 발소리가 들리면 현관문 앞에 예쁘게 앉아 기다린다. 화장실 청소 같은 굳은 일을 도맡아 하는 아빠 집사. 푸리는 누가 속마음이 깊은지를 이미 알고 있는 듯하다. 고양이도 아는데 아들이 아빠의 사랑을 몰랐으랴? 한빛에게 "엄마 기 살려 줘서 고마워"라는 말을 꼭 해야겠다.

목욕을 즐기던 남편이 요즘은 도고 집에 와서도 온천에 안 간다는 것을 알았다. 한빛과의 추억 때문이었다. 일요일이면 아버지와 어린 아들 둘이 목욕탕에 가는 뒷모습이 얼마나 흐뭇했는지. 그런데 한빛은 목욕탕을 별로 좋아하지 않았다. 4학년 때인가 셋이 나란히 목욕탕에 갔는데 한빛이 혼자서 금방 돌아왔다. 나중에 한빛이 함께 목욕하는 것이 싫어서 집에 두고 온 것이 있다고 거짓말한 것을 알았다. 우리는 '벌써 사춘기인가?' 웃으면서 한빛의 변화를 인정했다. 이후 함께 목욕 갈 기회가 거의 없었고, 서로의 등을 미는 아름다운 순간도 가질 수 없었다고 했다.

한빛이 떠나기 전 도고에서 같이 온천에 갔는데, 등을 닦아 주겠다고 하더란다. 매번 혼자 하다가 아들의 손길이 살에 닿는데 어찌나 다정한지 그 행복감이 말로 표현할 수 없었다고 했다. 다 큰 성인이 된 한빛 등에 비누칠을 했던 마지막 기억이 지금까지도 따뜻하게 남아 있다고 했다. 한빛 떠나고 1년 후. 제대한 한솔이 형처럼 등을 닦아 주었을 때, 한빛 생각이 나서 눈물이 쏟아졌다고 했다. 다행히 목욕탕은 아무도 눈치 못 채게 마음껏 울 수 있어서 한참을 울었다고 했다.

남편은 가장 마음 아프면서도 마음껏 울 수 있는 곳이 오산 휴게소라고 했다. 한빛이 오산에서 군대 생활을 할 때 오며 가며 들렀던 곳이라 한빛 생각이 뚜렷이 남아 있다고 했다. 혼자 도고 집에 다녀올 때면 고속도로에서 마음껏 울고 오산 휴게소에서 또 한바탕 운다고 한다. "길이 막히네. 오산 휴게소야" 하면 나 역시 가슴이 미어진다. 교통난을 핑계 대는 남편의 감정이 어떤지 알기 때문이다. 나는 매일 울고 징징대면서 그가 늘 당당하길 바라는 것이 어불성설인 줄 알면서도, 그의 슬픈 감정을 바라보기가 힘들다.

남편은 술에 취해 늦게 들어온 날이면 한빛 방에 들어가 한참 운다. "한빛아, 보고 싶다" 하면서 운다. 울다가 지쳐 잠들어서도 "한빛아, 보고 싶다" 하고 잠꼬대를 한다. 그에 비하면 나는 내가 먼저였다. "엄마는 너 없이 어떻게 살지?" 하며 울었다. 떠난 한빛에게 답을 듣겠다고 묻고 물었다.

한빛아. 아빠는 항상 네가 먼저였단다. 자신보다 너를 더 사랑했고, 지금도 네가 우선인 아빠를 위해 기도해 주길 부탁한다.

새 이름을 갖고 싶어◆

학생회에서 퇴임 기념 영상을 찍겠다고 사전 질문지를 가지고 왔다. 퇴임까지 두 달이나 남았지만 방학이 있어 미리 찍는다고 했다. 여느 출근 때처럼 왔다가 자연스럽게 퇴임하고 싶었기에 교감 선생님과 상조 담당 선생님께 퇴임 준비는 절대로 하지 말라고 신신당부했었다. 작은 퇴임식이라고도 굳이 이름 붙이지 말고 교직원 회의 때 잠깐 작별 인사만 하고 싶다고 했다. 감사패도 말고 꽃다발 하나만 안겨 달라고 했다.

그런데 학생회가 만드는 퇴임 영상이라니. 학교에서 교장과 학생 사이가 그리 각별한 것도 아니고 어린 중학생들이 교장 선생에 대해 얼마나 애틋하랴 싶어서 담당 교사에게 내 생각을 말했다. 다시 찾아온 담당 교사가 오히려 나를 설득했다.

지난해 종업식을 학생회에서 자치적으로 진행하게 했다. 처음 시도하는 것이라 많이들 우려했으나, 나는 우리가 기대치를 낮추면 된다고 했다. 처음부터 잘할 수는 없지 않겠냐며 기다리자고 했는데 학생들이 기대 이상으로 잘 해냈다.

그런데 올해는 코로나19로 대부분의 학사 일정이 취소됐고 학년별 등교가 이뤄졌기에 종업식 자체는 큰 의미가 없었다. 그래서 담임

◆ 가수 시와의 4집 음반 <다녀왔습니다>(2020)에 수록된 노래 제목.

교사 재량껏 시간을 채우려 했다. 그런데 학생회는 이 어수선함 속에서도 종업식이 자기네 몫이라고 생각하고 있었다. 학생회 단체 대화방에서 종업식에 대해 논의하면서 교장 선생의 퇴임 순서를 넣기로 했다는 것이었다.

담당 교사는 교장 퇴임이 어쩌면 의례적인 행사일지라도 아이들 스스로 준비하고자 했고 이런 과정 자체가 교육적으로도 의미 있지 않겠냐며 나를 설득했다.

문득 10대 때 『사랑의 학교』의 페르보니 같은 교사가 되고 싶다고 생각하던 때가 떠올랐다. 50여 년이 지나 퇴임을 앞둔 지금, 책을 다시 읽으며 페르보니를 만났다.

이 친구가 태어난 곳은 훌륭한 위인들이 많이 태어난 곳이란다. 지금도 힘센 노동자와 용감한 군인들이 많이 나오고 있지. 그 고장에 사는 사람들은 모두 재능과 용기가 넘치는 사람들이란다. 뿐만 아니라 울창한 숲과 높은 산으로 우리나라에서도 손꼽히는 아름다운 고장이야. 이 친구가 낯선 곳에 와 쓸쓸하다는 느낌이 들지 않도록 너희들이 따뜻하게 대해 주거라. 우리는 모두 친구라는 것을 너희가 보여 주길 바란다. …… 우리나라는 50년 동안이나 싸움을 해왔고 3만 명이나 목숨을 잃었다. 너희들은 서로 존중하고 사랑해야 한다. 만약 같은 고장에서 태어나지 않았다는 이유로 친구를 괴롭히는 아이는 이탈리아 국기를 바라볼 자격도 없어.◆

귀족 아들인 노비스가 석탄 장수 아들 베티에게 "너희 아버지는 거지"라고 놀렸을 때, 노비스의 아버지는 아들에게 용서를 빌라고 했다. 선생님은 말했다. "오늘 본 것을 잘 기억해 두어라. 이것이 올해의 가장 멋진 공부일 테니까."

내가 교사로서 살아온 39년 6개월의 시간을 페르보니 선생의 1년과 대비해 보았다. 의외로 교집합이 많았다.

내가 담임교사일 때 특별한 조례 시간을 운영한 것도 다 페르보니의 영향이었다. 페르보니는 매달 학생들에게 이야기를 들려주면서 당시 이탈리아에 필요한 애국심과 우정, 사랑, 존경 등의 가치를 가르쳤다. 흉내 내고자 나도 열심히 신문을 읽고 주제를 뽑아 조례 시간에 풀었다. 신문을 구독하는 아이들이 거의 없어서인지 내가 제시한 주제가 항상 신선하게 받아들여졌다. 그만큼 아이들한테 '괜찮은' 교사로 잘난 척도 할 수 있었다.

어느 날 우리나라 대통령이 사는 곳이 어딘지 칠판에 써보라고 했다. '청아대' '청화대' '백아깐' '세종문화회관' ' …… ' 명색이 대학 진학을 목표로 하는 고등학교 2학년 인문과 학생들이었다. 아이들도 당황했고 머쓱해했다. 이 일이 나나 아이들에게 많은 생각거리를 주었다.

그때만 해도 나는 신문 기사가 진실만 이야기한다고 믿었다. 대학가 대자보의 5·18 사진을 보면서도 '운동' 하는 대학생들이 교묘하게 그린 '그림'이라고 생각했다. 순진하고 무지한 20대 교사였다. 페르보니 흉내만 낸 것이다. 흉내는 진정한 교육이 될 수 없다.

학생회가 건넨 질문을 보면서 아직 퇴임에 대해 제대로 생각해 보지 않았다는 것을 깨달았다. 올해 가장 많이 들은 말이 "퇴임 후 뭐할거냐"는 거였는데. 선뜻 답할 수가 없었다. 머뭇거리는 나를 한심하게 생각하는 듯한 이도 있었고 쩔쩔매는 나 대신 "무슨 계획이 필요해요? 그냥 쉬는 거지" 하고 대답해 주는 사람도 있었다.

긴 시간 학교에서 보냈고, 내내 행복했다. 그러나 사람들은 모른다. 한빛 없는 퇴임과 퇴임 이후를 내가 한 번도 생각해 보지 않았음을. 그 시간이 다가오고 있다.

한빛이 있었다면 "수고하셨어요. 이제 엄마는 자유인이에요" 했을 거다. 한빛은 내가 퇴임 후 잘 살기를 진심으로 바랐을 거다. 나를 참 많이 이해해 주고 격려했던 아들이니까.

'아, 이제는 마음껏 울 수 있겠구나.'

내게 자유인이 된다는 감각은 이것뿐이었다. 이제 사랑하는 한빛을 아무 때나, 아무 곳에서나 마음대로 만날 수 있다. 만나서 반갑거나 너무 보고 싶을 때 아무런 제약 없이 울 수 있다. 퇴임을 기다린 이유라면 이것뿐이었다. 다른 계획은 생각해 보지 않았고 중요하지 않았다. 여태 몰래 울 때마다 한빛한테 많이 미안했는데 이제는 그만 미안해하고 싶었다.

한빛아, 비록 너 없이 퇴임을 맞지만 엄마 너무 슬퍼하지 않을게. 이제는 너를 매일 만날 수 있고 항상 너와 함께 있을 거니까. 엄마가 약속했듯 너를 부활시켜 같이 살아갈 거니까.

그러니까 한빛아. 엄마가 새 이름을 갖게 된 것을 많이 기뻐해 줘. 축하해 줄 거지?

죽음과 함께 산다

퇴직 후 누가 쫓아오는 것도 아닌데 곧바로 제주행 비행기를 탔다. 물론 교직 생활을 하면서 퇴직 기념 여행을 꿈꾸긴 했다. 방학 때가 아닌 평일에 하는 여행이 줄 여유를 떠올렸고 남편과 함께 유럽 어느 도시를 산책하는 상상도 했었다. 가슴이 두근거렸다.

그러나 한빛이 떠난 후 아무런 생각도 하지 않았다. 주변에서 어디든 떠나라고 했고, 먼저 퇴직한 남편에게는 산티아고를 권했다. 나의 퇴직 후를 기약했는데, 코로나19의 대유행으로 모든 길이 막혔다.

속상하지도 억울하지도 않았다. 애초 설렘도 없었다. 단지 어디론가 떠나면 그만큼 시간이 저절로 때워질까 싶을 뿐이었다. 막이 내려도 갈 곳이 없기에 어디로든 '떠밀리고' 싶었다.

제주에 가서 올레길을 걸었다. 가장 아름답다는 서귀포 주변을 골라 걸었던 옛 기억이 났다. 그때 나중에 한빛과 함께 다시 걸으리라 했는데, 가슴이 또 막무가내로 엉켰다. 일부러 그 길을 피해 북동쪽을 걸었다. 바다와 마을, 밭, 오름을 보며 걸었다. 어제는 그렇게 쾌청하더니 오늘은 태풍이 올라오고 있어서 바다의 파도는 제멋대로고 풀들이 거칠게 흔들렸다.

무작정 걷고만 싶었다. 걷기를 하면 '떠밀리기'가 가장 쉽고 나라는 주체가 그다지 중요해지지 않기 때문이다. 그런데 물빛이 아름다우면 아름다운 대로, 거칠면 거친 대로 그곳에 항상 한빛이 나타났다.

시도 때도 없이 한빛이 불쑥불쑥 나를 찾아왔다. 기억이 점점 옅어지는 게 두려워서 안간힘을 쓰는 엄마가 안쓰러웠나. 착한 한빛.

그때마다 소리 내어 실컷 울었다. 낯선 제주에, 지나가는 사람이 없어 맘껏 울었다. 그럴수록 가슴속 한빛이 선명해졌다. 한빛이 내 옆에 살아 있고 나와 함께 있음을 확신할 수 있었다.

지난 초여름. 석양 무렵 강가에 갔다. 지평선 아래로 점점 잦아드는 동그란 해와 붉게 물들어 가는 강물이 참 아름다웠다. 같이 간 친구 부부는 언제 봐도 절경이라며 감탄사를 연발했다. 우리를 위해 데려온 것을 알기에 호응은 했지만 나는 아무런 감흥이 없었다. 한빛 아빠도 가슴이 설레지 않아 당황했다고 했다. 이제는 무엇을 봐도 하나도 아름답지가 않다고 했다.

집에 돌아와 어두워질 때까지 우리는 불을 켜지 않았다. 결국 내가 먼저 훌쩍였다. 뭔가가 가슴을 꽉 누르고 있었는데 역시 한빛이었다. 간절히 보고 싶었다. 소소하지만 아름다운 세상의 풍경을 같이 보고 싶었다. '이렇게 작은 것도 행복을 주는데 너는 왜?' 하고 다시 묻고 싶었다.

이번에 올레길을 걸으면서 남편과 나는 서로에게 '왜' 걸어야 하는지 묻지 않았다. 모퉁이를 돌아 바다가 펼쳐질 때 가슴에 쌓인 그리움으로 숨을 쉴 수 없으면, 아무 데나 먼저 주저앉아 울었다. 파도를 향해 한빛을 부르고 또 불렀다.

정말 많이 울었지만 예기치 않게 울음을 터트리는 서로를 바라보는 것은 슬프고 괴롭다. 그러나 우리가 옳다고, 서로를 토닥였다. 우리는 한빛 엄마, 한빛 아빠이고 지금 한빛과 함께하고 싶은데 그럴 수 없으니 어떻게 보고 싶어 울지 않겠냐며 서로 위로했다.

비록 여행이 주는 신비감이 없어도 스산해하지 말고 '소확행'이라는 말이 우리에게 사치스럽게 여겨지더라도 담담히 받아들이자고 약속했다. '왜' 걷고 있는지가 아닌 '무엇을' 위해 걷는지를 찾아가자고 했다.

2020년 7월, 학고재 갤러리에서 열린 "그림과 말 2020" 전시회에 갔다. '예술가가 현실을 외면해도 되는가'라는 질문을 붙잡고 삶의 현장과 괴리되지 않는 예술을 지지하며 창작해 온 '현실과 발언' 동인 16인이 참여한 전시회이다.

1980년대 청년기의 현실에 대한 메시지를 응축한 작품들과 2020년 지금의 현실을 향한 목소리를 담은 작품들이 있었다. 이들은 그때나 지금이나 여전히 유효한 발언의 장을 펼치는데 왜 1989년생 한빛은 2020년인 여기에 없나 싶어 또 울컥했다.

이때 나를 안아 준 작품이 있었다. 정동석의 사진 <깊은 생각에 잠긴>(2018) 연작이었다. 나무의 한 기둥에 산 가지와 죽은 가지가 공존하고 있는 사진이다. 삶과 죽음은 하나라는 의미였다. 죽음은 삶의 연장이고 삶은 죽음을 향해 가는 과정이므로 삶과 죽음이 한 뿌리에서 나온 한 몸임을 암시하는 작품이었다.

한참을 사진 앞에 서 있었다. 뜨거운 눈물이 가슴을 채웠다. 예쁜 꽃이 핀 가지와 말라 죽은 가지가 같이 있는데 그 모습이 자연스러웠다. 지극히 단순한 이미지였지만 삶과 죽음이 공존한다는 의미를 강렬히 제시하고 있었다.

그날 밤. 나는 작품을 기억하며 그림을 그렸다. 먼지 쌓인 채 책 더미에 있던 그림 도구를 찾았다. 지난 봄날. 그림도 위로가 된다며 미술 교사가 조심스럽게 놓고 간 선물이었다.

고등학교 이후 처음 붓을 잡았는데 낮에 본 기억이 생생해서인지 그림이 저절로 그려졌다. 컵 하나에는 초록이 싱싱한 푸른 나무를,

다른 컵에는 두 나뭇가지를 그려 한빛과 나를 정성껏 새겼다. 비록 한 나뭇가지는 죽었지만 다른 한 가지에는 꽃을 피워 한 그루의 큰 나무가 되게끔.

그림을 그리고 나니 자신감이 생겼다. 삶과 죽음이 공존하듯 한빛과 나는 늘 같이 있을 것이고, 한빛은 항상 내 안에 살아 있을 것이다.

적당히 사랑하지 않았기 때문에

"그냥 일상적으로 생활하세요. 밥을 먹다가 한빛이 좋아하는 반찬이 있으면 한빛 얘기하고 한빛의 어린 시절이 떠오르면 그 시간으로 젖어 들고 그렇게 살아야 한빛도 편할 거예요."

걱정해 주는 말이고 어쩌면 맞는 말일지 모른다.

그러나 아니다. 제사상 앞에서 형제자매 중 누가 돌아가신 부모님을 찾을 때와는 다르다. 그때는 막내의 '엄마가 보고 싶다'는 말 한마디에 같이 훌쩍이다가도 언니가 우스갯소리를 하면 금방 깔깔대기도 한다.

자식의 죽음은 다르다. 남편이나 나나 매일매일 공허하다. 한집에 살면서도 각자의 방법으로 슬픔을 마주한다. 그리움에 지치면 서로 부둥켜안고 엉엉 울면서 덜어내도 될 것 같지만 나도 남편도 참고 참는다. 오히려 서로에게 더 큰 고통을 줄까 봐 두려워한다.

남편에게 술 약속이 있는 날은 미리부터 긴장한다. 주로 잠자는 척을 하지만 현관문 들어서며 "한빛아 보고 싶다" 하며 거실 소파에 구겨져 흐느끼는 남편이 다 보인다. 이불을 뒤집어쓰고 소리 죽여 우는 것 말고는 내가 할 수 있는 일이 없다.

남편이 가엾고 아무 도움이 안 되는 내가 싫은 건데 다음 날 아침이면 마음과는 다르게 화를 낸다. 술과 연관 지어 남편을 몰아간다. 그냥 이러다가 서로 폐인이 되어 세상 끝나기를 바라는 사람처럼.

남편이 울먹이며 말했다.

"당신은 아무 때나 울어도 되고 마음대로 슬퍼도 이해되기 바라면서 나는 늘 괜찮기를 바라지 말아 줘. 나도 정상적인 삶이 힘들어. 죽는 날까지 우리가 정상적인 삶으로 돌아갈 수 있을까? 우리끼리라도 서로 의지하고 위로하며 살자."

그랬다. 나는 울고 싶을 때 마음껏 울면서 남편에게는 이성적이기를 요구하고 있었다. 속이야 어떻든 겉으로라도 잘 극복하고 있는 것처럼 보이길 원했나 보다. 그래야 서로에게 힘이 될 것 같았다. 한빛을 잃고도 여전히 정답을 의식하며 사는 내가 한심했다.

퇴임 이후 제주 여행에서 좋은 시간을 보내려고 애썼다. 마지막 날 저녁 식사도 한빛 이야기를 일상처럼 나누며 잘 마무리했다. 앞으로는 울지 말고 한빛이 남긴 숙제를 열심히 하자고 약속했다. 그런데 숙소로 돌아오는 길에 남편이 검은 밤바다를 향해 울음을 터뜨렸다. 한빛을 부르는 울부짖음, 한빛을 향한 통곡이었다. 금방 한 약속도 걷잡을 수 없는 그리움을 이길 수 없었다.

나도 여행 중 불쑥불쑥 울었다. 올레길을 걷다가 바다가 보이면 울컥하고, 싱싱한 전복죽을 먹다가도 가슴속 뭉치가 툭 터지면 주저 없이 울었다. 나는 엄마니까 울어도 되고 아빠는 안 된다는 건 아니었다. 한빛에 대한 그리움은 다 똑같았다. 남편을 붙잡고 한참을 울었다. 가슴을 쥐어뜯으며 마음껏 한빛을 불렀다.

퇴임 후, 나에게 온전한 24시간이 주어졌다. 지켜야 할 시간도 없고 아무도 간섭하지 않아 엄청 자유로울 것 같았는데 오히려 당혹스러웠다. 한빛이 떠난 후, 뭔가에 떠밀리길 바랐고 그렇게 떠밀리듯 살았기 때문이었다.

오늘도 갑자기 생긴 일 때문에 시간이 흐르는 것을 은근히 반겼다.

그리고 혼자가 되자 곧 쓸쓸해하는 나를 보며 불안했다. 쓸쓸함이 깊어지면 슬픔이 되고 그 슬픔은 눈물이 된다. 세월호 참사로 자식을 잃은 한 엄마는 그 눈물의 힘으로 살았다고 했다. 슬픔은 극복되지 않지만 그 순간에도 행복이 있다고, 그래서 그 순간에 감사한다고 말했던 것 같다. 이해는 가지만 아직은 가슴에 와 닿지 않는다. 그저 행복이란 게 거창한 게 아니고 소소한 거라면, 지금 내가 행복한 순간은 슬픔을, 한빛을 잠시 잊었을 때니까. 이러면서까지 행복하고 싶지 않다.

"슬픔은 나누면 반이 되고 기쁨은 나누면 배가 된다"는 말을 좋아했고 학생들에게도 그 말을 자주 인용했다. 그러나 이제 혼란스럽다. 나누는 방법을 모르겠다.

"한빛 아빠, 나누면 덜 힘들지 않을까? 당신이 힘들 때 나는 어떡해야 해?"

"없어. 내가 노력해야지. 당신도 힘든데 미안해. 우리는 한빛을 위해 할 일이 있잖아. 한솔이 생각해서라도 씩씩하게 살아야지."

'아무리 슬퍼도 아들을 하늘로 보낸 엄마보다 더 힘드랴?' 하고 비교하려 드는 나의 이기심도 당연하고, '누가 누굴 위로하고 걱정하나? 가식 아닌가?' 하며 안쓰러워지는 내 마음을 붙잡는 것도 당연하다. 매사 모질게 마음먹는 내가 측은한 것도 당연하고, 예전처럼 따뜻한 마음과 안아 주는 여유를 갖고 싶어 슬퍼하는 내 현재도 다 당연하다.

나는 자식을 먼저 보낸 엄마니까.

한빛이 떠난 10월이 힘든 것도 당연하고, 순간순간 그리움을 주체할 수 없어 눈물로 쏟아 내는 것도 당연하다. 매일 한빛에 대한 기억을 추억으로 간직하며 평화를 느끼는 것도 당연하고, 그 의식에 감사하는 것도 당연하다. 그래, 다 당연하다.

비록 앞으로도 곳곳에서 넘어지고 주저앉더라도 당연히 여길 것이다. 나는 한빛을 적당히 사랑하지 않았기 때문이다.

멀어지지 않으려는 노력

한빛이 떠난 지 4년이 되어 가도록 나는 사람들과 한빛 이야기를 거의 나누지 않았다. 특히 한솔과는 더 그랬다. 단지 상실의 고통 때문이거나 힘들어서가 아니다. 한빛의 죽음이 비현실적으로 느껴졌다. 믿고 싶지 않았다. 이런 내 본능을 모른 척할 수 없었고, 간절히 집착할 수밖에 없었다.

한빛이 떠난 10월 달력을 넘기면서 문득 한빛의 나이를 헤아려 보았다. 순간 한솔이 형의 나이를 넘어섰다는 것을 알고 섬찟했다. 한빛이 떠났을 때의 나이 스물일곱보다 지금 한솔의 나이가 더 많아졌다. 두 살 터울이었는데 4년이 흘러 형과 동생 나이가 뒤바뀐 것이다.

이런 상황이 오리라고는 꿈에도 생각해 보지 못했다. 또 한바탕 가슴을 치며 울음을 토해 냈다. 내가 이런데 한솔은 어떨까? 나는 엄마니까 힘들게 살아도 되지만 한솔은 어쩌나?

그러나 어쩌면 이 마음도 거짓인 것 같다. 이성적으로는 한솔한테 넘겨진 돌덩이 때문에 질식할 것 같다가도, 내 가슴에는 한빛으로 가득 차 있었다. 한솔을 잊고 살 때도 있다. 한 번이라도 "저는 자식 아닌가요?" 하고 항변이라도 했으면 정신을 차렸으련만 한솔은 그러지 않았다. 혼자 삭히고 혼자 버텼을 거란 생각이 들어 가슴이 처연해졌다.

한솔은 형의 죽음을 부대에서 들었다. 장례식장에서 꿈인 듯 멍하니 있는데 군복 차림의 한솔이 허겁지겁 들어왔다. 한솔을 부서져라 끌어안는 것 말고는 아무것도, 아무 말도 할 수 없었다.

발인 전날 밤. 한빛의 대학 친구들이 마련한 추모제에서 유족 대표로 한솔이가 인사를 했다. 한솔은 담담하게, 그러나 강한 어조로 이렇게 말했다.

> 훈련 중에 형 소식을 들었다. 얼굴은 야간 작전 중이라 위장 검정칠을 했는데 논산 시외버스 터미널까지 오는데 얼마나 울었는지 눈물로 그 검정 칠이 다 지워졌다. …… 형 죽음의 이유를 알게 되었다. 결심했다. 앞으로는 절대로 나만을 위해서는 눈물을 흘리지 않으리라. 연대의 울음이 아니면 절대로 울지 않으리라 결심했다.

넋이 나가 있던 나는 추모제에 함께하면서도 마치 대학로 소극장에서 연극을 보고 있는 착각 속에 빠졌다. 한빛이 정말 죽었는지 내일이 정말 한빛 발인인지 감각조차 할 수 없었다. 한솔의 유족 인사를 들으면서도 마치 한솔이 배우로서 무대에 올라 긴 대사를 독백하는 줄 알았다.

정신을 차리고 보니 한솔인 연극배우로서 선 게 아니었다. 지금까지의 우리 집 막내도 아니었다. 새로운 한솔이었다. 평소 같으면 얼마나 대견하고 자랑스러웠을까? 그러나 이건 아니라고 생각했다. 형이 무엇 때문에 죽었는데 왜 너까지? 우리가 무슨 독립운동가 후손도 아니고 한빛이 민주 열사도 아닌데 무슨 연대를 위해서만 눈물을 흘리겠다고 형한테 약속하나? 어쩌다가 내 자식들은 이렇게 다 삐딱하니 살게 된 걸까?

내 운명인가? 이렇게 자식을 먼저 보내고 불쌍하게 살도록 예정돼 있었을까? 그것도 모자라 앞으로 더 불행해야 하는가? 한솔의 발언이 그 수순을 밟을 것 같은 경고로 들렸다. 뒤에 앉아 묵묵히 듣고 있던 오빠도 많이 불편해했다.

그래서 지난 4년간 문득문득 한솔을 생각하면 살얼음판을 밟는 기분이었다. 한솔이 짊어진 짐이 너무 무거워 가슴 아팠지만 덜어 주지도 못했다. 떠난 한빛만으로도 버거웠다. 그래서 항상 몸과 마음이 무거웠다.

그런데 한솔도 형의 4주기를 맞이하며 나와 비슷한 생각을 하고 있다는 것을 알았다. 20대에 멈춰 있는 형과 형의 나이를 넘어선 지금 자신의 이야기를 페이스북에 남겼다.

> 형이 지키고자 했던 일, 꿈, 가치, 기준에서 멀어지고 싶지 않았다. 청년과 노동을 둘러싼 갈등에만 국한해서 하나의 입장을 선택해야 한다면, 형의 생전의 생각을 참고하고 끌어와 판단했다. …… 떠난 사람을 평면적으로 바라보지 말고 꾸준히 그의 생애를 좇으며 나와의 간극을 좁혀야 한다. 고인의 시간을 그대로 보존한 채 오늘의 사회에서 기억하는 것이 이별을 추모하고 존중하는 길 중 하나라고 믿는다. 시간이 지나도 무뎌지지 않는 슬픔과 아물지 않는 상처를 위로하는 작업이기도 하다.
>
> 4년이 지났으니 이제 두 살 터울의 형제 관계는 완전히 뒤집혔다. 내가 계속 한빛 형을 형이라고 부른다면, 그것은 20대의 이한빛에게서 최대한 멀어지지 않고자 노력하겠다는 선언일 것이다.♦

♦ 이한솔, 페이스북(2020/10/23).

그동안 나는 한솔에게 많이 미안했다. 한솔은 워낙 독립적이고 자유분방하게 자랐으니까 그 힘으로 잘 딛고 일어나겠지 하며 합리화했다. 한솔이 견디고 있다고, 버티고 있다고 생각하지 않으려고 했다. 나만 힘든 줄 알았다.

그런데 이번에 또 한솔에게 배웠다. 형의 삶이 지금 자신의 기준이란 말에 가슴이 떨렸다. 여전히 기특한 형제다. 스물일곱 해의 한빛의 시간을 그대로 보존하면서 지금, 여기서 기억하는 것이 이별을 추모하고 존중하는 길이라는 말에 위로를 받았고 힘을 얻었다.

나도 이제는 한솔에게 잘하겠다고 나 자신에게, 한빛에게 선언했다. 그리고 오늘부터 실천에 옮겼다.

마지막 부탁은 거절할게

형은 버스에서 하차하기 직전, "너 참 내 말 안 듣는구나" 하고 웃으며 투정을 부렸다. 나는 바로 잠에서 깨어났다. 무슨 의미인지 정확하게 안다. 형은 세상을 떠나기 전, 자신의 죽음이 가족들의 험난한 싸움으로 이어지길 바라지는 않는다는 말을 남겼다. 슬픔을 안고 싸우는 것이 얼마나 힘든지를 잘 알고 있기에 그 고통을 가족들이 감당하는 것보다 차라리 자신의 이야기가 조용히 묻히는 것이 낫다고 생각했을 것이다.

변명: 미안, 언제나처럼 또 말을 듣지 않았어. 다만 나는 처음 마음을 다졌을 때, 절대 '슬픔' 때문에 싸우지는 않기로 했어. 떠난 사람에 대한 살아 있는 사람의 감정은 시간과 함께 사그라질 거야. 세상은 다시 조용해질 거고. 하지만 세상을 밝혔던 형의 삶 자체는 나에게서 쉽게 무뎌지지 않을 것이라고 확신해. 그리고 누군가 아파할 또 다른 공간에서 함께해 주겠지. 탁해지지 않고 계속해서 빛날 '이한빛'이라는 사람의 기억이 나를 통해 이어져 나갈 뿐이야. 그리 슬프지도, 멋있지도, 혹은 무섭지도 않은 형을 덜 알아 가는 삶이지.

생각해 보면 형의 마지막 부탁은 나이브(naive)한 내 스타일을 빙자했고, 나의 선택은 시크(chic)하게 큰 의미를 찾았던 형의 스타

일을 따라 했네. 결론은 청개구리처럼 마지막 부탁을 형의 방식대로 거절하겠어. 구제불능이지만 침착함은 잃지 않도록 도와주길 바라. ㅎㅎ

ps. 둘의 이야기를 공개적인 장소에 꺼내서 미안ㅎㅎ. 처음이자 마지막이 될 테니까 괜히 삐치지 말고 언제나처럼 놀러 와줘.♦

얼마 전 우연히 한솔이 페이스북에 쓴 글을 읽었다. 2017년 4월 19일에 쓴 글이었다. 한빛 문제를 세상에 공론화한, 바로 다음 날이다. 언제였나 싶을 만큼 까마득한 기억이 가슴을 치며 하나하나 되살아났다.

한솔이 군에 있을 때다. 군인이라서 숨죽인 채 기자회견에 함께하고 귀대해 한밤중에 썼을 것이다. 아빠는 중환자실에 누워 있고 대책위가 뭔지도 모르는 엄마한테 이후 과정을 맡기고 복귀한 한솔이 마음이 어땠을까? 형 죽음 이후 제대하기까지, 불안하고 고통스러웠을 한솔이 생각에 가슴이 아팠다.

그래도 나는 그때 울고 싶을 때 울 수 있었고, 잠들고 싶으면 자 버렸고, 밥 먹기 힘들면 안 먹어도 됐다. 내 맘대로 한빛의 죽음을 부정하며 살아갈 수 있었다. 그런데 한솔은 생각이라도 자유롭게 할 수 있었을까? 울 수 있는 공간과 시간이 있었나? 형 생각이 깊어질까 봐 도리질을 했겠지? 단절과 통제 속에서 자유의지와 싸우느라 얼마나 힘들었을까?

나는 이제야 한솔을 찬찬히 볼 수 있었다. 그동안 내게 한솔인 마냥

♦ 이한솔, 페이스북(2017/04/19).

어린 막내였다. 항상 제멋대로였고, 주위를 돌아보지 않고 앞으로만 나갔다. 추진력이 있다고 할 수도 있겠지만 그의 대책 없는 실천 의지가 주변을 불안하게 했다. 배려가 없다는 생각에 엄마로서 섭섭했지만 막내는 다 저러려니 하며 이해했다. 둘째라서 관심이 덜하기도 했고 어느 면에선 좀 더 너그러웠는지도 모른다.

그런 한솔이 형을 위해 '홀로 서기'를 선언한 것이다. 장례식 때도 절대 '개인적 슬픔' 때문에 울지 않겠다고 다짐했던 한솔이었다. '연대의 울음'이 아니면 절대로 울지 않겠다고 했다.

형 죽음에 대한 진상 규명과 형의 명예 회복을 꼭 하겠다고. 그때까지는 절대 울지 않겠다고. 슬픔을 안고 싸우는 과정이 얼마나 힘든지 알기에 일부러 꿈에 찾아와 당부한 형에게, 한솔은 웃으며 설득했다.

한빛은 착하니까, 가족을 항상 배려했으니까, 슬픔을 안고 싸우는 것이 얼마나 힘든지 헤아렸을 것이고, 그 고통을 가족들이 감당하는 게 싫었을 것이다. 그러나 한솔은 단호하게 형에게 말했다. 형의 마지막 부탁은 거절하겠다고. 그리고는 지난한 싸움을 시작했고 형의 이야기를 세상에 끌어냈다.

한솔은 형의 마음을 다 알고 있었다. 나도 한솔에게 "너 참 내 말 안 듣는구나"라고 말하는 한빛의 표정을 다 읽을 수 있었다.

한빛에 대한 그리움과 한솔에 대한 안쓰러움이 목구멍까지 차올랐다. 한빛도 가엾고 한솔도 불쌍해 엉엉 울었다. 두 아이에게 이렇게 받은 게 많건만 정작 이들이 힘들 때 나는 어디 있었나?

정신이 번쩍 났다. 한솔이 혼자 감당했던 지난 시간. 엄마인 나는 그냥 건너뛰어 오늘에야 만났다. 나는 이렇게 매번 뒷북이다. 한솔의 이 글을 이제라도 읽게 된 것이 다행이다.

이 지난한 싸움은 지금도 진행 중이고, 아마 한빛이 남긴 숙제는 내내 끝나지 않고 남을지도 모른다. 이전 싸움은 한솔이 혼자 고군분투했지만 이제부터는 함께하리라. 무소의 뿔처럼 뚜벅뚜벅 전방으로 걸어 나갈 것이다.

한빛아. 네 마지막 부탁을 거절해서 미안. 한솔이와 함께 엄마도 할 수 있는 일을 해볼게.

"사랑하는 엄마에게, 한솔"

한솔이 짙은 초록색 표지의 책◆을 불쑥 내밀었다. 표지에는 촬영용 슬레이트를 든 청년이 그려져 있고, 그 위에 "이한솔 지음"이라고 적혀 있었다.

"드라마 제작의 슬픈 보고서"라는 부제 때문인가 그림의 청년 눈빛이 슬퍼 보였다. 잔잔하고 무표정한 시선이 뭔가 할 말이 있어 보였다. 처음에는 한빛을 그린 줄 알고 가슴이 후두둑 했다. 그러나 그보다는 한참 어려 보이는 얼굴. 이상하게 낯이 익었다. 아, 한솔이구나. 야구 모자를 돌려 쓴 모습이 어린 시절 한솔과 비슷했다. 큰 헤드폰을 목에 걸고 큐 사인을 기다리는 모습도 이것저것에 관심이 많아 늘 바빴던 한솔이와 닮아 보였다.

한솔이 다니던 중학교는 학생 자치활동이 활발했다. 특히 영상을 활용해 자치활동을 선도해 나갔는데 굉장한 호응을 받았다. 요즘은 유튜브에 관심도 높고 초등학생들도 스마트폰을 활용해 UCC 정도는 뚝딱 만들어 낸다. 하지만 그때만 해도 스마트폰이나 컴퓨터가 일반화되지 않았다. 한 장면 한 장면 캠코더로 찍고 컴퓨터에서 영상 작업을 해야 했다. 다행히 캠코더는 학교 방송실에 구비되어 있었지만 영상 작업을 할 때는 어쩔 수 없이 학생회 담당 교사의 컴퓨터를

◆　이한솔, 『가장 보통의 드라마』, 필로소픽, 2019.

사용해야 했다.

교무실 풍경이 그려졌다. 촬영 데이터를 교사의 컴퓨터에 옮기고 동영상 프로그램을 이용해 작업하는 일이 단시간에 뚝딱 될 리가 없다. 담당 교사는 학생들의 자치활동에 컴퓨터를 안 내줄 수도 없을 것이다. 아이들은 선생님 자리를 차지하고 앉아서 이 장면 넣자, 저것은 빼자 하며 한없이 떠들 것이다. 자기들 습관대로 키보드를 무자비하게 누를 것이고 쓸데없는 프로그램도 마음대로 다운로드 받을 것이다. 교사가 얼마나 난감할까? 나 역시 학생들이 수행평가 때문에 부탁할 때 잠깐씩 사용하라고는 하지만 속으로는 불안하고 불편했다. 업무가 많거나 교재 연구가 밀렸을 때는 거절하기도 했는데.

그날 밤 노트북을 구입했다. 대학생들이 강의 시간에 노트북을 갖고 들어간다는 기사가 간간이 나오던 때였다. 남편은 펄쩍 뛰었다. 중학생이 무슨 노트북이냐, 영상을 만들어야 몇 편이나 만들겠냐며 사치라고 했다. 자신도 노트북이 갖고 싶지만 집에 데스크톱이 있어서 생각을 접었다고 했다. 그러나 한솔은 그날 구입한 노트북을 닳아빠진 책처럼 너덜너덜해질 때까지 정말 잘 사용했다. 그런 한솔을 보면서 나는 기뻤고, 무리해 노트북을 사준 것이 아깝지 않았다. 그래서 표지 그림을 보는 순간 중학생 때의 한솔이 연상됐는지 모른다.

"수고했어. 그런데 저자 사인도 없네?" 하니 '사랑하는 엄마에게. 한솔'이라고 썼다. "에이, 너무 건조하네. 좀 더 멋진 말로 쓰지. 그래도 작가인데" 하며 일부러 목소리를 높였다. 그러나 금방 울컥하며 말끝이 흐려졌다. "미안해. 한솔아. 엄마가 울면 안 되는데…… 정말 고생했다."

이틀 동안 책을 정독하고, 밑줄을 그어 가며 한 번 더 읽었다. 곳곳에서 많이 울었다. 한솔이 방송 관련 책을 쓴다는 것은 얼핏 들어 알았지만, 구체적으로 물어보지는 않았다. 관련 종사자들과의 인터뷰 정도로 생각했다. 그런데 처음부터 끝까지 글을 이끌어 갔다. 글쓰기가 쉬운 일이 아닌데 시간적으로 육체적으로 얼마나 힘들었을까? 여기서도 나는 한솔에게 아무 힘이 되어 주지 못했다. 나는 한빛을 보낸 후 무엇을 했나? 한빛을 위해 매일 우는 일 말고 무엇을 했나? 매일 한빛에게 "당당하게 살게. 너를 부활시킬게"라며 약속하고도 금방 주저앉고. 그것밖에 한 일이 무엇이 있나?

엄마인 내가 내 슬픔에 묻혀 허우적대니 한솔은 스스로라도 정신을 차려야 했겠지. 우뚝 서야 했고 씩씩하게 걸어 나가야 했겠지. 맡은 일도 힘들 텐데 책까지 쓰느라 얼마나 정신없었을까? 나는 한솔에게도 짐이 되고 있었다. 힘들어도 기댈 수 없는 엄마였다.

한솔은 책을 쓰는 내내 한빛 형과 만났고 마주쳤을 것이다. 그때마다 한솔은 형을 잃은 상실감을 어떻게 극복했을까? 어떻게 받아들였을까? 악으로 버텼으면 어쩌나? 가끔 조심스럽게 물어도 "괜찮아요. 저 잘 살고 있어요." 매번 같은 답이다. 그걸 나보고 믿으라는 건가? 한솔을 볼 때마다 무거운 돌이 하나씩 얹히듯 가슴이 무겁다.

나는 그 가을 이후 여기저기를 두드렸다. 상담소를 찾아갔고 한약을 지어 먹었다. 매일 성당에 가서, 기도하는 교우가 있든 말든 대성통곡을 했고 예수님을 향해 고래고래 소리 질렀다. 한빛을 데려간 이유를 말하라고 억지를 부렸다. 모든 것이 철저히 내가 살기 위한 몸부림이었다. 나는 엄마니까 어떻게 살든 상관없다고, 한빛 없는 남은 생이 무슨 의미가 있냐고 하면서도 나 살기에 급급했던 것이다. 허겁지겁하는 엄마 옆에서 한솔은 최선을 다해 형을 살리고 있었다.

책 곳곳에서 한솔은 지독하고 혹독하게 형의 부재와 맞닥뜨렸다. 떠난 형이 치열하게 고민하고 힘들어했던 그 길을 눈으로 직접 확인하면서 수없이 울음을 삼켰다. 실컷 울기라도 했으면 조금이라도 마음을 추스를 수 있었을 텐데, 오히려 그때마다 이를 악물었다.

　오늘도 '미안해 한빛아'를 읊조리고 있는데, 이제 한솔한테도 미안하다고 해야 하나? 내가 이런 엄마인 게 정말 싫다.

　"사랑하는 엄마에게. 한솔."

　한솔의 엄마, 한솔이 사랑하는 엄마답게 잘 살려면 어떻게 살아야 하나?

　분명 한솔은 책에서 그 답을 짚어 주었다. 그래. 한솔아. 더는 미안하다는 말만 되뇌지 않을게. 너와 형에게서 받은 사랑과 믿음을 되새기며 살아갈게.

슬픔은 아름다움의 그림자

10월은 아무런 걸림이 없다. 하늘은 투명하게 파랗고, 노랗게 붉게 물들어 가는 가로수들은 완성을 앞둔 수채화 같다. 뒹구는 쓰레기가 있으면 줍고 싶고 먼지 뭉치가 눈에 거슬리면 닦아 내고 싶은데 걸리는 것이 없다. 정말 아름답다. 원래 이렇게 아름다웠나?

한빛이 떠난 후에도 10월은 매일매일 그림 같았다. 한빛은 이 아름다움을 왜 포기했을까? 잠깐만 멈춰 하늘을 바라볼 수는 없었나?

부모님이 돌아가시자 5월이 슬펐다. 그전까지는 내 생일이 있고 장미가 화려하게 피고 나뭇가지들도 온통 초록인 5월을 가장 좋아했다. 5월이면 무조건 너그러워졌고 저절로 의욕이 넘쳤다.

아버지가 돌아가시고 2년 뒤, 엄마의 생이 6개월 정도 밖에 남지 않았다는 의사의 선고를 들은 다음의 5월이 기억난다. 교무실 창밖 화단에 장미가 폈고 주위에 이름 모를 작은 꽃들이 봄을 뽐내고 있었다. 작년에도 똑같이 피었을 텐데 처음 보는 것 같았다. 참, 예쁘다 하는 순간, 엄마는 이렇게 예쁜 꽃들을 내년에는 못 보신다는 생각에 미쳤다. 눈물이 났다.

이제는 한빛을 보낸 10월이 싫다. 하늘만 봐도 걸림 없이 행복하던 10월이 다가오는 게 두렵다. 눈이 시리게 맑은 하늘에 감탄을 하다가도 가슴이 철렁한다. 울긋불긋 물들어 가는 하루하루에 순간 행복하다가도 가슴이 에인다. 그렇게 잠깐씩 한빛을 잊었다는 사실을 깨달고는, 땅바닥에 주저앉아 울었다. 저수지 둑이 터지면서 순식간에 시뻘건 물에 온갖 가재도구와 돼지가 떠내려 오던 어릴 적 홍수처럼 속수무책 울었다. 길 가던 이들이 흘깃대며 나를 피해 가도, 혹시 나를 아는 학생이나 학부모면 어쩌나 싶으면서도, 멈출 수 없었다.

10월 초. 예산 여사울성지에서 미사를 봤다. 4일이 프란치스코, 한빛의 축일이었음을 미사 중에 알았다. 10월이 되면서 음울한 진공상태를 살아온 나였다.

한빛이가 섭섭할까. 프란치스코 교황과 세례명이 같다며 엄마, 아빠가 선견지명이 있어 세례명을 잘 지었다고 공치사 할 때는 언제고 하면서. "지금이라도 봉헌할까?" 하는 남편의 슬픈 얼굴을 보았다. 평소 생일보다 축일을 더 챙길 만큼 신앙심이 깊지도 않았으면서 새삼 뭘 안타까워하는지.

어떻게든 도망치려 했으면서도 뭔가가 툭 건드리면 통곡으로 터진다. 목구멍까지 차올라 있던 그리움이 핑곗거리를 만난 것에 고마울 정도이다. 그러나 그날은 나 자신이 밉고 원망스러워서 미사 내내 울었다.

열 살 때였나. 할아버지 제삿날 저녁이었다. 제사상에 올릴 밤을 깎고 계시는 아버지께 "아버지는 아버지의 아버지가 돌아가셨잖아요. 무척 슬플 텐데 어떻게 밥도 먹고 웃기도 하세요?" 하고 질문했다. 아버지가 돌아가셔도 일상생활이 가능한지 물었던 것 같다.

어린 마음에 존경받는 교장 선생인 아버지가 사실은 불효자인가 의심스러웠다. 다른 사람이 이 사실을 알까 봐 싫었던 것도 같다. 또 나는 아버지를 너무 좋아했고 따랐기에, 만약 아버지가 돌아가시면 나도 따라 죽을 거라는 생각도 한 것 같다. 아버지 없이 단 하루도 살아갈 수 없다고 단정했다.

뜬금없는 내 질문에 아버지가 뭐라고 답하셨는지는 기억이 안 난다. 아버지는 윗목에서 밤을 깎고 계시고 나는 아랫목 제사상을 행주로 닦던 풍경만 어렴풋이 생각난다. 어린 딸의 당돌한 질문이었겠지만, 아버지로선 어쩌면 흐뭇했을지도 모르겠다. 어쨌든 딸이 자기를 그만큼 사랑한다는 증거로 받아들였을 테니까.

지금 헤아려 보니 내가 여섯 살 때 할아버지께서 돌아가셨으니 그때는 불과 4년 정도 지났을 때였다. 내가 한빛을 보낸 후 이제 4년인 것처럼. 아버지는 내 질문에 흐뭇했다기보다는 슬픔이 더 크셨을 것 같다. 내가 상처를 건드렸는데 아버지는 울지도 못하셨겠지. 밤 껍질을 한 겹 한 겹 깎아 내며 눈물을 삼키셨을까?

그동안 우리 가족은 일상은커녕 정식으로도 한빛 이야기를 나누지 못했다. 때로 그리움에 지치면 가족을 부둥켜안고 엉엉 울고 싶었다. 그러나 참았다. 눈물을 안 흘리려고 노력했고 가급적 눈물은 몰래 훔쳤다. 각자 삭히며 잘 극복하고 있는 것처럼 보이려 했다. 그래야 서로에게 힘이 될 것 같았다.

그렇게 네 번째 10월을 맞이했다. 책을 읽다가 "슬픔은 아름다움의 그림자"라는 구절에서 멈췄다. 한빛과 함께했던 시간은 정말 아름다웠다. 비록 그 아름다움이 그림자만 남았지만, 그 아름다운 시간이 있기에 슬픔도, 눈물도 있는 것이리라.

나에게 눈물은 한빛과 함께했던 시간이 만들어 준 결정(結晶)이었다. 한빛이 그리우면 울고 계절이 아름다우면 또 울자. 그 힘으로 씩씩하게 10월을 나자.

덜 추운 겨울을 보내기를

10월이 되자 눈물이 가득 찼다. 쏟아 내도 다시 차오르고 주르르 흘려보내도 다시 고이고. 이런 내가 당연하다고 받아들이기로 했다. 나는 한빛을 적당히 사랑하지 않았으니까, 한빛이 지금 내 곁에 없으니 어찌 슬프지 않겠는가? 울고 싶으면 울자고 스스로 토닥였다.

남편이 슬픔을 억누르며 4주기를 준비하는 곁에서 나도 한빛을 위한 애도 의식을 갖고 싶었다. 내 나름의 애도를 통해 한빛을 가까이서 만나고 싶었다.

처음으로 용기 낸 것이 서울 둘레길 5코스를 걷는 일이었다. 사당역부터 서울대입구역을 지나 안양 석수역까지 이어지는 관악산 길이다. 그동안 한빛이 대학을 다닌 관악구 쪽엔 가지 않았다. 지하철 2호선을 탈 때도 빙 돌아가더라도 지나지 않으려고 했다. 친구가 한빛을 마지막에 봤다는 녹두 거리 역시 이제 이 세상에 존재하지 않는 공간처럼 여기며 지냈다.

가을비가 내리던 추운 날. 서울 둘레길 5코스를 걸었다. 단 하루면 되던데 여기까지 오는데 4년이 걸렸다. 숲을 지나 서울대 언덕길이 보이는 곳에서 멈췄다. 이 언덕길이 그나마 한빛과 몇 번 걸었던, 한빛과의 추억이 있는 길이다. 언덕길을 지나가는 학생들이 한빛 같아 눈을 비볐다. 역시 아니었다.

한빛과 둘이서만 얘기하고 싶었다.

한빛아, 엄마야. 늦게 와서 미안해. 그리고 힘들 때 함께해 주지 못해 미안해. 네가 떠난 후 엄마는 너한테 엄청 많은 것을 받았다는 것을 알았어. 그러나 갚을 수가 없었어. 그때그때 고맙다고 말하지 못한 게 제일 미안해.

엄마가 매사 한 발짝씩 늦어서 답답했지? 그래도 너는 이런 엄마를 항상 이해하고 존중해 주었지. 난 정말 행복한 엄마였어. 그리고 돌이켜보니 엄마를 살아나게 한 것도 결국 너였어. 기가 막힌 슬픔 속에서도 너한테 받은 것을 하나하나 꺼내면서 매일매일 살아갈 힘을 얻었으니까. 늦었지만 고맙다고 말하고 싶어.

한빛아, 오늘 너하고 약속하려고 왔어. 엄마는 이제부터 너한테 미안하다는 말 안 할 거야. 비록 너와 함께하지 못하지만 네가 준 것 가슴에 깊이 새기며 살아가려고. 엄마에게는 큰 격려가 될 거야. 그리고 하나하나 갚아 나가려면 엄마도 부지런히 살아야 하겠지? 한빛아. 이 모든 것 고마워. 사랑해.

그동안 하고 싶었던 말들이었다. 나뭇잎 떨어지는 소리에라도 묻힐까 봐 또박또박 말하려고 노력했다. 내 말은 어느새 대성통곡으로 변했고, 곁을 지나가던 사람들이 흘낏흘낏 쳐다보기 시작했다. 그래도 이렇게 소리 내어 약속하고 나니 마음이 가벼워지는 것만 같았다. 한빛도 이제는 엄마 걱정을 내려놓을 것 같았다.

숲을 나와 한빛이 살았던 녹두 거리와 관악구청 앞 원룸 앞에 갔다. 눈물이 왈칵 났지만 찬찬히 한빛을 추억할 수 있었다.

1학년 때 녹두 거리 허름한 식당에서 밥을 같이 먹었던 것 같은데 어디쯤일까? '녹두 거리는 온통 초록색인 줄 알았다'고 무식한 말을 하는 엄마에게 한빛은 웃으면서 녹두 거리에 있는 자기가 잘 가는 서점에 대해 신나게 얘기했다.

그로부터 10년이 더 지나서인지 한빛이 살던 원룸 건물이 많이 낡아 있었다. 주변이 부분적으로 개발돼 조화로워 보이지 않았다. 금방이라도 찢겨 나갈 달력 같았다.

5코스의 마지막은 안양 석수동 아파트였다. 한빛이 태어난 곳. 여기도 재개발되어 신축 아파트로 바뀌었다. 한빛이 아장아장 걷던 놀이터가 어디쯤일까 찾으면서도 울지 않았다.

한빛에게 내 아들로 태어나 줘서 고맙다고 했다. 짧은 생이지만 잘 살았고 자랑스럽다고 했다. 엄마, 아빠에게는 행복감을 주는 자식, 한솔에게는 든든한 형이었다고, 사랑한다고 했다. 주어진 시공간을 누구보다 찬란하게, 반짝이게, 치열하게 살았다고, 친구들이 기억하듯이 한빛은 열심히 살아온 멋진 사람이라고 고백했다.

그리고 10월 로사리오성월과 위령의 달 11월을 보내면서 매일 묵주기도와 미사를 봉헌했다. 한빛이 말한 대로 의식은 새로운 힘을 만들어 주었다. 내가 처한 슬픔에서 최선의 길을 찾게 하고 존재가 사라져도 그 의미가 사라지지 않는다는 것을 다시 깨우쳐 주었다.

11월 마지막 날에 애도 의식을 마무리했다. 한빛과 내가 함께한 시간, 대화한 내용, 한빛의 생각과 글, 남긴 모든 흔적들이 다 반짝거리며 다가왔다. 이 모든 것을 소중히 지키겠다고 다짐했다. 나는 죽는 날까지 한빛을 사랑할 것이고 한빛은 항상 내 가슴속에 있을 거니까, 할 수 있을 것이다. 항상 엄마를 응원했던 한빛이니까 이번에도 내 결심을 좋아해 주리라 믿는다.

겨울이 오고 있다. 이맘때면 한빛이 영화 평론을 써서 받은 대학문학상 수상 소감의 한 구절이 생각난다.

올겨울은 춥단다. 세월호 참사와 정리 해고로 아픈 모든 이들……
언제나 나를 이해해 주는 부모님까지. 덜 추운 겨울을 보냈으면
한다.

올겨울에도 한빛은 모두의 겨울을 걱정하며 누군가의 눈물을 닦아
주고 있으리라. 모두가 덜 추운 겨울을 보냈으면 한다.

사랑하는 사람은

무덤이 아니라

기억 속에

묻혔으니

2

이층집

한빛이 이렇게 떠날 줄 모르고, 퇴임 후 서울 아닌 지역에서 노년을 보낼 계획을 세웠다. 충청도 도고에 주택을 마련한 것이다.

퇴임 전 여름 방학을 맞아 도고에서 일주일 정도 머물었던 적이 있다. 그해 여름은 111년 만의 폭염이라고 했다. 추위엔 약하지만 더위엔 강해서 에어컨 없이도 잘 살았는데 그해 더위는 나도 힘들었다. 시골은 서울보다 낫겠지 하면서 단숨에 내려갔는데 도고 집도 푹푹 쪘다. 결국 한낮에는 책 한 권 달랑 들고 도고온천 지역의 유일한 카페로 피신 갈 수밖에 없었다.

카페 창밖으로 온천 사우나, 수영장 표지판이 걸려 있는 콘도가 보였다. 옆 스파에는 여름 물놀이를 즐기는 아이들의 웃음소리가 신나는 음악에 섞여 나왔다. 관광지 근처라는 것을 새삼 실감했다.

처음 이곳에 왔던 여름밤이 생각난다. 자꾸 어둠 속으로 빨려 들어가는 것 같았다. 가도 가도 끝이 없을 것 같은 시골길. 아, 이건 아닌데. 그 순간 이곳에 집을 마련한 게 잘못된 선택인 것 같아 겁이 났다. 다 왔다는 남편의 말을 듣고 뜨악한 표정으로 차 문을 열었는데 개구리 울음소리가 한꺼번에 몰려왔다. "개굴 개굴 개굴 개굴 ……" '왁자지껄' '야단 법석'이란 말이 딱 맞을 것 같았다. 정신이 번쩍 났다. 가슴이 뛰었다. 이 소리. 얼마나 오랜만인가? 까만 밤하늘에 별이 반짝이고, 둥글고 흰 달이 구름 속을 유유히 지나고 있었다. 어릴 때 마당 평상에서 많이 보았던 그 여름밤 풍경이었다.

처음 이 집을 보고 마음이 간 것은 '이층집'이어서였다. 어린 시절 읍내에 하나뿐이었던 이층집에 대한 로망이 생각났다. 먼 훗날 이곳을 찾을지 모르는 어린이 손님들도 염두에 뒀다. 성급한 욕심이라는 남편의 핀잔을 받았지만 솔직한 꿈이었다. 스파를 보면서도 훗날 아이들이 놀러 오면 이곳에 꼭 데리고 올 거라고 했다. 그런 나를 보며 한빛은 별 대꾸 없이 웃었다. 무슨 의미의 웃음일지 궁금했지만, 다음에 물어봐야지 하고 미뤘다. 혼자 꿈꾸고 혼자 설렜다.

도고에 집을 갖게 된 게 우연은 아닌 것 같다. '도고' 하면 온천을 떠올리는데 도고온천을 처음 안 것이 한빛이 네 살 때쯤이다. 우리 차는 아니었지만 처음으로 승용차를 타고 간 여행이었기에 기억에 남는다. 한빛과 어린이집을 같이 다니던 J의 엄마와 나는 같은 학교에서 근무했다. 겨울방학에 온양온천과 대천으로 여행을 갈 거라고 하니 자기네는 도고온천에 간다고 했다. 이 겨울에 아이 둘을 데리고 어떻게 가냐면서 온양까지 같이 가자고 했다. 생각해 보면 당시 해직 교사였던 남편에 대한 미안함 때문이었던 것 같다. 염치없게도 나는 그 제안을 덥석 받아들였다. 여행비를 절약할 기회라고 생각했는지도 모르겠다.

소형차 프라이드였다. 그쪽 세 식구, 우리 네 식구. 모두 일곱 명이 그 작은 차에 끼여 탔다. 겨울이라 옷은 두껍고 차로 간다고 짐도 많이 챙겨 여행 가방을 꾸역꾸역 쑤셔 넣어야 했다. 지금 생각해도 참 미안하고 무안하다. 승용차 여행에 두 아이가 너무 좋아하니까 다른 생각을 미처 하지 못했다. 불편했을 텐데 기꺼이 온양까지 함께 와준 J가족이 고맙다.

그때 도고온천은 온양에서도 조금 더 들어간다는 것을 알았다. 원래는 온양이 온천으로 유명했는데 도고온천이 생기면서 도고가 신혼 여행지로 각광받았다. 개발이 진행되고 있다고 했다. 그런데 대중교통으로는 가기 불편해 나중에 우리도 승용차를 사면 꼭 도고에 가자고 했다.

온양에서 온천욕을 하고 버스로 민속박물관 등 여러 곳을 다녔다. 두 살배기 한솔은 두꺼운 겨울 코트를 입고 잘 걷지도 못해 남편이 거의 안고 다녔다. 네 살 한빛은 여행 온 것에 신나서 씩씩하게 걸어 다녔다. 장항선을 타고 대천 겨울 바다로 갔다. 바닷바람이 매서워 다시는 섣불리 겨울 여행을 하지 않겠다고 결심했다. 무엇보다도 제일 힘들었던 일은 버스를 기다리는 시간이었다. 시골 버스 대합실은 무척 추웠고 어둡고 지저분해서 앉아 있을 수가 없었다. 밖으로 나와도 버스가 시간을 지키지 않아 마냥 추위에 떨어야 했다. 손과 발이 얼자 두 아이가 칭얼대기 시작했다. 아이들에게 대중교통을 이용한 겨울 여행은 정말 고행이었을 거다. 자기 차를 타고 온 가족들이 그렇게 부러울 수가 없었다.

대천 버스 정류장에서 우연히 친정이 대천인 동료 교사 가족을 만났다. 그들도 겨울 바다를 보러 나왔는데 우리 가족을 보고 무척 놀라는 눈치였다. 저 멀리 의정부에서 여기까지 어떻게 왔냐며 정말 대단하다고 했다. 그 당시 우리는 두 살, 네 살 아이들을 데리고 대중교통을 이용해 여행하는 걸 일상으로 알았다.

지금의 도고온천은 예전에 내가 상상했던 것과는 너무 다르다. 온천 문화가 쇠락하기도 했지만, 관광객이 드문 지극히 평범한 시골 마을이다. 거미줄이 어수선한, 문 닫은 콘도와 호텔 등이 한때 화려했던 성수기를 짐작하게 할 뿐, 그렇게 막연히 부러워했던 온천의 위용은 찾아볼 수가 없다.

그러나 나는 지금의 도고가 좋다. 마을 사람들을 일상적으로 만날 수 있고 약간은 한가한, 그래서 넉넉한 온천장이 관광지 같지 않아 좋다. 온천장 큰 창 너머 너른 들판이 펼쳐진 것도 이색적이다. 여름에는 온통 초록 들판이 창을 가득 채우고, 가을에는 노랗게 익어 가는 벼이삭 위로 바람이 머물다 가는 풍경이 보인다. 또 언덕 위에 있는 도고 성당 뜰에서 보는 일몰 역시 장관이다. 주황색의 크고 동그란 저녁 해가 천천히 지평선 너머로 지는 모습을 보고 있노라면 겸손해지고 위로받는 기분이다. 예전에도 이처럼 화려함과는 거리가 먼, 그 무엇이 있었겠지. 그 자연스러운 소박함이 도고온천을 빛나게 했을지도 모르겠다.

솔직히 가장 바란 것은 한빛, 한솔을 위한 휴식처 같은 집을 만드는 거였다. 두 아이가 사회생활에 지칠 때 쉴 수 있는 곳이 되길 바랐다. 또 훗날 두 아이가 가족을 이루고 손주와 함께 온다면, 잔디밭에 그네를 달아 아이들이 흙에서 놀게 하고 싶었다.

남편을 닦달해, 밭 한쪽에 과일나무를 심었다. 그는 채소 농사를 지어 먹거리를 수확하자고 했지만 나는 아니었다. 훗날 "이건 앵두고, 이 큰 나무는 살구나무야. 저건 여름에 시원한 주스를 만들어 마실 수 있는 매실이고 이 예쁜 덩쿨은 포도야" 하면서 손주들에게 보여 주고 싶었다. 열매를 맺으려면 시간이 필요하니, 첫 해부터 과일나무를 열심히 심었다.

나무가 많이 자라 꽃이 피고 열매 맺는 것을 볼 때마다 그리움이 같이 커진다. 내가 그리워하는 것이 한빛일까. 아니면 그와 공존하고 있다는 감각일까. 이제 세상에는 없으니, 내 안에 살아 있는 한빛이 더욱 귀하기만 하다.

뻐꾸기시계

도고 집 2층 마루에는 오래된 뻐꾸기시계가 걸려 있다. 정시가 아닌데도 아무 때나 운다. 소리가 작아 마치 먼 산에서 진짜 뻐꾸기가 우는 것 같다. 방문한 사람들이 "어머 시간이 벌써 이렇게 됐나요?" 하면 "아니에요. 저 시계 틀려요. 아무 때나 울어요" 한다. 사람들이 왜 맞지도 않는 시계를 걸어 놓았냐고 의아해하면 "빈티지풍이 유행이잖아요" 하며 둘러댄다.

1990년대 초반 뻐꾸기시계가 인기였다. 분당, 일산 신도시 입주가 맞물려서인가 여하튼 집들이 선물로 인기가 높았다. 집마다 거실에 큰 뻐꾸기 벽걸이 시계를 걸어 장식하는 것이 유행했다. 어쩌다 정시에 아파트 계단을 올라갈 때면 뻐꾸기시계 소리가 무슨 돌림노래처럼 들리곤 했다.

1994년에 처음 아파트를 장만했다. 남편 해직 기간 동안 어렵게 마련한 집이어서 그 자체만으로도 감격스러웠다. 집들이에는 딱히 관심이 없었다. 그래서인가 우리 집만 그 흔한 뻐꾸기시계가 없었다. 사용하던 시계가 버젓이 잘 가고 있어서 새로 살 필요를 못 느꼈다.

당시 다섯 살, 일곱 살인 한솔과 한빛을 옆집에 맡길 때가 있었다. 딸만 셋인 옆집에서 두 남자아이가 천방지축 뛰어놀아 힘들지는 않을까? 아래층에서 시끄럽다고 올라오지는 않을까? 항상 미안했다. 한번은 옆집 엄마가 칭찬인지 안쓰러움인지 모를 말로, 애들이 시간

관념이 철저하다고 말했다. 아이들이 방에서 놀다가도 수시로 거실에 나와 태권도 학원 갈 시간이 되었는지 확인한다는 것이었다.

"엄마가 직장에 나가도 걱정이 안 되겠어요. 저렇게 아이들 본인이 알아서 시간 관리를 잘 하니. 습관이 된 것 같아요. 우리 아이들은 일일이 챙겨 줘야 하는데."

아이들이 어린데도 자기 주도적인 게 기특하고 부럽다고 했다. 그러면서 "한빛네도 뻐꾸기시계 사야겠어요" 했다. 두 아이가 뻐꾸기가 울면 놀던 것도 멈추고 잽싸게 거실로 나와 뻐꾸기시계 앞에 선다는 것이었다. 어떤 때는 뻐꾸기가 나올 시간을 누가 더 정확히 맞추나 시합을 한다고 했다. 뻐꾸기 나오길 기다리며 카운트다운을 세기도 하고 나오면 호흡을 맞춰 뻐꾹뻐꾹 소리를 흉내 낸다고 했다. 그 집 아이들에게는 한빛, 한솔의 그 모습이 이상해 보였으리라.

가격을 물어보니 20만 원이 넘었다. 깜짝 놀랐다. 어느 집에나 있는 뻐꾸기시계가 그렇게 고가인 줄 몰랐다. 이것도 유행일 텐데 이제 와서 유행을 좇아 달아야 하나? 언젠가 한빛, 한솔이 뻐꾸기시계를 사 달라고 했는데 그 말을 내가 무시했나? 아이들 정서를 읽는 데 너무 무심한 건 아닐까? 효용성과 경제적 논리를 너무 앞세웠던 건 아닐까? 두 아이가 그렇게 좋아한다니까 마음에 걸렸다.

남편과 남대문시장에 갔다. 뻐꾸기시계가 많았다. 작지만 원목으로 만든 뻐꾸기시계를 3만원인가에 샀다. 크지 않고 고급으로 보이지도 않았지만 두 아이는 우리 집에 뻐꾸기시계가 있다는 것에 신나 했다. 아이들이 좋아하니 나도 행복했고 거실에 뻐꾸기 소리가 들리니 숲 가까이에 사는 기분도 들었다.

여고 시절 학교 숲에서 들었던 뻐꾸기 소리가 생각났다. 한번은 중간고사가 끝난 토요일 오후, 친구와 숲에 갔었다. 초여름 모내기 즈음이었다. 이랴~하며 농부가 철썩 황소 등을 치면 느릿느릿 황소가 움직였다. 황소걸음을 따라 찰랑거리던 논물 소리와 앞산에서 들리던 뻐꾸기 소리가 참 조화로웠다. 그 아련한 기억을 아이들에게도 말했는데 이해 못했겠지.

시계는 금방 고장 났고, 약을 바꾸면 처음에는 잘 가다가도 매일 조금씩 늦어졌다. 뻐꾸기 소리는 아무 때나 자기 마음대로 울렸고 태엽 풀리는 소리가 답답하게 들렸다. 나중에는 시계 문도 안 열렸고 뻐꾸기가 아예 나오지 않았다. 아이들도 커 가면서 뻐꾸기시계에 별 관심을 갖지 않았다. 그래도 이사를 몇 번 다니면서도 시계를 버리지 않았다. 이번에도 일착으로 가져와 2층 마루에 걸었다. 남편은 시간도 안 맞는데 버리자고 했지만 싫다고 했다.

두 아이의 어린 시절 추억이 이 뻐꾸기시계에만 있는 것도 아니건만 꼭 간직하고 싶었다. 놀다가도 스스로 시간 관리를 잘했다는 것이 나에게는 그리 아름다운 기억은 아니다. 서글프고 안쓰럽다. 나는 직장 생활 하는 것을 당연히 생각했고, 어린 시절부터 교사가 되고 싶었기에 하는 일에 만족했다. 두 아이가 자립적이라는 말이 칭찬일 수도 있으나, 나의 부재로 두 아이가 스스로 체득해야만 했을 일들을 생각하면 스산하다. 아이들의 어린 시절에 함께하지 못하고 챙겨 주지 못한 것들에 마음 아프다. 뻐꾸기시계 하나로도 행복해하며 씩씩하게 잘 자란 고마운 시간을 간직하고 싶었을까. 고장 난 뻐꾸기시계를 쉬이 버릴 수 없는 나의 미련은 여기서 왔는지도 모르겠다.

오늘도 정시가 아닌데도 뻐꾸기가 운다. 이제 내 마음을 아는 남편이 주기적으로 시계 약을 간다. 그러나 그토록 뻐꾸기 소리를 좋아한 어린 소년 한빛도, 이걸 아직 가지고 있냐고 말할 장성한 청년 한빛도 지금 내 곁에 없다.

마치 멈춰 버린 시계처럼 떠난 아들만 정지된 그림으로 다가오는
이 시간을 나는 어떻게 지나야 할까.

민물고기와 개울 순례

한빛이 세 살 때 집에 수조를 설치했다. 좁은 아파트에 수조라니, 지금 생각하면 엄두조차 안 난다. 어린이집 친구들은 수조를 두 개나 가진 한빛을 부러워했다. 우리 집에 놀러 오면 수조 앞에서 많이들 놀았다. 한빛은 친구들에게 물고기 이름을 말해 주며 우쭐했다. 엄마들이 아이들의 성화에 민물고기를 얻어 가기도 하지만 오래 키우지는 못하는 것 같았다.

사실 민물고기를 키운 것은 경제 사정 때문이기도 했다. 자가용 문화가 막 시작되던 1990년대 초. 우리도 두 아이를 남들처럼 풍족하고 여유 있게 키우고 싶었다. 남편의 해직으로 모든 게 힘들었던 그 시절. 그렇다고 사회 분위기를 따라갈 수가 없었다. 부모로서 미안했다. 안쓰러운 마음에 남편이 생태와 환경에 관심 많았던 동료 해직 교사 가족과 함께하는 민물고기 탐방을 생각해 낸 것 같다. 도구를 챙겨 가지고 대중교통을 이용해 일요일마다 전국의 개울을 찾아간다는 것은 힘든 일이었다. 그러나 즐거워하는 두 아이를 보며 우리는 행복했고, 씩씩하게 살 수 있었다.

한빛은 민물고기 책 사진을 워낙 자주 봐서인지 물고기들을 잘 구분했고 이름도 척척 말했다. 꺽지를 잡았을 때 임꺽정 이야기를 해줬더니 '물고기 대장'이라고 이름 지었다. 아침에 일어나면 제일 먼저 꺽지에게 인사하던 어린 한빛의 눈이 참 맑았다. 길고 짙은 속눈썹을 가진 한빛은 눈빛도 참 깊었다.

1993년 그 당시에 쓴 글이다.

한때 나는 '여행' '등산'을 취미라고 하는 것은 취미가 '독서'라고 말하는 것만큼이나 어리석다고 생각했었다. 일상이라고 생각했다. 그런데 결혼, 출산, 육아 등으로 정신없이 살다 보니 어딘가로 떠난다는 것은 꿈에도 생각지 못할 일이 되어 버렸다.

이런 답답한 생활을 5년 넘게 하고 있는 나를 측은히 여겨 미안해하던 남편이 어느 날 신나는 일을 하나 만들어 왔다고, 당신도 무척 좋아할 것이라며 유난을 떨었다. 집에서 민물고기를 키우자고 했다. 전국의 개울을 누비자고 했다. 아이들이 클 때까지는 등산이나 긴 여행 등은 힘드니 가까운 개울부터 다니자고 했다. 사실 막내가 천식기가 있고 방 안 공기가 건조해 몇 해 전부터 집에 수조를 설치하고 싶었다. 그러나 예쁜 열대어들이 모두 큰돈으로 보여 자신이 없었다. 수조는 부잣집 넓은 거실에나 어울린다고 생각했다. 아이들이 상가 열대어 가게 수조에 매달리는 것을 보면서도 선뜻 설치를 못하고 젖은 빨래나 주렁주렁 널자 하며 위로하던 참이었다.

그렇게 해서 우리는 전국의 개울을 순례하기(?) 시작했다. 2000원짜리 쪽대, 장기간 운반 시에 필요한 기포 발생기, 뜰채, 어항 등을 마련하고 13평 아파트 좁은 거실에 수조를 설치했다. 개울에서 두 아이가 하나둘씩 주워 온 자갈과 어린이집 친구가 바닷가 다녀오면서 준 조개껍질로 세상에서 하나밖에 없는 멋진 수조를 만들었다. 한솔은 "와! 용궁이다. 임금님은 어디 숨었어요? 인어공주도 있나요?" 하며 난리고, 한빛은 빨리 개울로 나가자고 안달이었다.

처음 갔던 개울은 의정부 집에서 가까운 광릉수목원 끝자락의

실개천이었다. 장흥과 포천의 계곡, 임진강, 대성리, 월악산 계곡 등 많은 곳을 누볐다. 두 아들이 놀이공원보다 더 좋아했던 청계산 계곡에는 보리새우가 많았다. 관악산 계곡도 맑고 얕아 아이들이 놀기에는 최상이었다. 지금은 출입이 금지되었지만 당시에는 우리가 갈 곳이 많았다. 두 아들은 첨벙첨벙 개울로 뛰어들었다. 놀란 고기들은 재빨리 숨어 눈과 코만 모래 밖으로 내놓고 숨바꼭질을 했다. 돌바닥이 훤히 보이는 개울에서 물고기와 함께 물장구치는 것이 신나 논두렁과 수풀을 헤치며 힘들게 걸어 온 것은 다 잊은 듯했다. 아빠가 고기를 잡아 오면 한빛은 민물고기 사전을 펴 사진과 비교하며 고기 이름을 찾았다.

수조가 두 개로 늘어났다. 꺽지와 같은 육식 물고기를 위해 안방에 작은 것을 하나 더 설치했다. 작은 수족관은 바로 눈앞에 있어 꺽지의 표정, 지느러미의 움직임 등을 아주 가까이서 볼 수 있었다. 두 아이는 매일 아침 일어나면 물고기들과 인사했다. 태풍 소식이 들리면 한빛은 개울의 물고기들이 많이 다칠까 봐 걱정한다. 대견스럽고 그 마음이 그대로 컸으면 하는 바람을 가졌다.

우리의 개울 순례는 두 아이에게 새로운 탐구 학습의 장이었다. 붕어만 알던 아이들이 나도 생소한 민물고기 이름 ― 동자개, 새코미꾸리, 미꾸라지, 얼룩동사리, 돌마자 등 ― 을 구별할 때는 기특했다. 남편은 단순하면서도 깨끗한 돌고기, 나는 오색찬란한 수컷 피라미, 한빛은 '물고기 대장'인 꺽지를 좋아했다. 한솔은 자기가 잡은 보리새우와 다슬기를 친구라며 자랑했다.

물고기 장비를 낑낑대며 어린 두 아이와 전철과 버스를 타고 개울을 찾아 간다는 것은 고생이지만 오늘은 무슨 물고기를 만날까 하는 호기심으로 힘들어하지 않았던 두 아들이 고맙다.

지키지 못해 죄송합니다

한빛을 보내고 정신이 들었을 때 처음 든 생각이 '아, 한빛이 외할아버지와 있겠구나'였다. 한빛을 챙겨 줄 외할아버지가 있음에 안도했지만 아버지가 한빛을 만나고 얼마나 가슴이 아프셨을까 생각하면 몸 둘 바를 모르겠다. 얼마나 놀라셨을까? 어느새 스물일곱이 된 한빛을 으스러지게 꼬옥 껴안으셨을까? 두 손을 꽉 잡아 주셨을까? 얼굴을 따듯하게 감싸 주셨을까? 분명한 것은 아버지는 한빛에게 마음을 감추시고 의연하게 맞아 주셨을 것이다.

아버지의 첫 말씀은 무엇이었을까? 아마도 아버지는 한빛에게 별말씀도 안 하셨을 것이다. 한빛을 이렇게 보낸 내게도 아무 말씀 안 하셨을 것이다. 나는 아버지가 야단을 쳐도 할 말이 없는데. 아버지한테 너무 죄송하다. 이미 엎질러진 물을 망연하게 바라볼 수밖에 없는나. 무슨 변명이 통하랴? 한빛이 외할아버지와 함께 있다는 것이 무척 다행이다 싶으면서도 돌아가신 아버지한테까지 이렇게 못할 짓을 하는 것이 기가 막히다.

한빛을 생각하면 아버지가 떠오른다. 아마 아버지가 한빛을 키우셨기 때문인 것 같다. 한빛이 태어난 1989년, 아버지는 이미 정년퇴직을 한 70세 넘은 할아버지였다. 당뇨도 있고 뚱뚱하셔서 앉았다 일어났다 하는 것도 힘들어했다. 그런데도 아버지는 불편한 시골집에서 기꺼이 한빛을 키워 주셨다. 하긴 당시 남편이 해직되었으니 어쩔 수 없는 선택이었을지도 모르겠다.

아버지는 초등학교 교사이기도 하셨지만 기본적으로 아이들을 많이 사랑하는 분이었다. 퇴임하시고도 학교 운동장에 가길 좋아하셨고 학교에서 아이들이 떠드는 소리를 좋아하셨다. 친정집은 포천초등학교 앞이었는데 아버지는 매일 한빛을 데리고 초등학교에 가셨다. 한빛은 매일 학교 운동장에서 놀았다. 퇴근하다가 교문 안을 들여다보면 아버지가 시소에 앉아 계시고 한빛이 운동장을 안방인 양 눕고 앉아 흙장난을 하고 있었다. "한빛아!" 하고 부르면 뒤뚱뒤뚱하며 뛰어와 안기는데 온통 흙투성이라 꼬옥 안아 주기가 주저될 때도 있었다.

솔직히 나는 아버지가 종일 운동장에 앉아 계신 게 싫었다. 분명 아침부터 점심까지 운동장에 나가 있다가, 점심 먹고 나서 또 운동장에 나가셨을 것이다. 내가 퇴근할 때까지 그 긴 시간, 한빛은 학교 운동장에서 흙장난을 마음껏 할 수 있으니 행복했겠지만, 명색이 전직 교장인데 남루한 운동복을 입고 종일 하염없이 앉아 있는 노인의 모습이 교사들에게 어떻게 비쳐질까? 그들이 아버지를 보면서 자신의 미래를 어떻게 그릴까? 행여 아버지를 초라하게 보면 어쩌나 하는 괜한 자격지심도 들었다. 그래서 아버지한테 툴툴대며 짜증내기도 했다. 배은망덕이었다.

나도 아파트 놀이터에 두 아이를 데리고 나가긴 했다. 그런데 잠깐도 지루했다. 신문이나 책을 가지고 나가 읽으면서도 내가 먼저 집에 들어가자고 졸랐다. 아버지는 온 신경을 한빛한테 쏟은 채 잠시도 자리를 안 뜨고 앉아 계셨는데. 쉬운 일이 아니었음을 나를 보면서 깨달았다.

이제는 안다. 나 역시 퇴임 후 가장 편한 곳이 학교 운동장임을. 가장 밝고 활기 찬 기운을 받고 싶을 때 찾아가고 싶은 곳이 학교임을. 그래서 한빛이 자식을 낳으면 아버지처럼 학교 운동장에 데려가는 내 모습을 상상하기도 했었다. 좋은 할머니가 될 수 있을 것 같았다. 그렇게 외할아버지 밑에서 잘 큰 한빛을, 나는 지키지 못했다.

나는 한빛을 놓쳤다.

비가 오는 날이면 안방 윗목에 깔린 넓은 비닐 장판 위에 모래가 잔뜩 쌓여 있었다. 비오는 날의 한빛을 위한 실내 놀이터였다. 운동장에서 흙장난을 못하니까 아버지가 안방으로 운동장을 끌어온 것이다. 어린 한빛이 비닐 장판 위에서만 놀 리가 없다. 퇴근해 오면 안방과 마루에 온통 모래가 서걱거렸다. 아버지는 그저 한빛이 즐거워하면 그것으로 만족하셨다. 수시로 청소해야 하는 엄마는 얼마나 화가나고 힘드셨을까? 그럼에도 나는 피곤에 지쳐 엄마에게 따뜻한 말한마디를 하지 못했다. 엄마, 아버지가 이렇게 키워 준 한빛인데 나는한빛을 놓쳤다.

한빛 변기통도 아버지가 손수 처리하셨다. 마치 아버지가 안 하시면 큰일이라도 날 것처럼 어쩌다 한 번도 엄마한테 미루지 않으셨다. 그때까지만 해도 우리 집 화장실은 재래식이었다. 아버지는 한빛이 초록색 기린 모양의 변기통에 똥을 누면 뒷마당 화장실에서 처리한뒤 앞마당 우물가에서 물로 닦아 마루 끝에 놓으셨다.

몸놀림이 둔하셔서 힘들게 일어났다 앉았다 하시며 변기통을 청소하실 때마다 나도 엄마도 그 모습이 싫었다. 그래서 재빨리 변기통을 가지고 나가면 아버지는 오히려 화를 내셨다. 마치 아버지의 고유업무인 양 하셨다. 나는 이런 아버지를 볼 때마다 눈물이 났고 가슴이 뭉클했다. 변기통을 들고 뒷마당으로 가는 아버지의 뒷모습은 우습게 들릴지 모르나, 내게 실천적인 삶이 무엇인지를 가르쳐 주었다.

아버지, 한빛을 지키지 못해 죄송합니다. 한빛을 그때처럼 따듯하게 지켜봐 주세요. 한빛은 할아버지와 함께 있어 외롭지 않을 겁니다. 아버지 죄송합니다.

스스로 찾을게요

3박 4일간의 관리자 연수가 경기도 평화교육연수원에서 있었다. 이곳 연수원은 억새 축제로 유명한 명성산과 산정 호수를 끼고 있어 지친 교사들에게 인기가 많다. 나도 7년 전 평교사 시절 겨울방학 때 한 번 왔었다. 진작 다시 오고 싶었지만 슬플까 봐 자신이 없었다. 아버지 생각이 너무 날 것 같아서였다.

이 연수원은 1995년 폐교된 산호초등학교를 리모델링했는데, 아버지는 1983년 산호초등학교(당시 산호국민학교)에서 교장으로 정년 퇴직하셨다. 당시 우리 집은 포천 읍내에 있었기 때문에 아버지는 주말에만 집에 오셨다. 어린 동생들은 엄마와 자주 아버지한테 갔지만 고등학생이었던 나는 그렇지 못했다. 가끔 학교 행사가 있어 주말에도 못 오실 때나 엄마와 반찬을 가지고 찾아갔었다.

가장 길게 교장 관사에 머무른 것은 내가 고3 겨울방학 때 본고사 준비를 한다고 절간에 들어가 있듯 했을 때였다. 공부를 많이 했는지는 모르겠다. 사방이 산으로 둘러싸인 작은 관사에 어둠이 빨리 찾아왔던 것만 기억난다. 게다가 엄청 고요하고 적막만 흘러서 한 발만 내디뎌도 어둠 속으로 푹 꺼져 버릴 것 같이 무서웠다. 혹시 시간이 정지된다면 이런 상황일 거라는 생각이 들었다.

혼자 산호국민학교에 간 적이 있다. 정년을 앞둔 아버지의 마지막 가을 운동회 날이었다. 선생님들께 드릴 박카스를 한 박스 들고 버스를 두 번 갈아타고 20여 분 산길을 걸었다. 산모퉁이를 돌자 바람에 흔들리는 만국기로 가득 찬 작은 운동장이 보였다. 아이들과 어른들의 함성으로 꽉 차 있었다. 소설에서만 읽었던 작은 시골 학교 운동회였다. 마을 주민들과 본부석에 앉아 계신 아버지를 한참 바라보는데 갑자기 눈시울이 뜨거워졌던 기억이 난다.

그만큼 평화교육연수원은 나에게 각별한 의미가 있는 곳이었다. 산호국민학교는 산호초등학교가 되었다가 폐교를 거쳐 평화교육연수원으로 변신했다. 작은 관사가 있던 자리에는 연수생 생활관이 들어섰다. 아버지가 가꾸던 배추밭 텃밭은 넓은 정원으로 바뀌어 흔적조차 찾기 어려웠다. 아버지가 텃밭에 물을 줄 때 배추 잎에 떨어지던 물소리가 푸릇푸릇 살아서, 내 입시용 참고서 위까지 날아오던 기억이 난다. 어떤 악기나 음향 기기로도 흉내 낼 수 없는 그 싱그러운 소리를 어디서 다시 들을 수 있을까?

나는 아버지를 존경했다. 다들 세종대왕, 이순신 장군, 나이팅게일, 퀴리 부인 같은 위인을 존경한다고 말할 때, 나는 아버지를 존경한다고 발표해 친구들이 웃음을 터트린 적도 있었다. 나는 아버지 같은 교사가 되고 싶었고 당연히 어릴 때부터 선생님이 되는 것이 꿈이었다. 시골 학교라서 대학 진학자가 많지 않았고 다양한 직업 정보도 없었지만, 교사를 선택한 것에 추호의 후회도 없었다. 교사 생활을 한 40여 년 동안 매일 행복했다. 정말 하고 싶었던 일이었다. 모두가 아버지의 영향이었다.

40여 년이란 긴 시간 속에 항상 아버지가 계셨다. 학생들과 갈등이 생겼을 때, 수업이 맥없고 지겨워질 때, 학부모 때문에 속상할 때, 특히 관리자 때문에 힘들 때 아버지를 생각했다. 아버지라면 이 상황을 어떻게 헤쳐 나가셨을까? 그것이 곧 나의 기준이었다. 평교사 시절

교장, 교감 선생과 마찰이 생겨 첨예하게 대립할 때도 아버지가 떠올라 괴로웠다. 아버지는 나 같은 평교사와 대립했을 때 어떻게 풀어 가셨을까?

나는 어떻게 해야 하지? 옳고 그름을 떠나 윗사람에 대한 예우를 해야 하나? 그러면 학교는 언제 변하지? 이런 갈등으로 갈팡질팡했다. 옳은 주장을 끝까지 펼치는 다른 용감한 교사들과 아버지가 겹쳐 보였다. 그때마다 아버지를 핑계 삼는 나의 비겁함에 주눅이 들기도 했다.

아버지를 그토록 존경하고 좋아했지만 나는 아버지께 큰 상처를 주었다. 지금도 그때를 기억하면 가슴이 저려 온다. 1989년 1월 한빛이 태어나고 그해 8월에 남편이 전교조 가입으로 해직되었다. 그로부터 5년을 남편은 거리의 교사로 살았다. 아버지는 남편이 해직되기까지의 일련의 상황을 이미 다 예측하고 계신 듯했다. 딱 한 번 4·19 때의 교원 노조 경험을 말씀하시며 전교조 설립 과정이 어려울 거라고 하셨다. 많은 희생이 따를 거라고도 하셨다. 그러나 남편이 자신의 뜻을 결연히 말씀드리자 아버지는 이후 단 한마디도 하지 않으셨다.

아버지는 교육개혁을 위해서는 노조 설립이 필요하다는 것을 알지만 내 사위만은 그 속에 엮이지 않기를 바라셨을 거다. 딸의 앞날이 어떨지를 뻔히 짐작하기 때문에. 그럼에도 그게 옳은 길이기에 말없이 속으로만 삭이셨다.

갑작스런 남편의 해직으로 한빛을 키워 주시게 되었을 때도 아버지는 내가 기죽지 않도록 많이 신경 쓰셨다. "나는 시간은 많은데 할 일이 없다" 하시며 매주 금요일이면 한빛을 데리고 우리 집으로 오셨다. 아버지는 '경로 우대'라며 포천에서 의정부까지 무료 완행버스를 타고 오셨다. 나는 뽀얗게 먼지가 쌓인 채 금방이라도 가다가 멈출 것 같은 완행버스를 타고 오시는 게 싫었다. 진한 매연을 뚫고 내리는 노인과 어린 손자의 모습도 보기 싫었다.

육아비는커녕 차비도 못 드리면서, 아버지께 연금도 받으면서 왜 편히 사시지 않냐며 불평했다. 그러자 아버지는 "내가 좋아서 한다. 한빛도 천천히 가는 버스 덕분에 바깥 구경도 많이 할 수 있고 자연 공부가 저절로 된다"고 하셨다. 그러고는 차비를 안 써서 돈이 남았다며 한빛 손에 항상 만 원 지폐 한 장을 쥐여 주셨다.

덕분에 우리는 그 돈으로 매주 한 번씩 소고기 등심을 사 먹을 수 있었다. 우리가 경제적으로 힘들다는 것을 뻔히 아셨지만 아버지는 생활비를 보태 주거나 목돈을 쥐여 주지 않으셨다. 아버지는 자신만의 방법으로 우리의 기를 살려 주셨다.

한빛을 하늘로 보내고 난 후 아버지가 한빛을 키우면서 애끓었을 하루하루가 생생히 다가왔다. 아버지한테 불효를 해서 한빛을 잃었나? 별별 생각이 다 났다. 아버지 산소에 가서 가슴을 부여잡고 울었다.

"아버지, 저 이제 어떻게 살아야 해요? 가르쳐 주세요."

아버지는 아무런 말씀도 안 하셨다. 아버지가 강조하셨던 평소의 가르침대로, 스스로 길을 찾으라는 건가?

네 아버지. 비록 허둥지둥 살다가 한빛을 잃었지만 이제 스스로 길을 찾아볼게요.

아버지는 하고 나는 못한 것

육아는 분명 노동인데 아버지는 한빛과 즐거운 놀이를 하시는 것 같았다. 한빛과 할아버지가 나누는 대화를 듣다 보면 마치 초등학교 1학년 교과서를 읽는 기분이 들었다. 할아버지와 어린아이가 함께 뭔가를 하는 모습은 교과서의 정감 가는 삽화였다. 나로서는 도저히 흉내 낼 수 없는 경지였다.

30대 초반. 광화문의 대형 서점에 갔다가 우연히 아버지에 대해 쓴 글을 읽었다. 책이 발간된 지 한참 되었는데 모르고 있었다. 가슴이 뛰었다. 교육 문제에 대해 고민하는 교사들끼리 서로 위로하며 주고받은 편지글 모음 책이었다. 그중 「어느 노교장의 정년퇴직」이라는 제목의 글이 있었다. 지금은 고인이 되신 포천초등학교 김종만 선생이 쓰신 글이었다.

포천군 산호국민학교란 곳에 계시던 어느 노교장 선생님이 올 팔월에 정년퇴직을 하신다는 소식을 듣고 마음속이 허전하였다. 학교에 안 나오는 아이가 있으면 과자 봉지를 사 들고 험한 산골짜기를 찾아가 마루에 앉혀 놓고 가르치시는 분이란다. 교사들이 할 잡무를 도맡아 하고 심지어는 청부의 일까지도 하신다고 한다. (물품을 사 들고 힘겹게 출근하는 모습을 가끔씩 뵌 적도 있다.) 절대 교사의 일에 참견하거나 무시하거나 의욕을 꺾는 짓 따위는 안 하시고 교장실을 개방하고 학습 부진아를 사탕을 주면서 가르치시고 남 시키는 일이 별로 없는 분이란다.

장학지도가 있으면 교육청에 전화해서 장학사들이나 장학관들에게 도시락 지참을 부탁하고 청탁금 같은 부조리한 돈은 절대로 주지 않는 강직성을 지니셨다 한다. 때로는 교육청 관리과에 가서 직원들 앞에 화를 내기도 하는데 그것은 교육재정을 비교육적인 일에 낭비하는데 대한 힐문이라고.

교육행정 하는 사람들도 모두 싫어하고 심지어는 동료 교장들까지 손가락질 하는 판에 유독 좋아하는 사람들이 있는데 그것은 가난하고 헐벗은 시골 아이들이고 가난한 마을의 학부형들이고 또한 그 학교 교사들이라는 것이다. 가는 곳마다 학교 시설이 달라지고 교육 기풍이 변하는 것은 당연한 일이 될 것이다.

가끔씩 그분 얘기를 들을 때마다 내가 느끼는 것은 페스탈로치를 책에서 찾을 것만은 아니라는 사실이다. 우리의 눈앞에 부족한 한 인간이 봉사의 일생을 살고 있음을 보는 것은 얼마나 희열을 갖게 하는가. 그러나 슬프다. 누가 그 고통스러운 수고를 참으로 기릴 것인가.

우리 시대에 영웅이 없는 것은 슬픈 일이지만 소박하고 구수한 흙내 나는 사람들에서 스러져 가는 백발의 영광을 보는 것은 용솟음치는 샘물의 잔잔한 감격이 된다.◆

내가 어릴 때 우리 집에는 항상 아이들로 북적거렸다. 밥도 같이 먹고

◆   김종만, 『아이들을 하늘처럼 섬기는 교실』, 한국글쓰기연구회 엮음, 한길사, 255~258쪽, 1988.

한 이불 속에서 잠도 잤다. 1960년대 후반에는 밥 굶는 아이들이 꽤 있었다. 조손 가정을 찾아갔는데 할머니가 누워 계시거나 엄마가 집을 나간 아이들이 있으면 아버지는 집에 데리고 오셨다. 우리 집이 부자였는지는 잘 모른다. 엄마는 매번 밥을 차렸고 나는 매일 바뀌는 수저 개수를 세면서 상차림을 도왔다.

나중에 들어 보니 세 언니들도 비슷한 경험을 했다고 한다. 언니들이 어릴 때 아버지가 축구부를 담당했는데 선수들이 다 우리 집에서 먹고 잤다고 했다. 퇴임 후 스승의 날 즈음이면 50대 아저씨들이 아버지를 찾아오는 것을 보면서 감동했지만 나는 그렇게까지 교사 생활을 하고 싶지는 않았다.

하긴 산호국민학교 교장이실 때 아버지는 사비로 아동용 자전거를 여섯 대나 사셨다. 지금 생각하니 학년별로 한 대씩 사셨나 보다. 그때 엄마와 싸움이 났지만 항상 그랬듯 엄마가 아버지의 고집을 꺾을 수는 없었다. 어느 주말 학교에 가보니 텅 빈 운동장에 대여섯 명의 어린이들이 자전거를 타며 운동장을 돌고 있었다. 소리 지르며 알록달록 작은 자전거 페달을 밟는 아이들 웃음소리 위로 긴 저녁 해가 따라다녔다. 아름다운 그림이었지만 씁쓸했다. 오빠 대학 등록금을 언니들이 대주는 집안 형편을 알고 있었기 때문이었다.

아버지는 3월이면 우리들에게 청소 당번을 정할 때 다 꺼리는 화장실 청소를 자청하라고 하셨다. 싫었지만 옳은 말씀이니 억지로 손을 들곤 했다. 그런데 내가 어느 순간 한빛에게 같은 얘길 하고 있었다. 나는 한빛에게 왜 그래야 하는지를 설명하지 않았고 한빛도 반문하지 않았다.

엄마의 강요에 어쩔 수 없이 받아들인 건 아닐까 하는 생각이 들었다. 나는 싫었으면서 왜 어린 한빛에게 완벽을 바란 걸까? 아마도 나는 한빛을 통해 대리 만족하고 싶었던 것 같다. 싫다고 했으면 나도 아차 했을지 모르는데 한빛은 늘 착했다. 중학교 1학년 때 한빛은 화장실 청소를 자청했다. 중1 남자애들의 화장실 청소는 뻔했다. 화장실 바닥을 청소하다 보니 교복 바지가 항상 흠뻑 젖어 있고 양말은 추적추적 고린내가 났다. 그래도 불평 없이 하기에 다행으로 여겼다.

1월이면 생각나는 일이 있다. 중학교는 방학인데 유치원 개학이 빨라 모처럼 엄마 노릇을 하고 싶었다. 한빛을 유치원 버스에 태우는 일이다. 매일 아버지가 하시던 일이었다. 엄동설한에 버스 시간보다 훨씬 일찍 나가 낚시 의자에 앉아 계시던 아버지는 동네 엄마들의 화젯거리였다. "할아버지, 제 아이 좀 부탁해요. 제가 일이 생겨서" 하는 부탁도 많이 받으셨다. 아버지는 꼼짝도 안 하시고 뛰노는 아이들에게 집중하셨다. 이렇게 2년 동안 한결같이 한빛을 지켜 주셨다.

'그 정도야 나도 할 수 있지. 엄마인데' 하며 버스를 기다렸다. 처음에는 발이 시리더니 온몸이 얼어 오기 시작했다. 버스가 늦게 오기도 했지만 인내심이 바닥으로 떨어지고 있었다.

'난 역시 안 돼. 으이구, 너도 엄마냐?' 아파트로 뛰어 들어갔다. 아버지께 죄송하고 한빛에게 미안했다. 다른 것으로 잘해서 상쇄해야지 했다. 최소한 그때 아버지보다 15년은 더 젊은 지금, 할 수만 있다면 만회하고 싶다. 하지만 아버지도 안 계시고 한빛도 없다.

아버지는 하고 나는 못한 것이 너무 많다.

두 바퀴로 가는 자동차

대구 중앙교육연수원에 갔었다. 대학 때 친구들과 팔공산에 간 후론 갈 일이 없었기에 도시가 낯설었다. 저녁에 연수생들이 '김광석 거리'를 간다기에 따라 나섰다. 김광석 관련 벽화와 김광석 노래가 가득한 골목. 김광석이 세상을 떠난 지 20년이 넘었음에도 그의 노래가 사람들을 보듬고 있었다.

거리에서 한 청년이 기타를 치며 <두 바퀴로 가는 자동차>를 부르고 있었다. 거리 어딘가에 쓰여 있었던 "한 걸음 한 걸음 걸을 때마다 한 걸음 만큼의 인생의 추억을 꺼내 보고 보듬어 보게 된다"는 말이 아름답게 다가오는 순간, 울컥 한빛이 생각났다. 추억이면 얼마나 좋을까? 그러면 나도 밤새도록 이 골목을 걷고 걸을 텐데.

내게 김광석을 처음 알려 준 건 초등학생 한빛이었다. 다른 가족과 함께 동해안에 놀러 갔을 때 아이들만 함께 탄 차에 김광석 카세트테이프가 있었다. 김광석 노래를 처음 접한 한빛은 특히 <두 바퀴로 가는 자동차>를 금방 외워서 여행 내내 불러 댔다.

한빛은 초등학교 1학년 때 룰라의 <날개 잃은 천사>라는 노래에 완전히 빠졌다. 시도 때도 없이 '천사를 찾아 싸바 싸바 싸바' 하며 춤을 추고 다녔다. 초등학교 1학년 꼬마 아이가 아파트 단지를 걸으며, 슈퍼 계산대 앞에 잠깐 서 있을 때도, 마을버스에 오르면서도 '싸바 싸바 싸바' 하며 엉덩이를 때리며 흔들 때면 솔직히 창피했다. 한번은 조카들과 함께 노래방에 갔는데 한빛이 목에 핏줄을 세우며 룰라 노래를 쉬지 않고 불렀다고 한다. 고래고래 소리 지르며 마이크를 놓지 않아 외삼촌이 나서서 교통정리를 했다고 했다. 오빠가 한빛은 아무래도 돌연변이인 것 같다고 했다. 부모는 전형적인 모범생인데 어디서 그런 끼가 나와 발동하는지 모르겠다며, 아니면 아이가 뭔가 스트레스가 심해 에너지를 발산하는 것이 아니냐고까지 했다. 며칠 전 담임교사도 상담 막바지에 조심스럽게 말씀한 터였다. 동요나 고운 노래(?)를 불러야 하는데 가요만 흥얼거린다며, 가정에서 아이의 문화면으로도 신경을 좀 더 쓰면 좋겠다고 했다. 그래도 내심 학교생활은 모범적일 거라고 기대했었는데 속상했다.

그러더니 고학년이 되어서는 또 가수이자 배우 장나라의 열성 팬이 되었다. 장나라 팬 사인회에도 가고, 장나라 사진이 있는 컵, 책받침 등 책상 위에는 온통 장나라 사진과 사인이 새겨진 물건들로 수북했다. 그때 한빛이가 사용하던 책상 곳곳에 지금도 빛바랜 장나라 스티커가 붙어 있다.

나도 교사이다 보니 내 아이에 대해서도 일정한 바람을 가지고 있었다. 여느 부모처럼 나도 학부모가 되면서 내 아이가 공부도 곧잘 하고 인성도 괜찮은 아이로 자랐으면 하는 욕심을 가졌다. 그런데 한빛이 1학년 때부터 기대했던 방향으로 가지 않으니 조바심이 났다. 억지로 고칠 수도 없고 저러는 것도 한때려니 하고 이해하려고 했다. 가끔 욱하고 치밀어 오르기도 했지만 부모의 간섭 때문에 순식간에 무너지는 아이들을 봐왔기에 꾹 참고 참았다.

한빛이 고등학교 입학 선물로 달라고 했던 비틀스 음반. 스크래치가 무성한 케이스를 만지며 수없이 듣고 들었을 한빛을 상상해 본다. 한빛이 '브로콜리너마저'라는 밴드를 좋아했는지도 한빛이 떠난 후에야 알았다. 그 이야길 들은 브로콜리너마저는 대학교에서 열린 1주기 추도식 때 기꺼이 와줬다.

한빛이 살던 원룸에서 "골빛"이라고 쓰인 검은 옷을 보고 뭐냐고 물은 적이 있다. 춤 동아리 '골패' 단복이라고 했었다. '웬 춤 동아리?' 하면서도 '언제 공연에 초대해 달라'고 하니 한빛이 '초딩도 아닌데요' 하며 웃었다. 골패는 일반적인 춤 동아리가 아니라, 노동절 노동문화제 행사 때 무대에 올라서 분위기를 돋우는 몸짓패였다. 추모제 때 친구들이 만든 추모 영상에 골패 공연 때 한빛이 열정적으로 춤추는 모습이 나왔다. 땀을 뻘뻘 흘리면서 키 큰 애가 몸짓 하나하나에 온 힘을 실어 표현하고 있었다. 한빛의 새로운 모습이었다.

한빛이 피디가 된 후 '예능' 분야라는 게 의아했다.

"너는 모범생으로 커서 사고의 틀도 원칙적일 것 같아. 또 엄마, 아빠도 답답할 만큼 정도만 걸어왔고. 이런 환경에서 자랐는데 드라마 피디라니까 적성에 안 맞을까 봐 걱정되네."

"그래도 어릴 때 예능 쪽으로 많이 키워 주셨잖아요. 남자가 발레 공연 간다고 친구들이 놀렸어요. 그때 공연이나 체험 학습을 많이 다닌 게 도움이 된 것 같아요. 친구들한테는 끼 있다는 말도 듣고 문화기획 잘한다는 소리도 들어요."

나는 아들의 생각을 다 따라가거나 적절히 격려하지 못했다. 아마 나는 한빛이 예능보다는 공부를 잘하길 바랐고, 은근히 그 방향으로 조정했는지 모른다.

두 바퀴로 가는 자동차 네 바퀴로 가는 자전거
물속으로 나는 비행기 하늘로 나는 돛단배
복잡하고 아리송한 세상 위로 오늘도 애드벌룬 떠 있건만

초등학생 한빛이 <두 바퀴로 가는 자동차>를 불렀을 때, 나 역시 가
사의 역발상이 신기했다. 그러나 어린 한빛이 악을 쓰며 이 노래를
부를 때 호응해 주거나 같이 불러 주지 못했다. 아마 나는 한빛이 삐딱
한 가사의 노래를 좋아하는 것이 불편했던 것 같다.

　한빛이 떠난 후 한빛의 친구로부터 한빛이 행사 기획을 잘했다고,
일을 추진할 때 반짝반짝 빛났다는 이야길 들었다. 이제라도 나도 한
빛과 함께 '두 바퀴로 가는 자동차'를 타고 싶다.

♦　김광석의 유작 음반 <김광석 다시 부르기 Ⅱ>(1995)에 수록된 노래
　　<두 바퀴로 가는 자동차>(양병집 작사)의 부분.

이 미친 세상에 어디에 있더라도

2019년 5월 11일자 『한겨레』 토요판에 4인조 밴드 브로콜리너마저
에 관한 기사가 나왔다. 한빛 때문에 브로콜리너마저를 처음 알았기
에 반가웠다.

내가 브로콜리너마저의 노래를 처음 만난 것은 한빛이 떠난 지 50
일 되던 오순제 추모제에서였다. 미사 후 한빛 친구들이 만든 한빛
추모 영상이 나왔다. 몸짓패 '골패' 공연에서 한빛의 역동적인 몸짓
과 진지하고 결연한 모습을 봤다. 가슴이 아렸다. 내가 저녁마다 중랑
천을 걸을 때 걸쳤던 후드 재킷을 입은 한빛이 뭐라고 외치고 있었다.
아, 저 옷이 노동절 전야제 때 입었던 옷이었구나. 또 다른 장면에서
는 한빛이 환하게 웃으면서 땀을 뻘뻘 흘리며 신나게 춤추고 있었다.
영상 속 배경음악으로 브로콜리너마저의 <졸업>이 흘러나왔다.

참 열심히 살았구나. 부끄럽지 않은 젊은 시절을 살았구나. 한빛이
자랑스러웠다. 순간 내가 잠깐 딴 세상에 간 것처럼 영상 속 장면과
성당 안 추모객들이 죄다 뿌옇게 흐려지면서 모든 것이 비현실적으
로 느껴졌다. 그러다 "이 미친 세상에"라는 노랫말이 귓가에 맴돌았
다. 다시 현실로 돌아왔다. 한빛을 생각하려면 '살았구나'라고, 과거
완료형으로밖에 표현할 수 없음을 깨달았다. 기가 막혔다.

한빛이 이 노래를 좋아했다고 했다. "이 미친 세상에"라는 가사가
반복되는 노래였다. 왜 한빛은 들으면 들을수록 '이 미친 세상'을 읊

조리는 이 노래를 좋아했을까? 이 밴드는 왜 이런 노랫말을 썼을까? 수업 시간에 시와 노래가 시대를 반영한다고 가르쳤으면서도 이 노래는 별개로 들렸다.

한번은 한빛과 이 얘기 저 얘기를 하다가 내가 홍대 앞 문화가 궁금하다고, 클럽이 어떻게 생겼는지 알고 싶다고 한 적이 있다. 젊은 세대의 문화에 관한 직업적 호기심과 나이 든 교사 이미지를 조금이라도 벗고 싶은 욕심에서였다. 그래서 한빛이 대학생이 되면 꼭 한번 경험해 보리라 별렀다. 내 이런 유치한 상상에 한빛은 별거 아니라면서 언제 한 번 같이 걷자고 했다. 얼른 그럼 클럽 같은 데도 갈 수 있는지 물었다. 나이 제한이 있어서 나는 들어갈 수 없다고 했다. 구경만 할 건데 잠깐 들어가면 안 되냐고, 도대체 젊은이들이 무엇을 하며 즐기는지 보고 싶다며 끈질기게 부탁했다. 한빛과 홍대 앞을 거니는 호사는 결국 누리지 못했다.

그때 한빛이 브로콜리너마저 얘기를 했다. "밴드 이름이 왜 그래?" 하니 한빛이 그저 웃었던 것 같다. 하긴 어디서부터 설명하랴? 한빛이 인디 밴드에 대해 설명해 줬지만 나로선 이해는커녕 기억조차 하기 어려웠다.

한빛은 브로콜리너마저의 서정적인 멜로디와 감성적인 가사가 좋다고 했는데 어쩐지 나는 속상했다. 왜 이렇게 사람의 상처를 후비는 노래를 좋아했을까? 그러나 노래가 깊어질수록 가사 하나하나가 모두 한빛의 말로 들렸다.

실제로 브로콜리너마저를 만난 것은 서울대 사회대에서 열린 1주기 추모제(2017/10/26)에서였다. 브로콜리너마저는 한빛을 위해 추모제에 왔고 한빛을 위해 노래 불렀다. 아니 '와주었고' '불러 주었다'가 맞는 표현이다.

"진짜로 브로콜리너마저가 와준대?" 의구심을 가지면서도 그 마음이 고마웠다. 한빛을 추모하는 자리에 한빛이 좋아했던 밴드가 와준다는 것은 멋진 선물이었다. 추모제의 의의에 따뜻하게 손잡아 준 것이다. 노래를 통해 세상에 남은 사람들의 마음을 보듬어 주기 위해 기꺼이 와주었다. 한빛이 본부 스탁을 기획할 때 초청했던 인연을 기억하며 덕원 님이 우리를 위로했다. 우리 가족과 한빛을 기억하기 위해 추모제에 온 모두에게 슬픔을 추스를 힘을 주었다.

인터뷰 기사에서 그들은 청춘들을 향해 이렇게 말했다.

> 어떤 상황에서도 자신이 제일 중요하다는 사실을 잊지 않았으면 좋겠어요. 내가 선택한 방식으로 행복해하고 괴로워해야 해요. (향기)

> <서른> 뮤직비디오에서 상사가 괴롭히는 장면이 두 번 나와요. 처음에는 주인공이 그 행동에 대응하지 못해요. 대부분 말 못하고 그냥 속으로 삭이겠죠. 얘기할 수 있는 친구가 있으면 그나마 다행이고요. 두 번째 그랬을 때는 대응하잖아요. 그러니까 연습을 해야 하는 거예요. 나를 지키는 연습. (잔디)♦

그들은 내가 줄곧 갖고 있던 고정관념을 흔들었다. 솔직하라고, 남에게 보이기 위해 살지 말라고 했다. 당당하라고 했다. 그러면서도 그들은 경제적 손익과 관람객 숫자만 계산하면 도저히 올 수 없는 추모제

♦ 「오은의 요즘은 ― 브로콜리너마저 "음악은 일…… 계속하려면 돈, 돈을 벌어야 해요"」, 『한겨레』(2019/05/11).

에 기꺼이 와주지 않았나? 신문 지면에 펼쳐진 그들의 말이 내게 말하는 것처럼 들렸다. 들을수록 위로가 되었다.

낯설은 풍경들이 지나치는 오후의 버스에서 깨어
방황하는 아이 같은 우리
어디쯤 가야만 하는지 벌써 지나친 건 아닌지
모두 말하지만 알 수가 없네
난 어느 곳에도 없는 나의 자리를 찾으려
헤매었지만 갈 곳이 없고
우리들은 팔려 가는 서로를 바라보며
서글픈 작별의 인사들을 나누네
이 미친 세상에 어디에 있더라도 행복해야 해
넌 행복해야 해 행복해야 해
이 미친 세상에 어디에 있더라도 잊지 않을게
잊지 않을게 널 잊지 않을게♦

청춘들에게 이 노래가 위로가 되었다는 것을 한빛을 보내고서 알았다. 한빛이 브로콜리너마저를 좋아한 이유를 알겠다. 여전히 나는 덕원, 잔디, 향기, 류지를 구별하지도 못하지만, 브로콜리너마저의 노래를 들을 때마다 알 수 없는 힘을 얻는다. 한빛과 함께 있음을 확인할수 있어서, 위로가 된다.

한빛아, 그들의 새 앨범이 나온 거 알고 있니? 같이 듣자.

♦   브로콜리너마저 2집 <졸업>(2010)에 수록된 <졸업>(윤덕원 작사)의
    가사 부분.

자전거 탄 풍경

4박 5일간의 퇴직 연수를 경주 보문단지 호텔에서 했다. 주제는 '퇴직 이후의 미래 설계 과정'이었는데 연수생들이 머리가 희끗희끗한 60대여서 그런가 밝은 분위기보다는 진지함 그 자체였다. 5일 내내 '은퇴' '퇴직' 등의 단어를 귀 따갑도록 듣다 보니 지금까지 살아온 날도 돌아보게 되고 나름대로 생각이 많았다.

경주의 평일은 비교적 한가했다. 가로수가 온통 알록달록 불타고 있어 옛 고을의 가을을 충분히 느낄 수 있었다. KTX를 타고 오면서 한옥으로 된 '경주' 톨게이트를 떠올렸다. 이 기차도 그 톨게이트를 지날 거라고 착각했다. 아이들과 함께 왔을 때 톨게이트를 보면서 "와! 기와집처럼 생겼다!" 하고 소리 질렀던 기억이 떠올랐다. 그때가 한빛이 6학년이고 한솔이가 4학년 때였으니 20여 년 만에 경주를 다시 찾은 셈이다.

8월 한여름이었다. 방학이기도 했지만 아이들에게 텅 빈 경주를 보여 주고 싶어서 남들은 바다로 피서 가는 폭염에 일부러 경주를 찾았다. 당시만 해도 수학여행을 대부분 경주로 가던 시절이라 경주는 봄가을에 항상 관광객들로 넘쳤다. 불국사나 석굴암을 가도 사진 찍는 사람들에 치여 제대로 보기가 힘들었다. 그래서 아쉬웠고 언젠가는 꼭 경주를 천천히, 찬찬히 보리라 생각했다. 교직에 나온 첫 해 경험이 너무 좋았기 때문이다. 6월 농번기 방학을 맞아 동료 교사와 경주를 찾았었다. 초여름 경주는 엄청 더워서 관광객이 많지 않았다. 또 평일이라 어디를 가든 한산했다. 그 큰 능들이 한눈에 다 들어왔고 사람들에게 가려졌던 유적들이 하나하나 다 또렷하게 다가왔다. 공간을 채우려는 듯 역사 이야기도 줄줄이 따라왔다. 그때 이후 경주라는 도시 전체가 하나의 큰 박물관이라는 생각을 오랫동안 감동적으로 품고 있었다. 그 느낌을 아이들도 갖기를 바랐다.

　승용차로 움직이니 곳곳을 찬찬히 볼 수 있었고 원하는 만큼 오래 한 곳에 머물 수 있었다. 두 아이가 역사에 관심이 많은 편이었고, 역사 만화책이 유행하던 시절이라 아이들의 역사 지식이 큰 몫을 했다. 야사까지 곁들여 이야기해 주니 웬만한 해설사의 설명보다 더 재밌었다. 기특했고 대견했다.

　날이 흐린 오후에는 자전거 일주를 하기로 했다. 시내에서 자전거를 빌리고, 겁 많은 나를 배려해 그중 무난하고 안전한 코스로 정했다. 그나마 자전거 도로가 부분적으로 나 있고 도로에 차가 많이 다니지 않아 나도 부담 없이 달렸었는데, 그게 어느 길이었는지는 기억이 안 난다. 하나하나 기억을 되살리며 더듬어 봤지만 잘 모르겠다. 자전거를 타고 줄 지어 앞으로 나가는 우리 가족의 모습이 마치 그림 같은 풍경일 거라며 뿌듯했던 기억만 남아 있다.

　자전거 일주의 마지막 기점은 황룡사지였다. 그때도 발굴 작업이 한창이었고 복원 중이었다. 우리는 자전거를 세워 놓고 끝까지 걸어 들어갔다. 저녁 무렵이라 아무도 없고 고요하기만 했던 황룡사지. 앞으로는 넓은 들판이 펼쳐져 있고 잡초에 덮인 주춧돌만 군데군데 보이던 텅 빈 절터였다. 주춧돌에 앉아 한참을 얘기했다. 더위를 식힐 겸 앉았는데 어느새 해가 기울고 있었다. 토함산은 아니겠고 남산이었을까? 긴 산 뒤로 여름 해가 넘어가고 있었다. 자전거가 풀밭에 세워져 있고, 폐사지 같은 텅 빈 절터 주춧돌에 앉은 아빠와 두 아이가 역사 지식을 경쟁하듯 말하며 열을 내고 있는 풍경. 그 뒤로 붉은 해가 지고, 바람이 살짝살짝 얼굴을 스치며 지나던 순간은 한 폭의 그림이었다. 그렇게 영원히 간직해도 좋을 아름다운 그림을 가졌으면서도 왜 한빛은 일찍 서둘러 떠났을까?

아들의 부재가 이런 추억조차 무거운 기억으로 바꿨다는 생각에 마음 아팠다. 그러나 기억하기 위해서는 작은 의식이 필요하다고, 힘든 기억도 의식을 갖추면 용기가 생긴다고, 한빛은 내게 말했었다. 기억 자체가 의미 있는 의식이 될 수도 있으니 추억으로 되새기고 간직하라는 걸까? 모르겠다. 추억과 기억의 경계란 게 딱히 있을까.

그때 다음에 오면 자전거로 보문 호수를 한 바퀴 돌자고 했었다. 봄꽃이 한창일 때 오자고 했다. 지금 다시 온다면 보문 단지 호텔에 머물 수도 있을 것이다. 당시에는 소박한 여행이라도 너무 행복했는데 은연중에 아들에게 지나치게 엄격했던 것이 아닌가 싶다. 이번에 매일 혼자서 호수 둘레길을 걸었다. 바람이 불자 우수수 떨어지는, 발 딛기가 미안한 붉은색과 갈색의 벚나무 낙엽들을 밟으며 매일 걸었다. 한빛이 있었다면, 분명 이 아름다운 풍경을 보며 가슴이 뭉클하고 행복감에 취했을 텐데 아무런 감흥이 없었다. 한빛이 너무 보고 싶을 뿐이었다.

한빛아, 교과서에 김훈의 『자전거 여행』이 실려 있었잖아. 섬진강 기행 부분이었던 것 같은데, 그때 엄마가 우리 가족도 함께 섬진강 자전거 일주를 하고 싶다고 했지. 네가 웃으면서 "그럼 언제 가요. 엄마가 가자고 하면 같이 갈게요" 했지. 그런데 내가 그걸 하지 못했어. 엄마가 이렇게 어리석게 살았단다. 이제 자전거 기행은 영원히 못하겠지? 엄마도 늙었고 너도 없으니.

연수 마지막 날. 가족들 준다고 경주 황남빵과 찰보리빵을 하나씩 사는 모습이 부러웠다. 그때도 이 빵이 있었는데, 혹시 아이들이 사달라고 했는데 내가 무심히 넘기지는 않았을까? "그런 것 먹어 뭐해? 특산물 별거 아냐" 하며 안 사준 것은 아닐까? 맛있게 먹어 줄 한빛이 없단 생각에 슬퍼져서 선뜻 사지 못하고 망설였다. 그때 착한 한빛의 목소리가 들렸다.

'엄마, 한솔이랑 아빠가 있잖아.'

기차가 출발하기 직전에 후다닥 뛰어가서 두 개를 다 샀다.

네 마지막 선택까지도

한빛이 떠난 후 많은 것이 마음에 걸려 미칠 것만 같았다. 왜 그 옛날 유럽 배낭여행 때 일이 생각났을까? 2000년 1월, 영어라고는 딱 두 문장, "실례합니다. 물어볼 게 있는데요?"(Excuse me. Can I ask some-thing?)와 "어디로 가야 합니까?"(Where is __?) 만 외우고 3학년, 5학년 두 아이와 첫 해외여행을 떠났다. 얼마나 겁났는지 모른다.

첫날 런던에서 한빛이 호텔방 열쇠를 잃어버렸다. 야단을 쳤다. 어린 한빛의 슬픈 얼굴이 지금까지 뚜렷하게 기억나 가슴을 후빈다.

다음 날 호텔 프런트의 젊은 직원이 어린이의 실수라며 밝게 웃었을 때 쥐구멍에라도 숨고 싶었다. 엄마와는 대조적인 직원의 너그러운 대처에 한없이 부끄러웠다. 나는 어른의 불안을 아이에게 전가한 것을 인정했다. 두려운 여행에 대한 긴장감을 어린 한빛에게 퍼부었다. 엄마의 횡포였다. 열쇠 하나가 뭐라고?

그렇지만 나는 한빛의 눈빛을 외면한 채 여행을 이어 갔고 그에 대한 부끄러움이 16년 동안이나 내 잠재의식 속에 남아 있었다. 삶의 태도가 조금만 여유 있었다면, 조금만 '그까짓 꺼' 하며 단순하게 받아들였다면 그때 한빛을 그렇게 몰아치지 않았을 것이다. 유럽 배낭여행이라는 큰 그림을 그리며 스스로 대단한 엄마임을 과시했을지 모르나 작은 일을 가지고 어린 한빛을 주눅 들게 한 큰 실패였다. 한빛이 떠난 후 나는 그 일에 대해 사과하지 못했다며 가슴을 치며 울었다.

남편은 오래전 일로 울고불고하는 나를 이해하지 못했다.

돌아보니 나는 한빛에게 너무 많은 것을 요구했다. 버거웠을 것 같다. 중3 때인가 밥을 먹다가 한빛이 S회사에 취직하는 게 꿈이라고 말했다. 가르치는 학생들에게도 많이 들었던 말인데 민감하게 대응했다. 당시 많은 중학생들이 운운하던 인기 많은 진로가 S회사에 취직하는 것, 아니면 연예인이 되어 돈을 왕창 버는 거였는데 내 아들은 아닐 줄 알았던 것이다.

나는 대중교통을 한 번도 타보지 않고 버스 요금이 얼마인지 모르고 옥탑이나 반지하에 사는 삶을 모르는 사람은 사회의 리더가 될 수 없다며 흥분해서 말했다. 그래서 큰 회사 경영자는 물론이고 슈퍼마켓 주인도 인권, 노동권, 언론, 법, 정치를 모두 알아야 한다고 허겁지겁 말했다. 이런 공부는 정치인이나 교사들만의 몫이 아니라고 했다.

성서에 나오는 가난한 과부의 헌금 비유도 툭하면 말하곤 했다. 편안함과 부유함 속에서는 시혜나 배려가 쉽다고, 노사 관계에서도 그렇고 지위가 높아졌거나 자신한테 불리하거나 불이익이 오더라도 공정하고 따뜻한 마음을 유지할 수 있어야 한다고 했다. 이런 태도가 폭넓은 삶에서 길어 올린 약자에 대한 사랑이라고 했다.

한빛은 무거웠을 것 같다. 지금 돌이켜 보면 엄마의 욕심이 숨어 있었다. 나의 사회적 분노를 교묘하게 위장해서 아이에게 주입시켰고 내 아이는 다르게 컸으면 했다. 기다려 줬어야 했다. 아이가 성장하면서 생각이 바뀌기도 하고 스스로 배울 수도 있는데 늘 성급했다.

결국 나는 엄마가 가질 수 있는 무기인 '설득'을 들이댔던 것이다. 그런데 한빛은 일방적으로 과장해서 설득하고 있다는 것을 알면서도 엄마를 존중해 줬다. 횡설수설해도 한빛은 기다려 줬다. 차라리 짜증을 내거나 "저도 다 알아요. 저는 그렇게 살기 싫어요"라고 말했다면 달라지지 않았을까? 한빛이 표현했다면 나도 금방 알아차렸을 텐데. 내가 한빛의 눈치를 살피는 것이 자기를 전적으로 믿기 때문이라는 것을 알 테니까. 오히려 부담이 되었나? 나는 말은 그리 해도 속으로는 한빛 말에 무조건 껌뻑 죽었는데.

TV 칼럼니스트 이승한 님은 4주기 추모제의 추모 발언에서 "한빛은 사람이 사람에 가혹해선 안 된다고 끝까지 목소리를 내길 택했고, 우리는 지금 여기 모일 수 있게 됐다"고 했다.

한빛이 대학 때인가 영화 <변호인>에 대해 이야기하며 제목이 '변호사'가 아니고 '변호인'인 것에 대해 설명했다. 한빛은 이렇게 많은 걸 내게 가르쳐 주고 떠났다. 그래도, 어떤 대단한 가르침이라도 죽음으로는 아닌데.

대통령의 연설 비서관이었던 강원국 씨는 노무현 대통령이 내디딘 마지막 한 발을 "자신이 처한 상황에서 할 수 있는 가장 최선의 일을 찾아낸 마지막 도전"이라고 말했다. 그것을 생각하면 두려울 것도 없다고 했다. 자식의 죽음이 아니니까 이렇게 승화시킬 수 있는 거지 싶으면서도 이 말 또한 나를 위한 위로로 보탠다. 미안한 일을 자꾸 생각하고 후회되는 일로 자책하다가도 이렇게 나 살 궁리를 한다.

한빛아. 여행지에서 화낸 것, 네 속도를 기다려 주지 못하고 언제나 성급하게 가르치려 든 것, 네 꿈을 네 눈높이로 봐주지 못한 것, 엄격한 삶의 기준을 들이댔던 것⋯⋯ 생각해 보면 모두 엄마의 두려움 때문이었어. 이제라도 네가 너무 무거워 말았으면 좋겠어. 어렵지만, 앞으로 네 모든 선택과 도전을 있는 그대로 이해하려고 더 노력할게.

엄마의 거짓말

한빛이 중학교 1학년 때 담임교사와의 첫 상담. 나는 아이의 인격을 존중하는 좋은 엄마로 비춰지길 바라며 나의 자녀 교육관을 이야기했다.

"제가 가장 바라는 것은 아이가 정직한 아이로 크는 거예요. 그리고 즐겁게 학교생활을 하는 것. 공부는 그다음이지요."

정말 솔직한 표현이었을까? 속으로는 잠시 후끈거렸지만 내 얘기에 미소를 지으시던 선생님을 보면서 뿌듯해했던 것 같다.

그로부터 며칠 뒤 가슴을 철렁하게 만드는 한 편의 글을 보게 되었다. 한빛 책상을 정리하다가 우연히 들춰 본 한빛의 국어 공책에서 「엄마의 거짓말」이라는, 제목부터가 충격적인 작문을 읽었다.

우리 엄마는 거짓말을 잘하신다. 특히 아빠와 싸우시면 꼭 동생과 내게 말해 아빠에게 전화를 걸라고 시키신다. 지금 엄마가 아파서 저녁을 못 먹고 있으니 빨리 들어오시라는 내용이다. 저녁으로 카레를 맛있게 먹고 과일까지 먹었는데 단지 아빠를 빨리 불러들이기 위해 엄마는 우리에게 거짓말을 하라고 시키시는 것이다. 나야 방에 숨어 버리면 그만이지만 매번 꼼짝없이 붙잡혀 전화를 거는 동생이 불쌍하다. 아빠가 동생의 전화에 깜빡 속아 집까지 숨차게 뛰어오시면 방금 전까지도 텔레비전을 보시던 엄마는 이불을 쓰

고 누워 아픈 척 연기를 하신다. 나는 그게 싫다. 아. 정말 이해가
안 돼. 우리보고는 거짓말이 나쁜 거라고 하지 말라고 하시면서
엄마는 왜 우리한테는 거짓말을 하라고 시키시는 건지. 난 정말
거짓말하기 싫은데.

한빛의 국어 선생이기도 했던 담임교사에게 높은 점수를 받은 한빛
의 국어 수행 평가 과제. 며칠 전 상담 때가 떠올라 쥐구멍에라도 숨고
싶었다. 학교에서 돌아온 한빛에게 진심으로 사과했다.
　"정말 미안해. 앞으로는 거짓말하라고 하지 않을게. 엄마 때문에
많이 속상했지?"
　"좀 그랬지만 이젠 다 풀렸어요."
　한빛은 씨익 웃었다. 말과 행동이 다른 것만큼 나쁜 교육이 더 있을
까? 엄마의 거짓말에 관해 쓴 한빛의 국어 과제. 내 인생 최고의 깨달
음을 준 글이 되었다. 이후로는 두 아이에게 거짓말을 안 하려고 무진
애쓰고 노력했으니까.
　지금은 신호등의 초록 불을 초록색이라고 하는데 우리가 어릴 때
는 파란색이라고 가르쳤다. 그때는 진짜 파란색이었나? 신호등을 본
적 없는 시골에서 자랐기에 별 생각이 없었다. 어른이 되어서도 초록
불이 켜지면 습관적으로 "한빛, 파란 불 켜졌다. 빨리 건너자"라고 말
했다. 그때마다 어린 한빛은 "엄마, 왜 초록 불을 파란 불이라고 해
요?" 하고 묻곤 했다. 아이들 질문에는 엉뚱하게라도 답을 해주는 편
인데 딱히 설명하지 못했던 것 같다. 횡단보도에 다른 사람들도 있는
데 두 아이가 번번이 같은 질문을 하니까 아이들 앞에서는 의도적으
로 초록 불이라고 했다. 어색했지만 아이들이 궁금히 여기는 것이 당
연하니 내가 고쳐 말해야 한다고 생각했다.

한빛이 슈퍼에 갈 때 슬리퍼나 운동화를 찍찍 끌면 신발을 똑바로 신지 않은 것이 신경 쓰여서 "사람들이 뭐라고 그러잖아. 신발 똑바로 신어야지" 하고 야단치곤 했다. 초등학교 저학년 때 한빛은 "사람들은 나한테 아무 말도 안하는데…… 엄마는 왜 거짓말을 할까?" 볼멘소리를 했었다.

솔직히 한빛은 내 아킬레스건을 정확하게 짚었다. 나도 안다. 나는 어떤 일이 생기면 먼저 겁부터 먹고, 해결해야 하는 부담 때문에 '사실'을 직시하기 보다는 과장한다. 그래서 매사 힘들게 일을 풀어 간다. 어린 한빛의 볼멘소리와 중1 때 국어 공책에 쓴 작문은 나의 아킬레스건을 건드렸다. 그 후 내 버릇을 다 고치지는 못했지만 최소한 아이들에게는 솔직하고자 노력했다. '사실'만 말하고자 했고 "여기부터는 엄마 생각이야" 하며 이야기해 주곤 했다. 그만큼 아이들에게 내 약점이 부끄럽기도 했다. 훗날 한빛에게 이 얘기를 했다. 미안하고 고맙다는 말과 함께. 한빛은 늘 그랬듯 웃으며 대수롭지 않게 넘겼다.

내가 다시 '사실'을 붙잡게 된 것은 한빛 덕분이다. 기자회견에 나가기로 결심하면서, 한빛이 가르쳐 준 '사실'만을 붙잡으려 했다. 아들을 잃은 분노, 억울함, 슬픔 등을 어떻게 '사실'로만 이야기할 수 있으랴? 죽는 날까지 싸울 거라고 한빛에게 약속했지만, 이 골리앗과의 싸움이 얼마나 힘들 것인지, 또 언제 끝날 것인지 알 수 없었다. 그래서 나중에 울자고 결심했고, 오로지 '사실'만 붙잡으려고 안간힘을 썼다. 힘겨운 싸움의 과정에서 휘둘리지 않았던 것은 그 때문이었다. 한빛을 살릴 수 있는 길도 그 길뿐이었다고 믿는다.

하나 분명했던 마음

재수를 하는 조카가 여름을 지나면서 슬럼프가 왔나 보다. 막내 여동생이 전화로 하소연을 했다.

"언니는 힘 안 들었지? 한빛, 한솔인 알아서 공부했지?"

"애들이 다 다르잖아. 우리도 엄마 속 많이 썩혔잖아?"

"힘들어. 내가 뭘 잘못했는지? 도대체 뭘 해달라는 건지? 말도 못 붙이고 애 눈치만 살펴. 이러다 병날 것 같아."

'한국의 고3 수험생 엄마'의 고충을 알기에, 조카가 이해되면서도 동생이 안쓰러웠다. 동생은 성격이 여유로운 편이다. 형제들이 질투할 만큼 부모님 사랑을 많이 받아서 그런가 보다 했다. 그런데도 수험생 엄마의 고난은 피해 갈 수 없나 보다. 동생한테 그냥 기다리는 수밖에 없다고 했다.

한빛이 중학생이 되어 치른 첫 중간고사가 생각난다. 내가 근무하던 학교도 시험 기간이라 일찍 집에 왔다. 점심을 차려 주면서 한빛의 영어 시험지를 봤다. 1학년 영어 시험은 우리 학교에도 만점이 많다고 들었는데 한빛은 여러 개를 틀렸다. 쭉 훑어봤다.

내가 아는 문제가 눈에 띄었다. 동사 'have'와 'has'를 빈칸에 채우는 문제였다. 이건 눈감고도 맞출 수 있는 문제 아닌가? 순간 이 쉬운 것도 모르나 싶어 어이가 없었다.

"이것도 틀렸어? 아니 삼인칭에는 has를 쓰고 일인칭에는 have를 쓰는 거잖아. 이건 기초 중에 기초 아냐? 이것도 몰라?"

한빛을 다그쳤다. 그때 슬픔이 가득 든 한빛의 눈을 보고 말았다. 황망해하는 얼굴 표정도 읽었다. 억울함도 있는 것 같고 자신의 실력이 형편없음을 인정하는 것도 같았다.

아차, 이러고도 엄마냐. 한심했다. 그러나 나는 이미 주워 담을 수 없는 많은 말들을 뱉었고, 엎질러진 물은 다시 담을 수 없었다. 진심으로 사과하고 밥을 차려 주었다. 안 먹겠다는 말도 못하고 꾸역꾸역 먹는 착한 아들. 한빛을 보면서 나는 이 시간 이후부터 다시는 한빛에게 시험 점수로 닦달하지 않겠다고 결심했다. 그리고 그 다짐을 지키려고 노력했다.

솔직히 나는 어쨌나? 'have'와 'has'나 알았지. 고3 때 예비고사 영어나 수학은 애초 목표가 반이라도 간신히 맞히는 것이었다. 그나마 노력하면 되는 암기 과목 덕분에 사범대에 들어갔다고 생각한다.

대학에 가서도 또 넘어야 할 벽이 있었다. 국어과는 여학생이 20명이었는데 그중 열여섯 명이 도청 소재지의 최고 명문이라는 C여고 특별반 출신이었다. 모두 우스갯소리로 우리 과를 C여고 부속 대학이라고 할 정도였다.

예비고사 합격생이 겨우 세 명이었던 시골 학교 출신인 내게는 C여고가 학교에서 우열을 나눌 만큼 학생 수가 많다는 것이 신기했다. 부러운 것은 전공이 국어인데도 모두 수학도 잘하는 것이었다. C여고 특별반은 '이과반'이라고 했다. 문과, 이과 구분 없는 작은 학교를 나오기도 했지만, 이과반 출신이 국어과에 온 것도 신기했다.

덕분에 1학년 교양 수학 시험 때 나는 그들이 풀어놓은 과정을 달달 외워서 시험을 봤다. 교양과목이었어도 내가 풀 수 있는 문제는 없었다. 그런 나를 친구들은 의아하게 바라보기도 하고 어떤 애들은 노골적으로 무시했다. 하긴 수학을 외운다니, 누가 이해할 수 있을까? 외워서 겨우겨우 수학 시험을 치러 냈다. '국어를 전공할 건데 수학을 왜 잘해야 해' 하며 위로했지만, 스스로 초라했다.

이런 자격지심 때문이었을까? 알량한 'have'와 'has' 가지고 자식을 그렇게 몰아붙이고, 공부하는 과정은 살피지도 않으면서 알아서 잘하는 천재이길 바랐다. 감나무 밑에서 입 벌리고 감 떨어지기만을 바라는 것과 무엇이 다른가? 나는 무책임한 엄마였다.

한빛의 깊고 슬픈 눈이 가슴 아파서, 나는 이후 시험 점수에, 공부에 무심한 척했다. 그러나 속마음까지 완벽히 감추지 못해 한빛 편에 서지 못했다. 이중적인 태도를 보이며 속으로는 내내 갈등했으니 한빛이 그 정도도 눈치 못 챘을까?

흔들릴 때마다 기다리자는 주문을 외웠다. 불쑥 성적에 대해 묻고 싶을 때면 내가 대학교 1학년 때 수학의 풀이를 암기하며 눈물을 훔쳤던 절망감을 상기하려고 했다.

한빛이 재수할 때 살던 원룸에 갔었다. 수능이 얼마 안 남은 날이었다. 문제를 풀던 한빛이 갑자기 짜증을 내며 책을 밀쳐 버렸다. 옆에서 자는 척하던 나는 가슴이 쿵 했다. "왜 그래?" 하고 묻고 싶었지만 이유가 뻔하지 않은가? 안쓰러워 눈물이 왈칵 솟았다. 이불을 뒤집어쓰고 눈물을 훔쳤다.

다음 날, 한빛에게 무심한 척 말했다.

"수능 다가오니 초조하지? 그래도 느긋하게 해. 엄마는 명문 대학 안 다녔어도 지금 정말 행복해. 그러니까 너도 꼭 명문 대학에 가야 한다고 생각하지 마. 행복할 길은 이 세상에 너무 많아. 한빛아, 너무 힘들게 살지 말자."

이중적일지 모르나, 나는 늘 한빛이 '행복'하길 진심으로 바랐다.

"영어, 수학은 한 문제만 틀려도 전국 등수가 확 밀려요."

"그럼 다 맞아야 해? 사람이 실수할 수도 있잖아."

"이 세계에서는 실수도 실력이라고 해요."

"사람이 어떻게 실수도 안 해?"

한빛은 내 말이 어이없는지 눈을 피했다. 명색이 교사이고 수험생 엄마라면서 석차 백분율이 전국에서 몇 퍼센트 이내여야 어느 대학에 가고, 전국 등수가 따로 나오는지도 모르는 엄마가 창피했을까? 아니면 내 이중적인 마음을 알아채고 더는 솔직해지기 싫었을까? 어느 쪽도 수험생 한빛에게 도움이 되지 않을 엄마였다.

한빛아, 엄마가 말한 적 없지? 사실 엄마는 수학도 암기 과목처럼 외워서 시험 봤고, 영어는 예비고사 때도 답을 죄다 찍었어. 예비고사 시험장에서 연필 가는 대로 답을 달고 나니 시간이 많이 남아서, 제발 열 문제라도 맞게 해달라고 간절히 주기도문을 외웠단다. 그랬는데도 지금까지 행복하게 잘 살고 있다고, 농담 삼아 한 번쯤은 얘기할걸 그랬나?

엄마가 많이 부족했어. 왔다 갔다 했어. 확신을 가지지 못했고 자주 갈팡질팡했어. 그래도 분명한 건 네 행복을 바란 마음. 그것만은 단 한순간도 바뀐 적이 없다! 그 마음 믿어 줄 수 있을까?

수험생 엄마

집에 수험생이 있으면 온 가족이 긴장을 한다. 특히 수험생 엄마가 얼마나 힘든지에 대해서도 많이 말한다. 나 역시도 단단한 각오를 하고 수험생 엄마로서 최선을 다하고자 했으나 사실 할 수 있는 일이 거의 없었다. 아니 아무런 도움도 되지 못했다.

한빛이 수험생일 때 나 역시 여느 엄마들처럼 마음이 무겁고 긴장됐다. 공부를 대신 해줄 수도 없고 그저 아이가 무난하게 이 시기를 잘 넘기길 기도할 뿐이었다. 엄마가 교사라면 진학이나 대입 정보에 빠삭할 것 같지만 나는 표준편차 같은 것조차 이해하지 못했다. 서울대를 가려면 국사 과목이 필수라는 것도 한빛한테 들어서 알았다. 도대체 다른 엄마들은 어떻게 정보를 얻어 자식에게 진학지도를 할까 부러웠고 부끄러웠다.

유일하게 할 수 있는 일이 도시락 싸주는 일이었다. 매일 5시에 일어나 도시락을 쌌다. 아침잠이 많은 내가 5시에 일어났다는 것은 지금 생각해도 엄청 기특한 사건이다. 한빛은 학원에서 도시락을 사 먹겠다는데 나는 '집밥'을 먹어야 한다며 우겼다. 도시락을 들고 다니는 게 귀찮아서였을지도 모르는데 내 생각만 강요했던 것 같다. 디저트랍시고 과일을 챙겨 주었는데 주로 사과였다. 매일 사과만 내놓으니 같이 밥 먹던 친구들이 사과 과수원집 아들이냐고 하더란다.

"사과가 비타민C가 많다고 해서 싸준 건데 창피했니?"

"그건 아닌데요. 항상 갈색으로 변해 있으니까 애들이 우스갯소리로 그런 거지요."

아, 나는 거기까지는 생각을 못했다.

"진작 말하지. 다른 과일로 싸달라고."

"그래도 디저트까지 가져오는 사람은 저밖에 없어요."

나는 이렇게 눈치가 없었다.

또 하나 놓치지 않고 최선을 다했던 것은 기도였다. 기도가 제일 쉬웠다. 가톨릭에는 "수험생을 위한 기도"가 있는데 '이것도 안 하면 수험생 엄마라고 말할 수도 없지' 하면서 매일 빼먹지 않으려고 노력했다. 목적은 수험생인 한빛을 위한 기도였지만 사실은 수험생 엄마로서 내 평화와 위안을 얻기 위한 게 아니었나 싶다.

가장 기억에 남는 일은 서울대 면접 날이다. 2008년 서울대 입시 전형은 수능, 면접, 논술 세 가지였다. 그날 폭설이 내렸다. 서울대가 도봉동에서 멀기도 하고 교통 대란이 일어날 것을 예상해 한빛과 아빠는 전철을 이용해 일찍 출발했다. 나는 따뜻한 도시락을 싸가기로 하고 집에 남았는데 한빛을 배웅하고 난 뒤부터 안절부절했다. 빨리 밥을 지어야 하는데 손이 떨리고 아무것도 할 수 없었다. 정성을 다해 도시락을 준비하고 싶은데 어떻게 해야 하나 하다가 문득 밥물을 약수로 짓고 싶었다. 그 정도라도 정성을 드려야 엄마로서 덜 미안할 것 같았다. 창밖에는 여전히 눈이 펑펑 내리고 있고 남은 시간도 애매해 고민하고 있는데 라디오에서 서울대 면접이 한 시간 늦춰졌다는 소식이 들렸다. 시간 여유가 생긴 것을 기회 삼아 단단히 무장하고 약수터로 올라갔다. 눈보라까지 겹쳐 한 치 앞이 안 보였다. 좁은 산길도 발목까지 눈이 쌓여 한 발 한 발 내딛기 힘들었다.

온통 눈을 뒤집어쓰고 길어 온 약수로 간절함을 담아 밥을 지었다.

자꾸 눈물이 났다. 한빛이 평소 좋아하는 감자볶음, 계란말이, 된장국을 했다. 떨리는 손으로 소중하게 하나하나 보온 도시락에 담았다.

사회대 앞에서 기다리는데, 눈은 그쳤지만 날이 몹시 추웠다. 남편이 생활관 식당에 들어가 기다리자고 했다. 수험생 엄마로서 한 일이 없는 게 새삼 미안했던 나는 밖에서 기다리겠다며 억지를 부렸다. 점심시간, 한빛 앞에 이것저것 반찬통을 늘어놓는데 바로 옆 식탁 수험생은 엄마가 방금 사온 따뜻한 전복죽을 먹고 있었다. 아차 했다. 소화 부담이 없어 좋겠구나. 왜 이런 걸 몰랐을까? 먹으라고 내놓은 사과도 갈변돼 있었다. 또 미안했다.

면접을 끝내고 나온 한빛에게 나는 아무 말도 할 수 없었다. 잘 봤냐고 묻고도 싶었지만 이제 푹 쉬라는 말만 했다. 그렇게 속마음을 감추고 슬쩍슬쩍 한빛의 표정을 살피는 게 엄마가 할 수 있는 전부였다.

훗날 면접 풍경이 궁금해 물어봤다. 한빛은 사실 면접을 끝내고 나오면서 꼭 합격할 것 같은 자신감을 느꼈다고 했다. 질문지를 보면서 답이 그려졌고 교수의 질문에 말이 잘 터져 나오더라고. 자기가 위기에 강한 것 같다며 스스로도 놀랐다고 했다. 그날 한빛의 표정을 살피느라 속이 탔던 기억에 "그랬으면 엄마한테도 말해 주지" 그랬더니 그 말을 하면 엄마가 부정 탄다고 할까 봐 일부러 말 안 했다며 웃었다. 한빛 말이 맞다.

사회대 앞 작은 광장 아고라에서 하염없이 쌓이는 눈을 맞았던 기억. 너무 춥고 두려워 떨렸지만, 뭐라도 하며 '함께할' 수 있어서 감사했던 추억이다.

마음의 일

한빛이 대학 신입생이던 2008년 『아프니까 청춘이다』 『88만원 세대』 같은 책들이 나왔다. 이후 제목이 회자되며 마치 청년 세대를 대변하는 말처럼 되었다. 한빛도 그 책들을 읽고 있었다. 책 제목을 보면서 나는 '왜 이렇게 부정적이지? 청춘이 얼마나 좋은 말인데 아프다고 먼저 결론지을까? 혹시 젊어서 고생은 사서 한다는 말을 멋지게 풀어쓴 건가? 그럼 다행이고'라고 생각했다.

또 '대학 나온 청년이 왜 겨우 88만 원? 그것 가지고 어떻게 살라고? 혹시 88이란 숫자가 무슨 상징적인 숫자인가?' 하며 애써 납득하려고 했다.

솔직히 갓 대학에 들어간 한빛이 이런 책을 읽는 게 싫었다. 그렇다고 독서까지 간섭할 수는 없었다. 한때 나는 정말 알아야 할 모든 것을 '대학'에서 배웠다고 확신했던 사람이기에, 한빛의 편향된 독서 성향이 안타까웠던 것 같다.

시골 고등학교를 나온 77학번에게 대학은 신세계였다. 내가 다닌 대학은 지방에 있는 국립대학이라 화려한 대학 문화도 없었고 캠퍼스도 그리 아름답지 않았다. 내게 그런 것은 별로 중요하지 않았다.

우선 조례나 종례 시간이 없고 실내화를 안 가지고 다니는 것부터 좋았다. 강의실에서도 원하는 자리에 마음대로 앉을 수 있었다. 2학년이 되니 내가 좋아하는 전공과목만 공부해도 되고 전공이라는 것이 스스로 파면 팔수록 공부할 게 많아 가슴 떨릴 정도로 신났다. 도서관에 개가식 서고가 있고 책이 많은 것에 놀랐다. 공강 시간에 잔디밭에 앉아 친구랑 얘기해도 되는 게 좋았다. 나는 교과서에 나온 작가의 특강을 들으면서 그가 역사 속에서 튀어나온 줄 알 만큼 어리바리했고, 4학년 때 5·18이 났어도 TV나 신문이 진실을 말한다고 믿던 순진하고 우매한 대학생이었다.

내가 다니던 사범대는 졸업하면 곧바로 발령이 나기 때문에 취업 걱정을 딱히 할 필요가 없었다. 교사가 되려면 어떻게 살아야 하고 어떤 준비를 해야 하는지만 고민하면 됐다. 나는 대학에서 처음 경험해 보는 온갖 강연, 기차 여행, 엠티(MT) 등을 지금 생각하면 지나칠 만큼 열심히 쫓아다녔다. 그리고 이 모든 것이 훗날 교직 생활이나 내 삶에 큰 도움이 되었다. 내게 대학은 단순히 학교가 아니었다. 새로운 '문명'이었다.

그래서 한빛도 대학의 좋은 면부터 보길 바랐다. 한빛도 여느 수험생처럼 대학만 들어가면 눈앞에 새로운 세계가 열리리라 기대했을 것이다. 그것 때문에 입시의 힘든 시간을 견딜 수 있었을 것이다. 그렇게 온 곳이기에 금방 허상이 깨지더라도 한빛이 대학 캠퍼스의 아름다움을 누리고 대학의 유리하고 좋은 면부터 보길 바랐다.

한빛을 보면서 말은 안 했지만 솔직히 불안했다. "그 책을 읽으니까 어떠니?" "너는 어떻게 생각해?" "네 마음은 어떠니?" 하고 물어보고 싶었고, 내 생각이나 내 마음을 이야기하고도 싶었다. 그러나 나는 눈치만 살폈고, 말 꺼내기를 주저했다. 원하지 않는 대답을 들을 것만 같았고 그러면 어떻게 대처해야 하나 자신이 없었다. 상담하는 법을 백날 배우면 뭐하나? 한빛의 속마음을 읽고 온전히 마음을 포개 주지 못하면서.

기껏 생각한 게 대학 상담 센터였다. 한빛에게 슬쩍 말했다.

"그동안 공부하느라 각박했잖아. 이제는 자신을 돌아보며 살았으면 해. 대학 내 상담 센터도 찾아가 보고. 상담은 마음 아픈 사람만 하는 것이 아니니까. 세상을 더 넓게 바라보게 하지 않을까?"

나보다 많이 공부한 상담 전문가들이 한빛의 마음을 더 잘 헤아려줄 것이라는 생각. 어쩌면 일종의 열등감이었다. 학원비 내는 것으로 부모로서 아이들 뒷바라지를 다했다고 만족하는 어리석음이나 같았다. 마음의 일은 돈으로 되는 것이 아니고 전문가에게 맡긴다고 되는 것이 아니었다. 더 많은 시간을 들였어야 했다. 대화했어야 했다.

나중에 들어 보니 친구와 한 번 상담 센터에 갔었다고 했다.

"왜 계속 가지."

"어린 시절 엄마한테 받은 상처를 끌어내라는데, 왜 꼭 그런 상처가 있어야 하는지 납득이 안 갔어요."

어린 자아('내 안의 작은 아이')를 찾는 과정이었나 보다.

"엄마와 나 사이를 패륜으로 만들어야 하더라고요."

나도 그랬다. 한빛이 떠난 후 내 발로 찾아간 상담소마다 모두 어린 시절 이야기를 풀어내게 했다. 그것도 부모님한테서 받은 상처에 집중했다. 한빛의 죽음을 받아들일 수 없어 고통스럽던 내게 어린 시절의 나부터 찾으라니? 몸과 마음이 하얗게 비어 있는 내게 그건 너무 한가한 작업이었다.

오히려 나 때문에 엄마가 상처를 많이 받았을 거라고 말했다. 나에게 엄마는 항상 만만한 대상이었다. 한빛을 잃고도 엄마 산소에 가서 억지를 부릴 정도로.

"내가 엄마한테 잘못한 게 많아도 그렇지. 나를 벌주지, 왜 한빛을 데려가?"

이렇게 못난 딸을 둔 착한 엄마한테서 무슨 내 상처를 끌어낸단 말인가?

그때 기억 저 밑바닥에 있는, 나한테 받은 상처를 한빛이 다 까발렸다면, 그리고 나한테 마음껏 까탈을 부렸다면, 혹시 한빛의 삶이 조금 가벼워졌을까? 그랬다면 이렇게 빨리 가지 않았을까?

내가 내 엄마만큼 좋은 엄마가 아니었단 걸 누구보다 잘 알기에 가슴이 미어진다. 그런데도 한빛은 내가 죄책감에 미쳐 버릴까 봐 철저히 좋은 기억만 남기고 떠났다.

나는 오늘도 엄마를 배려한 한빛을 떠올리며 가슴을 쓸어내린다. 한빛은 엄마의 이런 간사함을 다 알면서도, 여전히 엄마의 잘못을 덮어 주고 있을까?

캠퍼스 탐방

1980년대만 해도 교사 연수 기관은 서울대 연수원이 전부였다. 이후 연수 기관이 많아졌지만, 당시에는 좋은 연수가 개설돼도 거리상 먼 경기 북부 교사들에게는 큰 부담이었다.

2008년, 한빛이 서울대에 입학한 후, 나는 서울대 연수만 있으면 무조건 신청했다. 한빛이 서울대입구역 근처에 있으니 단 일주일이라도 밥도 같이 먹고 같이 지내고 싶어서였다. 한빛은 걷기를 좋아하는 내게 밀집한 원룸 뒤의 산길을 알려 주었다. 넘으면 사범대가 바로 나오는 숲길이었다. 비가 엄청 오던 여름날, 한빛의 원룸에서 서울대까지 숲길을 함께 걸었다. 정문을 지나지 않고도 갈 수 있는 샛길이 정말 많았다.

마지막 날, 연수가 일찍 끝나기도 하니까 캠퍼스 탐방을 하고 싶다고 했다. 나중에 진로 탐색 교육 활동으로 학생들과 함께 올 것을 대비해 미리 체험해 보면 좋을 것 같아서였다. 한빛은 웃으면서 말했다.

"우린 학생들이 다가오면 슬쩍 도망가는데…… 저희가 해줄 말이란 게…… 엄마, 학생들한테 미션 많이 주지 마세요. 그냥 가볍게 즐기고 가도 되는데, 여기까지 와서 질문지에 칸 채우느라 고생하는 거 보면 좀 그래요."

"그래도 도망가는 건 좀 그렇다. 정보를 얻기 힘들거나 문화 혜택을 누리기 힘든 지역에서 왔을지도 모르잖아. 친절하게 해줘. 우리 학교

애들은 2호선 낙성대도 대학 이름인 줄 아는데, 나는 그 상황이 이해 되거든."

말은 이렇게 했지만 솔직히 서울대 다니는 아들과 함께 대학 캠퍼스를 걷고 싶었겠지. 단순한 탐방이 아닌 아들이 생활하는 곳곳을 보고 싶었고 자랑스러운 마음을 느끼고 싶어서겠지. 속물근성인 줄 알면서도 그렇게 아들 찬스를 누리고 싶었다.

한빛은 학과 건물 앞 작은 광장에 대해 이야기했다. 각각 명칭이 있다고 했다. '아크로폴리스'에 제일 먼저 갔다. 인문대는 '해방터', 사범대는 '페다고지', 공대는 '붉은 광장'이라고 했다. 그리고 사회과학대는 '아고라'라고 했다. 사회과학대학 16동 앞. 펑펑 내리는 눈을 맞으며 기도하는 마음으로 기다리던 면접 날이 생각났다. 나에겐 그저 작은 공터일 뿐이었는데 한빛의 설명을 듣고 나니 의미 있는 공간으로 다가왔다.

한빛은 학교에 있는 연못 '자하연'을 좋아했다. 개나리와 목련이 한창이던 봄날과 폭염에 뜨거웠던 여름, 자하연 벤치에 앉아 함께 커피를 마시기도 했다. 중앙도서관에도 갔다. 도서관으로 들어가는 긴 통로를 '중도터널'이라고 했다. 대학생들에게는 이런 줄임말이 일상적이겠지만 내게는 모두 신기했고 경탄스러웠다. 가장 인상 깊었던 것은 '도라지'. 도서관 라운지란다. 문득 내가 근무하는 학교에도 이런 예쁜 이름들이 있다면 얼마나 좋을까? 학생들과 함께 이름 짓는 과정을 가슴 설레며 상상했다.

학교를 다 돌지도 않았는데 다리가 아팠다. 정말 넓었다. 온통 초록인 것도 부러웠다. 문득 국립대학이긴 하지만 혜택이 너무 크다는 생각이 들었다.

"등록금은 사립대에 비해 반밖에 안 내는데 자연환경도 좋고 혜택이 너무 큰 것 같아."

한빛은 받은 것이 많은 만큼 사회에 환원해야 한다는 부담도 크다고 답했다. 이기적으로 내 앞가림만 하거나 함부로 살아서는 안 된다는 생각을 한다고.

적폐의 진원으로 소위 학벌 좋은 고위직들이 거론될 때 나는 교사로서 헷갈렸고 의아했다. 참된 기준은 아니지만 최소한 그들은 나보다 공부를 더 많이 했고 머리도 좋지 않을까? 독서도 나보다 더 많이 하지 않았을까? 학생이 "독서를 많이 하면 훌륭한 사람이 된다고 했는데 정말 그런가요?" 하면 엉뚱한 질문이라고 무시해야 하나? 학생들에게 나는 무엇을 어떻게 강조하고 가르쳐야 하는가?

내 아들이 바른 생각을 갖고 있는 게 자랑스러웠다. 그런 한빛을 존중할 수밖에 없었고 존경했다. 그래서 그가 채울 미래를 상상하면 가슴이 뿌듯했다.

한빛아. 그때나 지금이나 엄마의 핸드폰에 저장된 너의 이름은 '나의 희망'이란다. 하루하루가 힘겨울지라도 '희망'을 절대로 놓지 않겠다고 약속한다.

프란치스코를 위한 기도

한빛은 유아세례를 받았다. 세례명은 '프란치스코'이다. 초등학교 4학년 때 첫 영성체를 하고 6학년까지 복사를 했다. 한빛의 의지와는 상관없이 부모가 선택한 신앙이었지만 스스럼없이 따라 주어 기특했다. 지금은 자녀가 복사를 하려면 부모가 한 달간 새벽 미사를 같이 다녀야 하고 함께 준비하는 과정이 매우 엄격하다. 그에 비하면 나는 쉽게 복사 엄마가 된 셈이다. 아들이 복사가 되기를 바랐던 것은 신앙심을 키운다는 기대도 있었지만 솔직히 내 욕심도 있었음을 부인할 수 없다. 아들이 복사가 된 것이 마치 내 노력인 양 어깨에 힘을 줬다. 한빛이 복사 서는 날이면 미사보다는 자랑스러운 내 아들의 거룩한 모습을 다른 신자들이 알아주기를 은근히 기대했다. 이런 나의 허욕을 한빛도 눈치 챘을까?

중2가 되면서 한빛이 성당 가는 것을 피하기 시작했다. 억지로 데려가면 미사 시간 내내 얼굴이 굳어 있었다. 불편했다. 신앙이 강요로 될 수 없다는 것을 알기에 내가 포기하기로 했다. 사춘기에 신앙이 큰 도움이 될 텐데 안타까웠고 그렇게 신앙생활을 잘 했던 아이가 왜 이렇게 변했을까 속상했다. 꼭 한번 물어보고 싶었는데 그러질 못했다. 시간이 많을 줄 알았다.

한빛이 초등학생 때, 추운 겨울 새벽 미사를 다닐 때도 나는 거의 함께하지 못했다. 아니 안 했다는 말이 맞다. 아침잠이 많은 나는 전날 저녁까지는 자신 있게 말하고는 다음 날 아침 일어나지 못했다. 때로는 아픈 척도 했다. 한빛은 혼자 일어나 칠흑 같은 새벽 속으로 뛰어가곤 했다. 어둠 속으로 사라지는 한빛을 지켜보며 '어이구, 이러고도 내가 엄마냐?' 하며 자책감을 느끼는 게 전부였다. 한빛아, 너는 어려서 잘 몰랐겠지만 엄마가 이랬단다. 미안하다는 말도 못했구나. 대견하고 기특했다는 칭찬도 못했고.

2013년에 쓴 글이다.

졸업 한 학기를 남기고 큰애가 공군에 입대했다. 훈련소에 가보니 모두들 솜털이 보송보송하고 앳된데 우리 아이만 늙어 보여(?) 안쓰러웠다.

고등학교 때 잠시 방황했지만 다행히 원하던 대학에 들어가 한시름 놓았는데 '아프니까 청춘'인지 대학 때 두 번이나 휴학을 했다. 그때마다 군대라도 가거나 사춘기 때부터 안 나갔던 성당이라도 열심히 다니면 좋으련만 강요할 수는 없었다. 그런데 수료식 며칠 전, 아들한테서 전화가 왔다. "엄마. 저 오늘 미사 드렸어요. 고해성사도 했고요." 흥분된 아들의 목소리를 듣는 순간 눈물이 왈칵 쏟아졌다. 주일 종교 참여 시간에 성당에 갔는데 성가 소리를 듣는 순간 감정이 복받치며 눈물이 막 쏟아지더란다. 퍼뜩 고해성사가 보고 싶었는데 성사 안내를 해서 고해소에 들어갔다고 했다. 가슴이 벅차 아무 말도 못하겠더란다. 엄마가 고등학교 때 자기를 위해 기도하는 것을 몰래 봤다며 띄엄띄엄 고백하니 신부님께서 "엄마한테 미사 드렸다고 전화하라"는 보석을 주셨다는 것이었다.

나는 신앙심이 깊지도 못하고 기도도 열심인 편이 아니다. 그러나 아들이 방황할 때 불안하고 안타까운데 엄마로서 해줄 수 있는 게 아무것도 없었고, 그래서 매달리는 심정으로 묵주기도를 시작했었다. 무릎 꿇고 경건하게 하지도 못했는데 내 기도를 들어 주셨다. 죄송했지만 너무 기뻤다. 내가 한 일은 주님의 뜻을 이루게 해주십사 기도하며 매달렸을 뿐이었다. 기도의 힘을 나도 체험했다.

한빛이 군대에서 성서 공부를 한다고 했을 때도 정말 기뻤다. 나도 "창세기"를 공부했기에 한빛과 긴 통화를 하며 격려했다. 평일 저녁 부대 내 성당에 가서 공부한다고 했다. 저녁 자유 시간을 쪼개 한다는 것이 대단했다. 성서 공부 과제는 소감문 위주라 시간도 많이 내야하고 글쓰기 과제가 많다는 것을 알기에 더욱 기특했다.

어린 시절 다진 신앙이 한빛을 다시 깨웠구나 생각했다. 다섯 명이 함께 성서 공부를 하는데, 자신이 그중 고참이라 후배들을 잘 추스려 낙오자 없이 마무리했다고 했다. 그런데 마지막 연수가 문제였다. 공부가 끝나면 수원 교구 주최 4박 5일 연수를 해야 하는데 본인의 휴가를 써야 해서 다들 주저한다고 했다. 한빛도 고민하고 있길래 조심스럽게 권했다. 군인들에게 휴가가 얼마나 귀한지 알기에 한빛에게 강요할 수는 없었다.

"사회에 나가면 여건이 어떻게 될지 모르니까 기회 있을 때 하는 게 좋을 것 같아. 오히려 제일 멋진 휴가가 될지도 모르고 큰 제대 선물이 될지도 몰라."

결국 한빛은 혼자 연수에 참석했다. 정말 나무랄 데 없는 아들이었다. 제대 후 노트를 보니 열심히 사색하고 공부한 흔적이 느껴졌다. 공부한 만큼 신앙심이 커진 것은 아니겠지만 한빛의 노력이 존경스러웠다. 자신의 신앙을 고민하며 몇 권의 대학 노트를 가득 채운 한빛의 소감문 한 줄 한 줄이 가슴 뜨겁게 다가왔다.

한빛의 장례를 치른 후, 편지 한 통을 받았다. 한빛이 자신에게 보내는 편지였다. 창세기 연수 과정 중 1년 후의 자신에게 보내는 편지를 쓰는 시간이 있었나 보다. 낯익은 한빛의 글씨체를 보며 엉엉 울었다. 신앙에 대한 한빛의 생각이 적혀 있었다. 이렇게 잘 살려고 노력했는데 왜 그렇게 서둘러 갔을까? 신은 한빛을 붙들어 줄 수는 없었을까?

한빛은 도봉동 집에 오면 시간을 쪼개 미사 참례를 했다. 나는 성가대라서 일찍 성당을 갔는데 한빛은 그때마다 항상 곤하게 자고 있었다. 입으로는 "미사에 늦지 말아야 하는데. 혼자 깰 수 있겠니?" 했지만 속으로는 그대로 푹 잤으면 하는 마음도 있었다. 못 일어나면 어쩔 수 없지 뭐. 그런데 주일 미사가 끝나면 한빛이 "엄마" 하며 내 자리를 찾아오곤 했다. 미사에 참석한 것이다. 그 의지가 기특했다.

성전에서 본 한빛은 멋졌다. 깔끔하고 단정한 옷차림을 한, 키 큰, 군대를 갔다 온 장성한 아들이 "엄마" 하고 부를 때 평화를 느꼈다. 지금도 미사가 끝나면 뒤에서 "엄마" 하고 부를 것만 같아 바로 일어나지 못한다. 심호흡을 하고 일어설 때마다, 그가 더는 날 찾아오지 않음을 깨닫고는 가슴이 미어진다.

나는 오늘도 프란치스코를 위해 기도한다. 그가 하늘에서 잘 지내고 있기를. 그 빛나는 모습으로 누린 평화를 전하고 있기를.

내가 죽지 않는 한, 아들도 죽지 않고 살아갑니다

2월 21일은 아버지 기일이다. 2000년에 돌아가셨으니 어느 덧 20년
이 지났다. '20'이란 숫자에 깜짝 놀랐다. 꽤 긴 시간이 지났음에도
아버지에 대한 기억이 너무 생생하기 때문이다. 슬픔만 말랐을 뿐 아
버지와 그렇게 오랫동안 헤어져 있었던 것 같지 않다.

올해는 아버지 기일과 한빛 추모 미사가 같은 날이라 연미사를 함
께 봉헌했다. 고인을 적는 란에 아버지 이름을 적고 나란히 한빛의
세례명을 적는데 가슴이 또 한바탕 소용돌이쳤다.

미사가 끝나자 동생이 "언니, 나는 아버지한테 모자 하나 사드리지
못한 게 지금껏 마음에 걸려"라고 말했다. 남편이 "누구나 못해 드린
것만 생각나지요. 그래도 아버님은 소신껏 편안하게 잘 사셨잖아요.
물론 욕심이 없으셨기 때문이었지만요" 하고 위로를 건넸다.

"학교 재직하실 때부터 쓰시던 흰 운동모자만 내내 쓰셨는데 그걸
당연하다고 생각했어요. 따듯한 베레모도 있고 멋진 모자도 많던데,
백화점에 수북하게 쌓인 모자를 볼 때마다 마음이 아파요."

"나는 왜 화장실에 비데를 설치해 드리지 않았나 그게 죄송해. 뚱뚱
하셔서 화장실 사용이 참 힘드셨을 텐데. 생각 자체를 못 했어."

"그래도 언니는 양변기 설치해 드렸잖아. 당시엔 획기적이었어."

한빛을 임신하고 배가 불러오면서 몸이 뚱뚱하다는 것이 일상생
활에서 얼마나 힘든지를 알게 되었다. 그중 하나가 친정의 재래식 화

장실 사용이었다. 부모님은 수십 년 동안 얼마나 불편하셨을까?

아버지나 나나 필요하다 싶으면 일단 시도한다. 그때마다 돈 문제는 먼저 고민하지 않았다. 더 절약할 자신도 있고 의미가 있다면 다른 하나는 버려야 한다고 생각했다. 그런데도 비데 설치는 생각 못했다. 아니 그 문화에 대해 잘 몰랐다.

아버지는 남편 말처럼 탐욕이 없으셨다. 특히 황금 보기를 돌 같이 하셨다. 엄마와 돈 문제로 가끔 말다툼이 있었지만 기본적으로 검소하셨기 때문에 그때마다 엄마도 용서가 된 것 같다. 그 가치관이 자식들에게도 좋았을까 묻는다면 저마다 다를 것이다. 그러나 내가 남편이 해직되었을 때 물질이 부족한 상황을 버틸 수 있었던 것은 아버지가 물려주신 검소한 생활 태도 덕분이다.

아버지는 우직하고 실천적이셨다. 초등학교 1학년 때 우리 교실에는 주황색 금붕어가 있었다. 갈색의 밋밋한 똥고기(송사리나 버들치)만 보았던 나는 화려한 색의 금붕어가 있다는 것이 신기했다. 어느 날, 나는 개울에서 물고기를 잡아 와, 오빠 가방에 있던 물감을 꺼내 물고기에 색칠을 했다. 아무리 덧칠해도 물고기는 빨강색으로 물들지 않았고, 하나둘 말라 갔다. 대야에 다시 넣었더니 허연 배를 드러내며 둥둥 떴다. 마침 집에 들어온 오빠한테 허락 없이 가방을 뒤졌다고 엄청 혼났다. 한참을 울고 있는데 아버지가 퇴근하셔서 자초지종을 들으셨다.

아버지는 곧장 내 손을 잡고 시장으로 갔다. 그때는 그릇 가게에서 어항과 함께 금붕어를 팔았다. 꽃 모양의 작은 어항과 금붕어 몇 마리를 사서 물이 담긴 비닐봉지에 담았다. 조심조심 걸어서였는지, 가슴이 벅차서인지 나는 둥둥 뜬 채 허공을 걷는 기분이었다.

그 기억 때문인지 한빛이 어렸을 때 13평 아파트에 커다란 수조를 설치했다. 거실이 좁아서 수조 앞을 지나려면 몸을 옆으로 돌려야 했지만 일단 저질렀다. 열대어는 비싸서 생각도 못하고 한빛이 아빠와 함께 개울에서 잡은 민물고기로 채웠다. 한빛은 고기를 잡을 때마다 민물고기 책*을 펴놓고 물고기 이름부터 찾았다. 물에 젖었다 말랐다 해서 너덜너덜해진 책을 어린 한빛이 잘 챙겼다.

아침마다 한빛이 수조 앞 의자에 올라가 물고기 밥을 주면 아장아장 따라 나온 한솔이 까치발로 매달려 "꼬기, 꼬기~" 하며 물고기들을 불렀다. 수조 앞에서 물고기 이름을 가르쳐 주는 형과 그저 세상 온갖 것이 신기한 동생의 모습. 이제는 다 눈물겨운 추억이 되었다.

그때 한빛에게 어린 시절의 내가 민물고기에게 물감을 칠했던 얘기를 해준 적이 있다. 한빛이 크면 이 얘기를 다시 하고 싶었다. 천천히 하나하나 꺼내며 이야기할 시간이 있을 줄 알았는데.

물고기와 어항 하면 생각나는 일이 또 있다. 국민학교 2학년 자연 시험이었다. 여러 어항 그림 중에서 어느 물고기가 가장 살기 어려운지를 찾는 문제였다. 정답은 목이 좁고 긴 병이었다. 그런데 나는 넓고 네모난 모양의 어항을 골라 틀렸다. 너무 쉬운 문제를 틀렸기 때문인지 담임교사가 나를 불렀다.

나도 그 문제를 풀면서 많은 고민을 한 터였다. 목이 좁고 긴 병에 든 물고기가 답인 것도 같았지만 다른 답을 고른 것은 어항 한 구석의 선이 이어져 있지 않았기 때문이었다. 인쇄 불량으로 그 부분이 끊어진 것처럼 보인 것이다. 어린 마음에 진땀이 났던 것 같다. 지금은 물이 가득 담겨 있지만 금세 다 새어 나가 물고기가 죽을 것 같았다.

담임교사한테 이 얘기를 들은 아버지는 이 일을 여러 사람에게 두

♦   최기철, 『한국의 민물고기』, 서문당, 1989.

고두고 말씀하셨다. 만나는 교사들이나 서울 이모부한테도 얘기하셨다. 창의적이라고 하셨던 것 같다. 창의적이란 말이 뭔지 몰랐지만 아버지의 말투를 보면 칭찬인 것 같아 으쓱했다. 그러시더니 아주 한참 후, 결혼 전에 처음 인사하러 온 남편에게도 이 얘기를 하셨다. 나는 까마득하게 잊고 있었는데. 그 후 교사가 되어 지필 고사를 출제하고 인쇄된 시험지를 검토할 때마다 아버지가 생각났다.

자다가 오줌이 마려워 눈이 떠지면, 아버지가 엄마에게 자식의 잘난 점을 두런두런 얘기하는 모습을 자주 봤다. 그때마다 칭찬을 듣기 위해 이불 속에서 오줌을 참기도 했다. 지금 생각해 보면 아버지는 내가 깬 것을 아셨던 것도 같다.

아버지의 교육 방식을 한빛, 한솔에게 흉내 내고 싶었는데 쉽지 않았다. 아버지처럼 나도 자식의 손을 잡아 주고 마음을 포개 주고 싶었다. 그러나 나는 그러지 못했고, 한빛은 혼자 절망하다 떠났다.

> 사랑하는 사람들은 무덤이 아니라 내 기억 속에 묻혔으니, 내가 죽지 않는 한 그들도 계속해서 살아가리라는 사실을 나는 안다.◆

아버지가 여전히 내 마음속에 살아 있듯, 내가 죽지 않는 한 한빛도 나와 같이 살아갈 것이다. 한빛을 사랑했고 사랑하기에 오늘도 나는 같이 살아간다. 이제라도 한빛을 보듬어 주고 마음 얹어 주고 싶어서, 그렇게 같이 살아가고 싶어서, 두고두고 추억을 이야기하고 있다.

사랑하는 사람은 무덤이 아니라 기억 속에 묻혔으니.

◆   니코스 카잔차키스, 『영혼의 자서전』 상, 안정효 옮김, 37쪽, 열린책들, 2009.

'운명'을 마주하는 법

'운명'에 대해 생각해 본 적 없고, 장난으로라도 언급한 기억이 없다. 운명은 내게 좀 무서운 단어였다. 왠지 하루 종일 바닥으로 굴러 떨어진 돌을 다시 산꼭대기로 가져가야 하는 시지프스가 연상됐기 때문이다. 인간의 의지로 어떻게 해볼 수 없는 불가항력이 이 세상에 있다는 것도 두려웠다.

자기 운명을 개척하거나 주어진 운명에 맞선 사람들의 일화를 볼 때도 감동보다는 마음이 아팠다. 싸워 가는 과정이 얼마나 힘들까? 조금 쉽게 살 방법은 없었을까? 하면서 괜한 걱정을 했다.

그렇게 겁 많은 내가 한빛을 보낸 후 '운명'에 대해 다시 생각했다. 여전히 무서웠다. 조금만 욕심내고 이웃과 더불어 성실하게 살아가면 내 삶은, 내 운명은 안전하겠지 생각했다.

한빛이 입대한 공군은 복무 기간이 긴 만큼 휴가가 많았다. 군대 가면 못 보는 줄 알았던 나는 자주 있는 휴가가 좋았다. 한빛은 휴가 날 아침 일찍 집에 도착했다. 텅 빈 집이 쓸쓸할 것 같아 아파트 현관에 환영 문구를 붙였다. 이렇게라도 먼저 한빛을 만나고 싶었다.

한두 번은 단순하게 쓰다가 좀 더 멋을 내고 싶었다.

"생각만 해도 가슴 뛰게 하는 일병 한빛! 어서 와!"
"항상 반짝반짝하는 상병 한빛! 보고 싶었어!"

"보라색 바지도 소화해 내는 멋진 남자, 병장 이한빛!"

"나의 희망 병장 한빛, 엄마가 너 존중하는 거 알지?"

나중에는 쓸 말이 고갈되어 머리를 굴려 시를 패러디했다.

"자세히 보아도 예쁘다. 오래 보아도 사랑스럽다. 한빛! 너가 그렇다!"

색지도 계절에 맞게, 그날 날씨에 맞게 바꿔 가면서. 지금 생각해도 참 열성이었지만 그 모든 게 진심이었다. 한빛에게 이렇게라도 내 속마음을 보여줄 수 있다니 기뻤고, 은근히 즐겼다. 한빛에게 점수도 따고 싶었다.

한빛 책을 정리하다가 스카치테이프 자국이 있는 색지가 나왔다.

"두 번째 휴가 2013년 7월 6일(토) 환영한다! 이병 이한빛!"

현관문을 연 한빛이 쑥스러워서 쓰윽 떼어 책갈피에 꼈을까? 그러고 보니 수십 개의 문구를 쓰면서, 내가 한빛에게 표현하고 싶은 마음을 확인할 수 있어 나는 행복했는데, 한 번도 한빛의 마음은 물어보지 않았다. 쑥스러웠나 보다. 나중에 물어봐야지 했는데, 또 미뤘다.

한빛이 학교 앞에 살 때 '집밥'을 강요했던 것도 일종의 '라떼는 말이야'였다. 이따금 반찬을 바리바리 해서 찾아가서는 작은 냉장고에 차곡차곡 챙겨 넣고 한빛에게 밥하는 법을 설명했다. 나중에야 내가 반찬을 가지고 가는 날 한빛이 냉장고 청소를 한다는 것과 밥은 한 번도 안 한다는 것을 알았다. "엄마한테 말하지. 반찬 버리느라, 설거지하느라 힘들었겠다" 하니, "엄마가 속상할까 봐"라며 한빛이 씨익 웃었다. 내가 오는 날은 모임이나 약속을 일절 안 잡았다는 것도 늦게 알았다. 나는 불쑥불쑥 찾아갔는데 착한 한빛은 그렇게 나를 배려하며 살았다.

남들에겐 냉철해 보이던 한빛은 늘 예의 바르게 엄마를 대했다. 소심한 엄마가 별것 아닌 일에도 기죽고 상처받으니까 공감하려고 노력했다. 한빛의 배려에 대해 알고부터는 반찬 나르는 일을 하지 않았다.

내 핸드폰에도 한빛은 '나의 희망'으로 저장돼 있지만, 한빛에게 보내는 모든 문자는 항상 "나의 희망"으로 시작됐다. 나는 '희망'이 '운명'보다 강하다고 믿었다. 그런데 한빛의 죽음 이후 '운명'이라는 말을 받아들일 수밖에 없었다. 운명에 무릎 꿇지 않고는 떠난 한빛을 이해할 수 없었다. 하지만 27년간 봐온 한빛을 단순히 운명이란 말로, 예정된 일이나 예측할 수 없는 힘 같은 것으로 덮을 수는 없었다.

회사와의 싸움을 이끌어 갈 수 있었던 것은 오직 한빛에 대한 믿음과 존중 때문이었다. '그래도 죽으면 안 되지. 바보 같이' 하다가도 얼른 입을 틀어막았다. 한빛을 키우면서도 '바보 같다'라는 말을 한 번도 안 했는데 너무나 무거운 짐을 진 아들에게 어떻게 엄마가 감히 '바보 같다'고 말하는가? 짐승처럼 울었다. 잠깐이라도 한빛을 원망해서 미안했고, 아무런 희망이나 구원이 불가능하다는 게 극형 같아서 절망했다.

여성학자 정희진은 운명이 "구조의 힘에 대한 대응"♦이라고 했다. 신영전 한양대 의대 교수는 죽음이 부당한 신의 요구에 대한 "진정한

♦   정희진, 『나쁜 사람에게 지지 않으려고 쓴다』, 교양인, 2020.

저항"◆이 될 수 있다고 했다. 또 다른 글에서 정희진은 사회적 타살에 대해 이야기하면서 "아무리 그래도 죽지 말아야 했다? 우리는 인간의 생사를 대단하게 생각하는 경향이 있다. 삶과 죽음 모두 자연의 한 부분일 뿐이다"◆◆라며 글을 맺었다.

아무리 그래도 죽지 말아야 했다고, 우기는 일을 관두기로 했다. 한빛은 긴 시간 많이 고민하고 아파했을 거다. 한빛이 내게 가르쳐 준 것 하나는 인간의 고뇌를 단지 패배나 절망으로만 보면 안 된다는 것이다. 한빛은 이것을 뜨겁게, 슬프게 가르쳐 주고 갔다.

이것은 나의 이야기이지만 나만의 이야기는 아닐 것이다. 나는 25년 동안 경주마처럼 긴 트랙을 질주해 왔다. 함께 트랙을 질주하는 무수한 친구들을 제치고 넘어뜨린 것을 기뻐하면서. 나를 앞질러 달려가는 친구들 때문에 불안해하면서. …… 문제는 적응하지 못하는 개인에게 있는 것이 아니라 누구도 적응할 수 없는 현실의 구조 그 자체에 있다.◆◆◆

아직도 전적으로 받아들이기 힘든 '운명'이라는 말. 한빛이 내게 남긴 과제로 남았다. 이 말을 내가 당당히 마주할 수 있게 되기를, 그것이 한빛이 내게 남긴 빛의, '희망'의 부분이 되기를 간절히 바란다.

◆   신영전, 「자살은 없다」, 『한겨레』(2019/12/12).
◆◆   정희진, 「운명이다」, 『한겨레』(2016/05/20).
◆◆◆ 이한빛, <자하연잠수함> 5호, 2010. <자하연잠수함>은 이한빛 피디가
     서울대 재학 시절 운영했던 웹진이다.

이 바닥이 원래
그렇다는
말 대신에

3

아름다운 청년

2016년 2월. 한빛이 나와 남편에게 봉투를 두 개 내밀었다. 첫 월급을 탔다고 했다. 얼떨결에 봉투를 받았는데 꽤 두툼했다.

"왜 이렇게 많아? 이제 너도 독립해야 하잖아. 앞으로는 엄마가 생활비 안 줄 건데?"

자기 생활비는 남겼다며 첫 월급이라서 반반씩 선물하는 거라고 했다.

2월에 사범대를 졸업하고 3월에 곧바로 학교로 나가 첫 월급을 탔던 나는 요즘의 회사 시스템이 참 낯설다. 정규직, 비정규직이란 단어가 익숙해진 것도 얼마 안 된다. 회사에 들어가려면 공채라는 이름 아래 서류 심사, 필기시험이 있고 면접도 다양한 여러 과정을 거쳐야 하고 합격이 되도 인턴 과정이란 게 있었다. 인턴 과정도 최종 합격 발표가 있기까지는 긴장을 놓을 수 없다고 했다. 내가 볼 때는 긴장이 아니라 끝없는 경쟁 과정인 것 같았다. 요즘 청년들의 삶이 많이 가여웠다. 내가 가르친 학생들도 이런 힘든 과정을 거쳐 사회에 나간다는 게 안쓰러웠다. 내가 세상을 너무 무난하고 편하게 살아왔나?

나는 한빛의 인턴 월급이 얼마이고 정규직이 되면 얼마나 더 많이 받고 월급날은 언제인가에 대해 전혀 관심이 없었다. 내가 아직 경제력이 있어 그렇기도 했겠지만 내가 관여해서는 안 된다고 생각했다. 오히려 월급을 탄다는 것은 부모에게서 경제적으로 독립하는 것이

므로, 내 곁을 떠나겠구나 싶어 서글픔을 느꼈다. 그렇지만 힘들게 번 돈을 이렇게 계획 없이 쓰면 안 될 것 같아 엄마, 아빠한테 주느니 빨리 적금을 들라고 했다.

"우리는 너 결혼할 때 집 못 사준다. 그만한 돈도 없지만 설령 있어도 스스로 해야 한다고 생각해. 결혼도 알아서 해야 해. 그러려면 한 달이라도 빨리 적금을 들어야지. 다음 달부터는 용돈 줄 생각 말고 꼭 적금 들어."

잔소리를 했다. 속으로는 아들이 준 두툼한 봉투에 감격하는 나 자신한테 '아휴, 이 속물' 하면서. 그러고는 못 이기는 척 살짝 욕심을 내서 말했다.

"그럼 네가 잘 자라 부모를 자랑스럽게 하고 있다는 확인으로 매달 10만 원씩 줄 수 있니? 그럼 기쁘게 잘 쓸게."

한빛은 "당연하지요" 하며 웃었다. 그러나 나는 한빛이 준 첫 월급과 10만 원의 용돈을 절대 쓰지 못할 것이다. 아들이 어렵게 번 돈을 어찌 쓸 수 있으랴? 다음 날 통장을 만들어 한빛한테 받은 돈을 고스란히 넣었다. 통장 표지에 '♡사랑하는 한빛 꺼'라고 써서. 꼬박꼬박 모으면 언젠가 한빛에게 긴요한 목돈이 되겠지? 가슴이 설렜다.

그런데 약속과 달리 한빛은 몇 달이 지나도록 적금을 안 든 것 같았다. 물어보면 깜빡했다며 다음 달부터 들 거라고만 했다. 여름이 되고 적금 통장 좀 보여 달라며 서운한 기색을 보이니 그때서야 "사실은 저 돈 벌면 꼭 하고 싶은 것이 있었어요" 하면서 그동안 월급을 세월호 4·16연대, 기륭전자, KTX 해고승무원, 빈곤사회연대 등에 후원금으로 냈다고 했다. 그들에게 항상 미안했고 빚을 지고 있는 기분이라고 했다.

"내년부터 들게요. 12월까지만 기다려 주실래요?"

한빛이 사회생활을 하면서도 현실적이지 못한 것 같아 걱정이 됐다. 하고 싶은 대로 하라고 격려하면서도 속마음까지는 감출 수 없어서 한마디 했다.

"이다음에 결혼해서는 월급을 전액 후원하면 안 돼. 후원금은 생활비를 고려해 적절히 배분해서 내는 거야. 또 후원금을 내더라도 아내한테는 사전에 양해를 철저히 구해야 해. 이런 남편을 이해하는 아내는 없을 거야."

그다음부터는 걱정되는 마음을 숨기고 일단 등 두드려 주었다. 하고 싶었다는데 어쩌겠는가?

몇 해 전 겨울, 덕수궁 앞을 지나는데 대한문 앞 농성장에서 저녁 미사가 시작되고 있었다. 쌍용자동차였던 것 같다. 몹시 추운 날이었는데 어둠 속으로 하얀 사제복을 입은 신부님들과 찬 바닥에 뜨문뜨문 앉아 있는 사람들이 보였다. 그냥 지나칠 수가 없었다. 그동안 무심했던 것도 미안하고 나라도 한 명 더 힘을 실어 줘야 할 것 같아 찬 바닥에 앉았다. '으……' 엉덩이의 냉기와 칼바람에 온몸이 동태가 될 것 같았다. 점점 얼어 가는 내 몸에 온 신경이 집중되어 미사 참례는 저리 가라였다. 이러면서까지 앉아 있어야 하나 싶어 계속 갈등하다가 슬쩍 일어났다. 이들은 장기간 노숙을 하면서 단식까지 하는데 미사 시간 한 시간도 견디지 못하는 내 자신이 한없이 부끄러웠다. 아까 은행에서 찾은 생활비가 가방에 있었다. 은행 봉투째 봉헌함에 넣었다. '죄송합니다. 돈으로 때워서. 저 정말 너무 추워서 못 견디겠어요. 힘내세요' 하고 되뇌며 얼른 나와 전철을 탔다. 전철 안 온기에 얼었던 몸이 녹기 시작했다. 너무 행복했다. 갑자기 눈물이 확 솟았다.

'마음의 빚이 그렇게 컸나?'

한빛은 마지막 남긴 글에서 엄마, 아빠가 잘 알 테니 통장에 남은 돈을 힘든 곳에 보내 달라고 했다. 그쪽에서 일하는 대학 친구들에게도 보내 달라고 했다. 우리가 뭘 안다고? 한빛이 무슨 생각을 하고 어떻게 살고 있는지도 몰랐는데? 나는 한빛이 생각하는 그런 엄마가 아니었다. 죽은 아들의 통장을 정리하면서 남편은 엉엉 울었다. 통장에 찍힌 한 줄 한 줄이 한빛의 마음이 머물던 곳을 그대로 알려 주고 있었다. 내 아들 한빛은 아름다운 청년이었다.

한빛이 2016년 1월 9일에 남긴 글을 읽으며 또 울었다.

> 어제 두 곳에 후원금을 보냈다. 자랑거리는 아니니 조용히 처리(?)하려 했는데, 생각해 보니 다른 이도 참여토록 후원의 의미를 밝힌 글을 올리면 좋겠단 생각이 들었다. …… 용돈이 아닌 생계의 목적으로 행한 노동의 대가를 받은 건 이번이 처음이다. 시작이 중요하다. 첫 월급이라, 모아 놓은 게 없어서, 돈 갚아야 하니까, 집 살 예정인데, 등등 단서 조항 붙이면 영원히 미루게 된다. …… 몇 퍼센트를 낼까 뭐 그런 계산을 하곤 했다. 막상 월급을 받으니 얼마 되지도 않는데 10, 20퍼센트를 누구 코에 붙일까 싶어 절반을 확 질렀다. 나중에 후회하겠지만 아직은 기분이 좋다.♦

한빛은 새해에는 꼭 적금을 들겠다던 엄마와의 약속을 끝내 지키지 못했다.

♦　이한빛, 페이스북(2016/01/09).

함께 비를 맞는다는 것

2009년 1월 용산 참사가 일어났다. 신문에서 사진을 보면서도 믿기지 않았다. 아주 먼 역사 기록물쯤으로 간주하고 싶었다. 보는 내내 공포에 빠졌던 재난 영화의 한 장면이지, 이런 상황이 실제로 벌어질 수는 없다고 생각했다. 그러나 실제 상황이었다. 긴박한 현장에서 불에 휩싸인 참사 피해자들의 공포를 가늠조차 할 수 없었다. 그러나 진실 규명을 촉구하는 유가족의 처절한 울음소리를 방송으로 지켜보면서도 가까이 가지 못했다.

누군가 용산에 다녀와 SNS에 올린 글을 읽으면 그들의 용기가 부러웠다. 함께하는 이들이 있어 다행이고 세상 살만 하다 하면서도, 정작 나는 한 번도 가보지 않았다. 도봉역에서 1호선만 타면 갈 수 있는 곳인데.

긴 시간이 흐른 후, 용산 참사 마지막 추모 미사가 열린다는 소식을 들었다. 이번에도 안 가면 평생 부채감을 갖고 살 것 같았다. 마지막 추모 미사가 있을 그날, 갑자기 남편이 시골에 가야 한다고 했다. 이상하게 한빛, 한솔이 선뜻 대답을 하지 않아, 다른 일정이 있냐고 재차 묻자 마지못해 알겠다고 했다. 출발 시간을 늦추면 안 되냐고 해서 늦은 밤 기차 시간에 맞춰 용산역에서 만나기로 했다. 그러나 다행히 시골 가는 일정이 다음 날로 미뤄져, 나는 미사에 갈 수 있었다.

서울의 환한 밤 풍경과는 달리 주변이 깜깜했다. 어디가 어딘지도 모른 채 그저 사람이 모여 있는 곳을 찾았다. 좁고 긴 골목에서 미사 준비를 하고 있었다. 이미 많은 사람들이 웅크린 채 길게 줄지어 앉아 있었다. 앞사람 뒷모습만 보고 주춤주춤 빈자리를 찾아 앉았다. 추웠다. 맨바닥에서 스멀스멀 기어 올라오는 찬 기운에 뼈까지 얼어 왔다. 추위에 약한 나는 미사에 집중하지 못했다. 고통스러워서 당장이라도 뛰쳐나가고 싶었다. 여기서 진상 규명을 요구하며 긴 나날을 살고 있는 유가족과 신부님, 시민 단체 활동가들에게 미안했다.

영성체를 하려고 줄을 섰는데 낯익은 뒷모습이 보였다. 저 앞에 한솔이 서 있었다. 설마 했는데 한솔이었다. "한솔아" 하고 조그맣게 부르니 한솔이 뒤를 돌아보았다. 나를 보고는 놀라서 머쓱해했다. 엄마가 소심한 걸 알기에, 엄마가 불안해할까 봐 말하지 않고 여기에 온 것이었다.

그런데 미사가 끝나고 나오다가 좁은 골목 끝에서 한빛을 만났다. 반갑다기보다는 기분이 묘했다. 신부님의 강권에 송경동 시인의 용산 참사 관련 시집을 두 권 샀는데, 두 아들 손에도 시집이 들려 있었다. 훗날 원룸 이사를 하면서 보니 책꽂이에 꽂힌 이 시집들과 『지금 내리실 역은 용산 참사역입니다』 등, 용산 참사 관련 책이 열 권은 족히 넘게 꽂혀 있었다. 한빛에게 친구들한테 나눠 주라고 했더니, "많이 주고 남은 거예요. 가지고 있는 친구들도 있고요" 했다.

한빛이 떠나고 나서, 친구들을 통해 한빛이 용산 참사에 깊은 관심을 가지고 있었고 많은 시간 함께했다는 것을 알았다. 한빛이 이렇게 산 것이 잘못이라고 생각하는 건 아니다. 상식적이고 건강한 삶이라고 믿는다. 그런데 왜 이런 삶을 살아온 한빛이 그렇게 갑자기 세상을 떠난 것일까. 그 겨울, 나 역시 그 자리에 갔으면서도 왜 나는 한빛과 한솔을 만난 것을 불편해했을까?

2017년 4월 18일 기자회견을 통해 한빛의 죽음을 처음 공론화한 다음 날부터 CJ E&M 앞에서 1인 시위를 했다. 그 자리에서 한빛의 죽음에 대한 진실 규명과 회사의 공식적인 사과, 방송 노동 현장의 문제 해결을 외쳤다. 아직 제대 전이었던 한솔이가 귀대 전날 1차로 나섰다. 나는 1인 시위를 해본 적도 없어 누가 남의 일에 관심을 가지며 행동을 보태 줄까 싶어 걱정했다. 그런데 많은 분들이 1인 시위에 함께하겠다고 해서 시위 예약자가 밀릴 정도였다. 그중에는 용산 참사로 남편 이상림 님을 잃은 전재숙 님도 있었다. 청년 한빛이 생전에 용산 참사 농성에 함께했다는 것을 전해 들으시고 1인 시위에 함께하겠다고 자청하셨다고 했다. 대책위로부터 그 말을 전해 듣고 가슴이 뭉클했다. 함께 돕는다는 것은 우산을 들어 주는 것이 아니라 함께 비를 맞는 것이라는 글귀가 생각났다.

함께 비 맞아 주셔서 고맙습니다.

넘어서야 한다는 것을 안다

세월호 5주기. 나는 교원대에서 '탈북 학생 이해 제고를 위한 관리자 연수'를 받고 있었다. 주제가 낯설어서 연수 기간 내내 부담스러웠다. 특히 전날 밤 통일 전담 교육사 네 분의 토크쇼를 듣고는 더 그랬다. 북한에서 여교사였던 교육사들이 탈북해 남한에 정착하기까지의 과정을 들었는데 마음이 무거웠다. 세상에는 내가 모르는 또 다른 세계가 있었다. 왜 이리 힘겹게 살아가는 사람들이 많은가? 무엇이 이들을 이렇게 살게 했나 혼란스러웠고 우울했다. 그동안 탈북 문제에 대해 별 관심이 없었기에 충격도 컸다.

그러다 휴식 시간에 무심코 스마트폰을 켰다. 세월호 관련 기사가 눈에 많이 띄었다. 아, 오늘이 4월 16일이구나. 하나를 눌렀다. 세월호 참사로 자식을 잃은 엄마의 인터뷰였다. 갑자기 가슴이 두근대더니 답답해지기 시작했다. 숨쉬기가 힘들었다. 옆자리 연수생이 눈치 못 채게 심호흡을 했다. '왜 이러지? 그동안 한빛을 보내고 힘들었던 게 지금 나타나나? 아냐. 일시적일 거야. 연수가 버거워서 그런 거야. 정신 차리자' 하며 스스로 다독였다. 식은땀을 흘리며 간신히 연수를 마치고 점심 식사를 하는데 도저히 밥을 먹을 수가 없었다. 다행히 연수 마지막 날이라 곧바로 오송역으로 갔다.

화장실로 들어가 변기 물을 몇 번씩 내리며 한참을 울었다. 조금 나아지기는 했으나 질식할 것 같은 상태가 이어졌다. 기차에 올라서도 옆에 누가 앉았건 눈치 볼 것 없이 소리 내어 울었다. 그래야 살 것 같았다. 쓰러지면 안 된다는 생각뿐이었고 창피하지도 않았다.

안산 추모제에 간 한빛 아빠와 한솔은 내가 역에 도착하는 시간까지 올 수 없었다. 불안감과 함께 점점 더 버티기가 힘들었다. 이대로 쓰러질 수는 없다는 생각으로 정신을 붙들었다. Y교사에게 전화했다. 행신역까지 나와 달라고 부탁했다. 영문도 모르고 나온 선생님 차에 올라 응급실로 가달라면서 대성통곡을 했다. 목이 쉬고 머리가 깨지도록 울었다. 제발, 가슴아 뚫려라 하며 갈비뼈가 으스러지도록 주먹으로 쳤다. 지금까지 잘못 살았다면 다시 잘 살 테니 이번 한 번만 살려 달라고 했다. 나는 한빛을 위해 살아야 한다고 악을 썼다.

어디선가 읽은 글에서 과거에 아무리 아픈 상처가 있다고 하더라도 현재 삶에 대한 책임은 자신에게 있다고 했다. 과거의 상처에 매달리는 것은 지금 자기 인생을 만드는 데 아무런 도움이 되지 않는다고 했다. 과거 때문에 현재의 삶을 망치는 사람이 되지 말라고, 어려운 과거를 딛고 일어날 때 사람들은 박수를 보낼 것이라고 했다. 이 글을 읽으며 가소로웠다. 아픈 상처? 이 글 쓴 사람은 그 아픈 상처가 '자식의 죽음'이라도 이렇게 건방지게 말할 수 있을까? 아무런 고민도 없이 말해 놓고 독자들에게 용기를 주었다고 착각하겠지? 분노했다. 박수 받는 것이 전부가 아니라고, 당신의 어쭙잖은 충고가 아무 상황에나 다 적용되는 게 아니라고 말해 주고 싶었다.

그럼에도 나는 지금 살려 달라고 하고 있었다. 죽을까 봐 어쩔 줄 몰라 하는 나를 보면서 한빛을 생각했다. 한빛도 나만큼 겁이 많은데 얼마나 힘들었을까?

고1 때 학부모 상담이 있어 학교에 갔다. 의례적인 말이겠지만 담임교사가 한빛이 학교생활에 적극적이고 열심이라며 칭찬해 주셨다. 그러면서 한빛이 겁이 많은 것이 의외였다고 했다. 일주일 전에 예방주사를 맞는데 차례가 되자 한빛의 얼굴색이 하얗게 질린 일이 있었다고 했다. 간호사가 놀라 뒤로 보내 진정시킨 후 맨 나중에 맞았다고 했다. 매사 쾌활하고 키도 큰 애가 겁이 많아서 뜻밖이었다며 담임교사가 웃었다. 나는 공감했다. 내가 그러니까. 한빛도 겉으로는 센 척하고 씩씩해 보여도 속이 여렸다. 내가 감추고 싶어 하는 내 약점을, 아들 아니랄까 봐 한빛이 똑 닮았다 싶어 속상했다.

고2 때도 학교에 갔다가 우연히 교실까지 들어가 볼 기회가 생겼다. 텅 빈 교실 한 책상 위에 모둠 일기가 있었다. 얼른 펼쳐서 한빛이 쓴 일기를 찾아봤다. 한빛 글씨가 특이해서 쉽게 눈에 띄었다. 다른 애들에 비해 글씨체가 깔끔하지 않았다. 나중에 대입 논술 고사를 치를 때 글씨 때문에 점수가 안 나오면 어쩌나 하고 속으로 조마조마했던 그 글씨였다.

한빛은 학급 일기장에, 봄비가 오던 일요일, 운동장을 가로 질러 교실로 오면서 밟았던 흙 감촉이 평화로웠다고 썼다. 그리고 텅 빈 교실에서 혼자 공부를 하는데 들리던 빗소리가 좋았다고 썼다.

한빛의 감정이 삭막하진 않을까 늘 걱정했는데 이렇게 빗소리와 흙의 감촉에 대해 유대를 느끼는구나. 안심했다. 먼 훗날 어른이 되어도, 행여 힘든 일이 닥쳐도 이런 따뜻한 정서가 한빛을 지탱해 주리라는 확신을 품었다. 그저 한빛이 잘 자라 준 것이 고마웠다. 다른 학생들에 비해 모둠 일기를 많이 쓴 것도 기특했다.

아무 이상 없다는 의사의 말을 듣고 응급실을 나오면서 나는 그 가을 이후 앞으로 한 발자국도 나아가지 못했음을 알았다. 어느 정도 극복했다고 생각했는데, 아니었다. 세월호 예은아빠 유경근 님이 말했다. 5년이 지난 지금도 예은이 없다는 것을 받아들일 수가 없고 꿈인 것 같다고. 예은의 부재를 인정할 수 없고 아니 인정되지가 않는다고 했다. 조금 있다가 "아빠" 하고 들어설 것 같은 매일매일을 살고 있는 예은아빠. 그래서 자기 이름보다 '예은아빠'로 불릴 때가 가장 행복하다고 눈물이 가득 고인 채로 말했다.

　땅에 발 디디고 싶은데 붕 떠서 걷는 기분이다. 안개가 자욱하게 낀 숲속을 허우적대며 헤매는 중인 것 같다. 얼마가 걸리더라도 반드시 넘어서야 한다는 것을 나도 안다. 꿈속에서는 그 짙던 안개도 동이 트면 순식간에 사라지며 새 세상을 보여 주듯이, 겁 많고 여렸던 한빛이 감당하기 벅차 했던 세상의 일들을 이제라도 바꿔 나가기 위해, 똑바로 버티고 서야만 한다. 나는 한빛과의 약속을 꼭 지킬 거다.

가슴에 묻었어도 사라지지 않는다는 희망

한빛이 네 살 때 동료 교사들과 연세대에 갔었다. 6월 민주항쟁을 기념하는 콘서트가 연세대 노천극장에서 있었던 것 같다. 그때는 집회나 콘서트가 대학교에서 많이 열렸다. 토요일 오후나 휴일에 한빛을 맡길 수도 없어 거의 한빛과 함께 갔다. 자주 다니다 보니 어린 한빛도 대학 캠퍼스에 익숙해졌고 나들이 가듯 따라 나섰다. 운동장과 잔디밭이 넓고 좋아서 혼자서도 잘 놀았다.

6월의 연세대 중앙도서관에는 이한열 열사가 최루탄에 맞은 채 부축 받는 모습의 대형 걸개그림이 걸려 있었다. "한열이를 살려 내라!"라는 문구에 가슴이 먹먹해졌다. 그러나 캠퍼스는 여름 햇살로 눈부셨고 백양로는 온통 신록이었다. 우리도 젊음의 분위기에 휩싸여 기분이 들뜬 채 콘서트를 기다렸던 것 같다.

남색 여름 생활한복을 입은 한빛은 학생회관 앞 돌계단을 오르락내리락 하며 놀았다. 마침 사진 공부를 하던 후배 교사가 좋은 카메라로 한빛을 찍었다. 그때 그 사진, 환하게 웃고 있는 어린 한빛이 너무 예뻐서 코팅해서 내내 거실에 붙여 놓았다.

"저기가 연대 학생회관 앞인데 기억도 안 나지? 콘서트 보러 갔는데 네가 저 돌계단에서 계속 놀겠다고 고집 부려서 아빠가 너랑 놀다가 콘서트 끝날 때서야 오셨어."

한빛은 별걸 다 기억한다며 웃었다. 환하게 웃는 네 살 한빛과 힘겹게 마지막 날들을 보냈을 스물일곱의 한빛이 같은 한빛이었나? 전혀 다른 사람으로 다가왔다. 멍하니 사진을 쳐다보다가 정신을 차리면 네 살 한빛이 스물일곱의 한빛이 되어 있었다. 지켜 주지 못했고, 이제는 어찌할 수 없음에 가슴을 움켜쥐고만 있는 나를, 한빛은 늘 환히 웃으며 바라본다.

2019년 6월. 이한열 열사의 어머니 배은심 님이 모처럼 맘 편히 아들 모교를 찾았다는 신문 기사를 읽었다. 이한열 열사 추모식이 32년 만에 학교 공식 행사로 거듭났기 때문이라고 했다. 어머니는 "비가 오면 (행사가) 우중충해진다. 아침에는 비가 올까 봐 걱정했는데 (그쳐서) 감사하다"며 "1987년 이후 한 해도 빠짐없이 총학생회가 도서관 앞에서 추모제를 지낼 때마다 (학교 눈치를 보느라) 가슴이 두근두근했다"고 말했다. "오늘 총장이 추모사 하고 학교에서 추모제를 정식으로 지내니 앞으로는 학교 눈치 안 봐도 되겠다"고 말해, 참석자들의 웃음을 자아내기도 했다.

배은심 님의 농담이 가슴을 치고 지나갔다. 피 토하며 외치는 어머니의 절규를 자식 잃은 엄마의 일방적인 분노라고 폄하했겠지. 세월호 참사 피해 가족에게 막말을 해도 국회의원이 되는 세상인데 그동안 얼마나 기막히고 처절했을까? 멀리서 볼 땐 강하게만 보였던 배은심 님도 가슴이 두근두근하셨다니 그간 얼마나 힘드셨을까?

한빛 죽음의 진상 조사를 요구하며 CJ E&M 앞에서 1인 시위와 집회를 이어 갈 때, 시민들이 쓴 포스트잇과 한빛 사진들이 철거당해 지나는 사람들에게 밟힌 적이 있다. 사람을 두 번 죽이는 게 이런 거구나 했다. 항상 불안하고 떨렸다. 그들의 감시에서 벗어나려고 알아서 기었다. 그들의 심기를 건드려 모든 것이 무산될까 봐 덜덜 떨었다. 이한열의 어머니나 전태일의 어머니처럼 강인하지 못해서, 한빛에게 미안했다. '이렇게 용기 없는 엄마니까 너를 잃고도 이 모양이구나.' 미안해서 많이 울었다. 그랬기에 32년간 학교 눈치를 보느라 힘드셨다는 기사가 칼로 가슴을 후비듯 아렸다. 당당하게 아들 추모제를 하고 싶어도 도서관에서 공부하는 다른 학생들에게 미안했을 것이다. 이제 그만 하라고 학교에서 눈치 주거나 밀어내지 않을까 싶어 불안했을 것이다. 배은심 님은 매년 이 시간을 어떻게 견뎌 내셨을까?

이한열기념관은 국내 유일의 민간 설립 기념관이라고 한다. 유족들이 국가로부터 받은 배상금으로 신촌에 주택을 구입했고 거기에 2004년 시민들의 성금을 더해 이 기념관을 세웠다. 비록 겉보기에는 작고 소박한 기념관이지만 의미 있게 출발한 만큼 그 역할이 컸다. 단순히 이한열만을 기억하는 공간으로 머물지 않게 하려고 애써 왔다. 이름도 얼굴도 알려지지 않은 많은 열사들을 불러내고 사람들이 기억하게 했다. 어느 누구도 어떤 단체도 시작하지 못한 일이었다. 역사에 묻히고 잊힌 열사들을 연결하고, 함께 기억하는 공간으로 일궈 왔다. 그리고 이한열장학회를 만들어 이한열의 정신을 이어 가는 대학생들에게 장학금을 지급하고 있었다. 대단하다.

멀리 전태일의 어머니 이소선 님, 이한열의 어머니 배은심 님까지 올라가지 않아도 지금 나는 김용균의 어머니 김미숙 님, 황유미의 아버지 황상기 님, 김동준의 어머니 강석경 님, 유예은의 아버지 유경근 님 등과 동시대를 살고 있다. 모두 자식의 죽음이라는 처절한 경험을 통해 세상의 잘못된 구조를 마침내 알게 됐다. 그래서 비록 자기 자식은 죽었지만 남의 자식을 살리기 위해, 더 이상 내 자식과 같은 헛된 희생이 없게 하기 위해 그들은 세상과 맞섰다. 이한열의 어머니가 다른 청년들의 죽음을 막기 위해 거리로 나오셨듯이.

2주기 추모제 때 오셔서 "한빛 엄마 손이라도 잡아 줘야 하는데……" 하셨다는 말을 나중에 들었다. 만나 뵌 적도 없는데 일부러 찾아와 주신 배은심 님. 자식 잃은 엄마가 겪을 아픔을 잘 알기에 마음 포개어 손잡아 주시고 싶었으리라.

암울한 독재 정권에도 굴하지 않고 강한 투사로 살아오신 배은심 님도 영화 <1987>은 볼 수 없다고 했다. 30여 년이 흘렀지만 아들 이한열이 엄마 가슴에 살아 있기 때문이리라. 세월호 4·16합창단 엄마, 아빠들이 오늘도 별이 된 아이들에게 이야기하듯 노래를 건네고 있는 것처럼 말이다.

죽은 아들을 되살려 함께 살고 있다는 표현이 억지라고 할지도 모르나, 정말 그렇다. 아들의 부활만이 엄마가 살아갈 이유이기 때문이다. 자식을 가슴에 묻었어도 그 존재가 사라지지 않는다는 것이 살아남은 자, 특히 엄마에게 큰 힘이 된다.

기억한다는 것

이한열기념사업회에서 2015년부터 시작한 "보고 싶은 얼굴" 전시는 '평탄치 못한 죽음'을 맞은, 사회가 반드시 기억해야 할 사람들의 얼굴을 작가의 작업으로 소환하는 전시이다.

2019년에 열린 다섯 번째 "보고 싶은 얼굴" 전시의 주제는 '일하는 사람들'이었다. 열악한 노동환경을 개선하기 위해 힘쓰다 생을 마감한 사람들의 이야기를 다뤘다. 2019년 9월 26일부터 12월 31일까지 열린 이 '일하는 사람들' 전에 한빛을 불러 주었다.

1960년대 영등포산업선교회를 통해 노동운동의 초석을 다진 조지송 목사, 1970년대 후반 노동자들을 위한 들불야학을 설립한 박기순 강학(강사), 1970, 1980년대 원풍모방에서 민주노조를 결성한 이옥순 노동자, 1980년대 전국교직원노동조합 창립 활동에 참여하다 해직된 배주영 교사, 2013년 삼성전자서비스 협력 업체 노동자로 노동조합을 결성한 최종범 노동자. 그리고 2016년 "카메라 뒤에도 사람이 있다"라고 외치며 간 방송 노동자 이한빛 피디를 통해 노동운동의 흐름을 살펴보는 기획이었다.

2019년 11월에 한빛미디어노동인권센터 식구들과 함께 전시에 갔다. 사실 나는 혼자서 전시회에 몇 번 갔었다. 전시회가 열리기 전, 한솔이 한빛 방에서 전시할 형의 유품들을 챙기는 것을 봤을 때는 아무 말도 하지 않았다. '죽은 다음에' 무슨 의미가 있으랴? 다 부질없다고 생각했다. 그럼에도 나는 그곳에 있는 한빛이 보고 싶어 경의선을 타고 신촌에 나갔다.

오랜만에 갔지만 쉽게 찾을 수 있을 줄 알았다. 그래도 기념관이고 역사가 꽤 됐으니까. 이한열기념관은 상가 골목길 속에 있었다. "이한열기념관"이라는 작은 간판도 다른 간판에 묻혀 잘 보이지 않았다 이 기념관으로 이사 오기 전의 공간에 전교조 연수로 몇 번 가본 적이 있다. 그때 작은 방에는 신문과 TV에서 많이 봐서 익숙한 이한열이 있었다. 시청 광장을 가득 메웠던 시민들과 수많은 만장들 사이에 있던 그 영정 사진(초상화)이었다. 연수에 참석한 대부분의 교사들은 먼저 그 방에 가서 추모부터 했지만 나는 서성거리다가 시간을 놓쳤다. 이유는 모르겠다. 당시 30대 초반이었던 나는 젊음과 죽음이 동격인 현실을 인정할 수 없었던 것 같다.

젊고 잘생긴 이한열의 눈빛이 너무나 강렬했다. 그런데 저 젊은 사람이 죽었다고? 때 이른 죽음을 앞둔 사람이 저리 푸를 수 있는가? 가슴이 아렸던 기억이다.

2019년의 작가들은 영상, 사진, 회화, 판화, 조각 등 다양한 작품으로 역사가 된 '보고 싶은 얼굴'들을 소환하고 있었다. 전시 자체가 '보고 싶은 얼굴' 뒤에 숨은 인간적인 고뇌를 만나게도 하지만, 어떻게든 인간다움을 놓치지 않으려던 사랑의 몸짓들을 잘 포착한 작품들을 볼 수 있었다.

한빛은 <아름다운 청년들 2>라는 작품으로 이우광 작가가 형상화했다. 전태일과 한빛을 함께 엮었다. 전태일 동상에 환하게 웃고 있는 낯익은 한빛 얼굴이, 그 앞에 한빛의 회색 후드 재킷을 입은 진지한 전태일 얼굴이 보인다. 둘은 얼굴을 서로 바꾸고는 전시회를 찾은 관객들과 마주하고 있었다. 역사란 과거에 머무는 것이 아니라 우리에게 되돌아오는 것임을 말하려는 걸까?

단풍잎이 빨갛게 타던 어느 가을날. 문 닫을 시간을 얼마 안 남기고 기념관에 갔더니, 관객이 나 혼자였다. 리플릿에는 연필로 그린 듯한 한빛 얼굴 옆에 "이한빛 방송 노동자 1989-2016"이라고 적혀 있었다. 낯설었다. 한참을 한빛 앞에, 작품 앞에 서 있었다. 작품에서 전태일이 입고 있는 한빛의 후드 재킷 앞쪽이 헤벌어진 것을 보니 오래도 입었나 보다. 언제 샀는지 언제 입었는지도 기억이 안 난다. 별것 아니지만 물어보고 싶다. 한빛과 전태일의 얼굴을 번갈아 보는데 마음이 시끄러웠다.

이우광 작가는 작가 노트에 이렇게 썼다.

> 내가 받은 자료 중엔 한빛 피디의 책장을 찍은 사진이 한 장 있었다. 책장 속 책들 중에 한 권의 책이 눈길을 끌었다. 바로 『전태일 평전』 이었다. 한빛 피디의 모습에서 49년 전 한 청년의 죽음을 떠올리는 것은 어떤 기시감일까? …… 이렇게 우리의 노동 현실은 40여 년 간 변한 것이 없었다. 전태일과 이한빛 피디, 여기에 '구의역'과 '태안 화력발전소' 사고까지, 이것은 부정할 수 없는 역사의 반복이며 '한국노동사라는 드라마'의 슬픈 장면이다.

한솔은 형과 마지막으로 작별할 때 가슴에 품고 있던 『전태일 평전』을 형에게 주었다. 영정 사진 가지러 집에 갔다가 형의 책꽂이에서 가져왔다고 했다. 그때도 지금도 내게 이런 풍경은 영화 속 장면 같다. 현실감이 느껴지지 않는다. 한빛의 죽음이 여전히 종종 믿기지 않는다. 한빛은 매일 내 삶의 전부로, 내 아들로 살아 있는 것 같다.

이한열기념관의 이경란 관장께 여쭤봤다.

"후원금으로 운영하려면 사정이 여유롭지 않을 텐데 왜 이런 전시회까지 여세요?"

이한열이라는 한 젊음이가 죽은 것도 억울한데, 그것도 공권력에 의한 희생이었는데 무슨 너그러움이 남아 있어서? 이런다고 사회가 변할까? 혼자 삭히고 있던 나의 막연한 분노가 그 질문에 담겨 있었던 것 같다.

이경란 관장은 차분히 답했다. 이한열기념관을 '이한열만을 기억하는 공간'이 아니라 보다 많은, 먼저 가신 분들의 이야기를 나누는 자리로 만들기 위해서 전시를 연다고. 우리가 기억해야 하는 사람들이 많은데 몇몇 유명한 이들만 '열사'로 기억되기 때문에 이한열기념사업회가 나서서 전시를 진행하고 있다고 했다. 누군가는 해야 할 일이기에 재정이 빠듯하더라도 기획을 멈출 수는 없다고 했다. 다행히 많은 시민들과 후원자들이 격려해 주기에 힘을 얻는다고 했다.

'변화되어 가는 노동 흐름을 따라간 노동자'들을 기억해 준다는 것. 얼마나 고마운 일인가? 가슴이 뜨거워졌다. 기념관이 추진하는 이런 사업들의 가장 큰 수혜자는 한빛 엄마인 나라는 생각이 들었다.

전태일 50주기를 맞는 2020년엔 전태일기념관이 "보고 싶은 얼굴" 전의 초대전을 열어 전시를 이어 갔다. 이한열기념관에서 지난 5년간 전시했던 30여 명의 인물 가운데 노동운동과 관련된 13인을 소환하는 전시다. 부제는 "기억 속의 노동자"로, 노동자 전태일과 노동운동사의 흐름을 함께 엿볼 수 있는 자리를 만들었다. 고맙다.

슬프지만 오래오래 기억하고 싶은 장면들이 있다. '기억하는 것'이 힘들어도 동시에 힘이 된다는 것을 잘 알기에 자꾸 기억을 붙잡게 된다. 한빛을 기억하려는 모든 기획들에 감사한 이유다.

오.늘.이라 힘주어 적었다

2020년 5월 28일은 구의역 스크린도어 참사 4주기다. 안전 수칙에 따라 스크린도어 작업은 2인 1조로 진행되는 게 원칙이었지만 19세 '김군'은 현장에서 홀로 작업하다 변을 당했다. 열악한 작업환경과 관리 소홀이 빚은 예견된 산업재해였다. 컵라면과 검은색 탄가루가 묻어 얼룩덜룩해진 수첩 등이 들어 있던 그의 가방이 지금도 기억 속에서 떠나지 않는다. 생각할수록 가슴이 아파 울컥울컥한다.

'우리는 왜 날마다 명복을 비는가?' '우리는 왜 넘어진 자리에서 거듭 넘어지는가' '오늘도 7명이 퇴근하지 못했다'라는 슬픈 문장을 요즘은 너무도 쉽게 접한다. 이 한 줄 문장 아래 얼마나 많은 유가족들이 공허한 삶을 살고 있을까? 동료들은 또 얼마나 좌절하며 불안하게 하루하루를 버티고 있을까?

김군의 죽음이 왜 구조적인 문제를 담는지 한빛에게 처음 들었다. 뉴스에서만 접했을 때는 부끄럽지만 매일 발생하는 사건의 하나려니 했다. 작업하다가 일상적으로 일어나는 어쩔 수 없는 사고려니 했다. 20대 두 아들의 엄마여서? 그저 김군이 청년인 게 안타까웠다. 그리고 취업이 어렵다는데 힘들게 들어간 직장에서 뜻도 못 피운 것이 안쓰러웠다.

당연히 남의 집 슬픈 얘기였다. 그런데 한빛이 김군의 죽음을 두고 '비정규직'과 '산업 안전장치'에 대해 이야기해 주었다. 그 단어들은 신문에서 가끔 봤으나 솔직히 궁금하지 않았고 더 알려고도 하지 않았다. 취업하면 직장인은 다 똑같이 대우받는 줄 알았다. 정규직과 비정규직이 있고 그들의 처우가 크게 다르다는 것도 잘 몰랐다. '산업 안전'이란 것도 기본적인 안전장치는 마땅히 갖춰 있다고 생각했다.

무슨 법 제정까지 필요하다고 하는 한빛이 좀 지나치다고 생각했다. 한빛은 내게 엄마는 교사니까 이런 것 정도는 알아야 한다고 했다. 그리고 학생들에게 반드시 '노동교육'을 해야 한다고 했다. 그 학생들이 모두 노동자가 되기 때문이라고 했다. 맞는 말이었지만 왠지 중학생들에게는 시기상조라는 생각이 들었다. 내 몫이 아니라는 생각도 했다.

졸업 후 줄곧 학교에서만 근무했기에 나는 노동자로서 사회의 흐름에 민감하지 않았다. 비정규직이란 말도 관심 밖이었다. 학교 곳곳에도 위험 요소가 내재되어 있지만 "하지 마라" "가지 마라"란 말만 반복했고 안 될 것 같으면 폐쇄시키면 됐다. 세월호 참사 이후 학교 안전망이 얼마나 부실한지 피부로 느꼈고, 그동안 무수히 스쳐 지나간 위험했던 순간이 섬뜩해 가슴을 쓸어내린 정도다.

구의역 참사가 다시 한번 일깨운 사회의 구조적 문제들을 짚으면서 개선 방향까지 언급하는 한빛이 듬직했다. 바른 생각을 갖고 있다고 생각했다.

2020년 한 해 코로나19가 확산되면서 전 국민의 안전 대책이 강조되는 상황인데도, 정규직 노동자들에게만 마스크를 지급하고 비정규직 하청 노동자들이 배제된 일이 있었다는 기사를 보았다. 그리고 오늘도 여전히 일터에서 기계 부품처럼 소모되던 노동자가 하루에 일곱 명꼴로 집에 돌아오지 못하고 있다.

구의역에 간 한빛이 페이스북에 썼던 글을 읽었다. 한빛이 '살아 있을 때' 쓴 글이다. '살아 있을 때'라는 과거완료형 시제가 또 가슴을 친다.

일찍 퇴근했기에 시간이 생겼다. 그래서 구의역에 갔다.

막차가 올 때까지 자릴 지키려 했다. 하지만 그리 오래 머물지 못하고 현장을 떠났다. 슬픔인지 분노인지 아니면 짜증인지 모를, 복잡한 감정이 솟구쳐 머리가 아팠기에. 역사를 빠져나왔다.

구조와 시스템에 책임을 물어야 하는 죽음이란 비참함. 생을 향한 노동이 오히려 생의 불씨를 일찍, 아니 찰나에 꺼뜨리는 허망함. 이윤이니 효율이니 헛된 수사들은 반복적으로 실제의 일상을 쉬이 짓밟는다. 끔찍한 비극의 행렬에 비록 희망을 노래하는 이가 없을지라도 염치와 반성은 존재할 것이란 기대도 같이 스러진다. 망하지 않아 망하지 못한 세상이다. 아니 망하지 못해 망하지 않는 세상이 맞을런가.

어느 게 정답인지 모르겠다. 둘 중 무엇이든, 답답한 동어반복으로밖에 설명될 수 없는 현실이 다시금 한 삶을 부러뜨렸다.

얼굴조차 모르는 그이에게 오늘도 수고했다는 짧은 편지를 포스트잇에 남기고 왔다.

'오늘'이라 쓰지 않으면 내가 무너질 것 같기에 오.늘.이라 힘주어 적었다.♦

읽으면서 많이 울었다. 한빛이 떠나기 불과 5개월 전, 그날 한빛은

♦   이한빛, 페이스북(2016/05/31).

일터에서 어떤 하루를 보냈을까. 동시대 청년에게 일어난 참담한 일을 뉴스로 접한 청년 한빛은 어떤 마음으로 그곳에 갔을까. "망하지 못해 망하지 않는 세상"에 대한 분노. 끔찍한 죽음의 행렬에 스스로 할 수 있는 일이 없다는 무력함으로 절망했을 한빛.

나는 한 번도 한빛의 마음을 물어보지 못했고 읽으려고 안 했다. 성실하니 잘 살아가려니 했다. 구의역 참사를 얘기하면서도 자기 이야기는 하지 않았다. 엄마가 괜한 걱정을 할까 봐 불편했는지도 모르겠다. 나에게라도 털어놓았다면 좀 덜어지지 않았을까? 하긴 엄마가 그럴 그릇이 못 되니 얘기하기가 그랬겠지. 나는 한빛의 짐을 덜어주지도 나누지도 못했다. 기댈 언덕이 되어 주지 못했다.

'김군'들의 안타까운 죽음을 더는 반복하지 않겠다고 지난 몇 년 수많은 정치인이 약속하고 공약을 내세웠지만 여전히 퇴근하지 못하는 노동자들이 있다.

중대재해기업처벌법 제정을 위한 온라인 캠페인 "집에 가고 있습니다, 무사히"에 달린 한 댓글이 가슴을 쳤다.

우리 남편도 2년이 되어 가는데 아직 퇴근을 못하고 있어요.

2020년 5월에 발행된 『참여사회』를 보다가 가슴이 철렁했다. 한빛이 2016년 5월 페이스북에 쓴 글이 포개지며 딱 내 마음을 대신 말해 주는 것 같았다. '경제적 이익'이라는 단어를 가치중립적 의미로 착각해서는 안 된다는, 세계적 위기 앞에서 노동자의 생명과 안전에 대한 외면은 더 이상 중립이 아닌 '악'을 의미한다는 내용이었다. 더 가치중립적으로 말하자면 모든 생명에는 가격이 없다는 내용이었다.

한빛이 살아 있다면 내게 말했을 것이다. 노동자의 생명과 안전을 보호하기 위한 중대재해기업처벌법이 이 사회에 꼭 필요하다고.

한빛아, 엄마가 대신 외칠게.

조롱당하기 쉬운 마음

한솔은 저서 『가장 보통의 드라마』 첫 문장에 "이 책은 조롱당하기 쉬운 책"이라고 썼다. 드라마 업계에 발가락도 담근 적이 없기에 드라마 세상의 '꾼'들에게는 비웃음거리가 될 수 있을 거라고 했다. 그러나 두렵지 않다고 했다. 드라마 촬영 현장에 쌓인 문제들을 바꾸고 싶어 했던 형 이한빛 피디의 뜻을 존중하고, 형이 해결하고 싶어 했던 문제들이기에 그깟 조롱은 견딜 수 있다고 했다.

나는 한솔이가 미디어나 방송 노동 종사자는 아니지만, 결코 안일하게 책을 쓰지 않았으리라 확신한다. 가장 가까이서 본 엄마로서, 나는 한솔이가 결코 평범한 시청자가 아님을 확신한다.

7차 교육과정이 도입되면서 2000년대에는 ICT(Information and Communication Technologies, 정보·통신 기술) 활용 교육이 각 교과별로 활발히 전개됐다. 수업 시간에 주로 책이나 인쇄물로 된 학습 자료를 활용하던 나도 영상 자료에 관심을 가질 수밖에 없었고 변화를 모색해야 했다. 의무에 가까운 권장 사항이기도 해서 당시 모든 교과는 ICT 활용을 많이 했고 수행평가 역시 ICT를 적용했다.

당시 중학생이었던 한솔이는 매사 조심성이 없고 뭐든지 후다닥 하는 편이었다. 전자 제품도 일단 눌러 보고 분해해 보곤 해서 늘 조마조마했다. 그래서인가 ICT 문화를 빠르고 쉽게 받아들였다. ICT를 활용해 스토리 라인을 만들고 작품을 만들어 내는 일을 즐거워했다.

수업 결과물도 뚝딱 만들어 냈다. 그것도 창의적으로. 교사인 내가 봐도 수준이 조금 높았고, 조금 앞섰다.

책을 읽으며 여러 부분에서 통곡했다. 한솔이 업계나 회사 측의 수위 높은 모욕을 견디며 자료를 수집했음을 알았다. 형의 죽음을 확인하는 것만으로도 참담했을 텐데, 그 참담함을 한솔은 혼자서 견뎠다.

한빛이 세상을 떠났을 때 한솔은 군대에 있었다. 한솔은 남은 휴가를 형 죽음의 진상 규명을 위해 썼다. 휴가 때마다 정신없이 뛰어다니다 새벽에야 들어왔다. tvN에서 방영된 모든 드라마를 이를 갈며 꾸역꾸역 모니터링 했던 악착같은 오기. 형을 이해하기 위해 드라마 제작 현장까지 들어갔다는 것도 책을 통해 처음 알았다. 방송 노동자에게 희망을 가져다주길 바랐던 형 이한빛 피디의 유지를 이어 나가기 위해 설립된 한빛미디어노동인권센터는 저절로 이룬 것이 아니었다.

한빛이 떠난 가을부터 한빛의 죽음을 세상에 공론화한 이듬해 4월까지 나는 대책위에 나가지 않았다. 아들의 억울한 죽음을 밝히기 위해 엄마가 지푸라기라도 잡고 일어서야 하지만, 나는 그러지 못했다. 나는 한빛의 죽음을 인정할 수 없었고 받아들일 수 없었다. 그러면서도 세상은 순리대로 흘러가니 회사도 진실의 힘을 거스를 수는 없으리라 기대했다.

회사 측과 처음으로 만난 날을 생생히 기억한다. 졸지에 아들을 잃은 가련한 부모가 된 나와 남편은 믿기지도 않는 현실을 끌어안고 아들이 일하던 회사의 상사를 만나러 갔다.

언젠가 tvN 특집 기사를 신문에서 읽은 적이 있었다. 한빛이 tvN에 입사했을 때 내가 먼저 기사에 나온 관리자 이름을 꺼냈더니, 한빛이 엄마가 너무 많은 것을 알고 있다며 웃었다. 나는 사람을 감동시키고 행복하게 하는 드라마의 총 책임자가 어떤 사람인지 궁금했다. 그런데 이렇게 기막힌 자리에서 그들과 마주 앉았다. 그들을 만나고 나면 한빛이 살아 돌아올 것이라고 착각했을까? 도대체 무슨 기대를 가지고 그 자리에 나갔을까?

나는 불쌍한 엄마가 되기를 자처했다. 이미 자식을 잃은 불쌍한 엄마였다. 그래서 그들의 심각하고 슬픈 얼굴을 진심이라고 여겼고 온전히 의지하고 싶었다. 머리를 조아리며 도와 달라고 했다. 한빛 죽음의 진상을 밝혀 달라고 했다. 당신들은 높은 직위에 있으니 객관적으로 조사할 수 있지 않느냐고 했다. 27년간 봐온 아들 한빛에 대한 믿음과 한빛이 남긴 마지막 말의 의미를 확신했기에 간곡히 부탁했다. 그리고 한빛과 같은 희생이 더 일어나지 않도록 재발 방지를 위한 대책을 마련해 달라고 요구했다. 너무나 당연하고 상식적인, 쉬운 부탁이라고 생각했다.

얼마 후 매우 예의 바르고(?) 공식적인(?) 문서 한 통을 받았다. 한빛이 죽은지도 모르고 한빛을 찾으러 처음 상암동에 가서 선임 피디에게 들었던 말, 그때의 모멸감을 상기시키는 답이었다. 그런데 그 순간에도 나는 바보 같이 '아닐 거야. 이 사람들도 잠깐 착각하고 있는 거야. 뭔가 상황을 잘못 알고 있는 거야' 하며 나를 달랬다.

학교에서도 학부모 등과 민원이 생길 때 학교 입장만을 고집하지 않는다. 사실을 조사하고 원칙에 따라 잘잘못을 가린다. 그리고 학교 측 잘못이 있으면 즉시 사과하고, 혹한 비판마저 고스란히 감수한다. 왜? 잘못했으니까.

나는 왜 이 지경까지 와서도 사람에게 양심이 있을 거라는 미련을 구질구질하게 붙잡았을까? 아들을 잃고도 나는 세상을 분명히 읽지 못하고 있었다. 하긴 모든 게 다 비현실적이고 꿈속 일 같았으니 무슨 판단이 온전하겠는가. 정신을 차려 보니 내 앞에 도저히 넘을 수 없는 높은 벽이 서 있었다. 좌절했다. '한빛아 엄마는 이렇게 또 비겁하게 주저앉으려고 하는구나. 한빛아 엄마한테 힘을 주렴' 하며 가슴을 쓸어안고 울었다.

아무리 억울한 죽음도 철저히 외면하다가 돈으로나 해결하려는 재벌에 대한 두려움, 공권력이 진정 평범한 시민의 편이 될까 하는 의구심……. 죽음의 원인을 죽은 사람의 나약함과 책임으로 돌리려는 회사의 철저한 옹벽에 내가 과연 맞설 수 있을까? 자신 없었다.

한번은 꿈에 그들이 여러 마리의 '괴물'로 우글거렸다. 진땀을 흘리며 혼비백산하다가 깼다. 내가 여태 그들을 '사람'으로만 이해하려고 했구나. 괴물로 단정하고 나니 오히려 마음이 편했다.

그저 한빛이 가엾고, 한빛에게 미안했다. 한빛을 두 번 힘들게 할 수는 없었다. 한빛 죽음의 진상 규명도 못하고 회사 측 시나리오대로 흐르게 둘 수 없었다. 기자회견을 앞두고 정신 차리기로 마음먹었다. 분명하다고 확신해도 '내 느낌'이면 과감히 잘라 냈다. 골리앗과 싸우기 위해서는 '사실'로만 대항해야 했다.

자식 잃은 부모의 감정은 조롱거리가 되기 쉬웠다. 재벌도 언론도 방송도 믿을 수 없었다. 세월호 참사 유가족들이 단식투쟁을 할 때 그 앞에서 피자 100판과 치킨, 핫도그 등을 먹었다는 기사를 본 뒤, 인간이 어디까지 극악할 수 있는가 싶어 치를 떨었던 기억이 소환됐다. 한빛을 두 번 욕되게 할 수는 없었다. 분노가 일어도 보고 싶지 않은 것은 눈을 감고 보지 않았다. 진실이 왜곡될 때 받을 상처를 감당할 자신이 없었다. 스스로 운신의 폭을 좁히는 내 모습이 불쌍해 가슴을 쳤다. 아들의 죽음 앞에서도 여전히 세상 눈치를 보고 있다니, 내가 가증스러웠다.

그러나 기자회견을 본 많은 시민들과 청년들은 알아서 그 행간을 읽어 주었다. 그들의 응원으로 한빛한테 진 빚을 갚아 나갈 여력을 마련했다.

"고인을 핑계로 우리 회사 사람들의 명예를 훼손하지 말라"는 협박 앞에 검증하고 또 검증했다. 그동안 국가나 거대 기업과의 싸움에서 피해자들이 어떻게 지난한 과정을 겪었는지를 알기에, 단어 하나에도 자체 검열을 했다. 평범한 시민이 꿈틀할 수 있는 영역은 좁고 작았다. 절망과 모욕 속에서 싸움을 이어 나갔다.

한솔의 책도 이런 지난한 과정을 겪으면서 쓰였을 것이다. 말 그대로 "슬픈 보고서"이다.

한솔아 수고했다. 고맙다.

이 바닥이 원래 그렇다는 말 대신에

교사 Y가 『가장 보통의 드라마』 네 권을 가져왔다.

"지난 겨울방학에 호주에 갔을 때 가게들이 모두 문을 일찍 닫는 모습이 인상적이었어요. 이 책 읽으면서 주 52시간 노동에 대해 다시 생각하게 되었어요. 그리고 요즘 텔레비전을 볼 때 카메라 뒤에 사람이 있다는 사실을 떠올리며 시청하는 게 저에게는 큰 변화지요."

그러면서 책 선물할 지인들이 많을 거라며 내게 책을 주었다. 마음은 고마웠지만 거절했다. Y는 이렇게라도 마음을 표하고 싶다며 책을 안기고 갔다.

같이 근무하는 동료 교사들에게 한빛에 대해, 책에 관해 이야기하지 않았다. 2017년 4월, 전임 학교에 있을 때, 한빛 문제를 처음 공론화했던 때도 그랬다. 한 명이라도 공감을 구해 한빛센터를 알리고 후원회원을 늘려야 했지만 나는 이 부분에서도 용기가 없었고 비겁했다. 1989년 전교조 관련으로 해직 교사가 생겼을 때는 한 명이라도 더 후원회원을 만들고자 구걸하다시피 전력을 다했다. 꼭 내 남편이 해직 교사여서가 아니라 미래의 교육 현장을 위해서라고 굳게 믿었다. 그때는 어떻게 그런 용기가 났을까? 그런데 지금은 왜 안 될까? 이 사회의 청년들이 한빛과 같은 희생을 더는 치러서는 안 된다는 것을 뼈저리게 느끼면서도 움츠렸다. 내가 불편하기 싫어서일까? 한빛에 대한 믿음이 확고한데도 나는 내 생각만 하는 걸까?

Y에게 책 출간을 어떻게 알았느냐고 하니 L교사가 메신저로 알려 줬다고 했다. L이 나만 빼고 전체에게 메시지를 돌린 것이었다.

어제 라디오 <정관용의 시사자키>를 듣다가 이한솔 씨의 인터뷰를 듣게 됐습니다. …… 슬픔은 나누면 반이 되고 여럿이 함께 가면 길이 된다고 하지요. 그래서 선생님들께 책 한 권 추천해 드리려고 합니다. 『가장 보통의 드라마』, 방송 제작 환경에 대한 이해를 도울 수 있고 학생들의 민주 시민 의식을 키우는 자료로도 좋을 것 같습니다. …… 많이 홍보해 주시면 큰 힘이 되지 않을까 합니다. 즐거운 퇴근 되세요.

뒤늦게 메신저 내용을 확인한 후 가슴이 뜨거워졌다. 마음 따듯한 사람들이 곁에 있다는 사실이 고마우면서도 슬펐다. 형의 죽음을 두고 동생이 풀어 간 책. 그 과정을 가장 가까이서 보았기에 망각할 수 있다면 당연히 삭제하고 싶은 시간. 책이 흥행하면, 더 많은 사람이 책을 읽으면, 2016년 가을 이전으로 되돌아 갈 기적이 일어날까?

책을 읽으며 학교에서 만나는 학생들을 돌아보았다. 시대의 흐름이겠지만 대부분의 학생이 영상 문화를 선호한다. 그래서 연예인이나 피디, 드라마 작가, 아나운서, 촬영감독 등의 방송 스태프를 꿈꾸는 학생이 많다. 이유를 물어보면 화려해 보이고 돈을 많이 벌 것 같다고 당당히 말한다. 유튜브를 즐겨 보고 UCC를 곧잘 만들면 피디가 되고 감독이 되는 줄 안다.

학생들은 방송 제작 현장의 모욕과 욕설 같은 '갑질'을 감히 상상하지 못할 것이다. "이 바닥은 원래 그래" 하며, 적응 못하면 그저 쓰고 버려지는 존재가 된다는 것을 생각지 못할 것이다. 그저 TV 화면에서

만 보던 연예인을 가까이서 볼 수 있다는 것에 기대하고, 큐 사인에 따라 분주히 움직이는 전문 스태프들의 멋진 모습만을 그릴 것이다. 특성화고 영상 관련 학과에 진학하려는 학생들은 고등학교 졸업과 동시에 상암동 방송국에 입성할 수 있다는 꿈에 젖어 있다. 학교에서 '사람을 도구로서가 아닌 인격 그 자체로 사랑해야 한다'고 배워 온 이들은 자신이 도구보다 못한 취급을 받으면서 카메라 뒤에 서게 될 수 있다는 것을 꿈에도 생각 못 할 것이다.

　지난주부터 운동장과 교내 연못에서 3학년 학생들의 미술 수업이 진행되고 있었다. 도화지에 밑그림을 그리고 핵심 부분을 오려 내고, 그 부분에 사진을 콜라주해 작품을 완성하는 과제였다. 학생들은 교정 곳곳에서 스마트폰으로 분주하게 사진을 찍고 있었다. 무심코 한 학생의 작품을 보았는데 비틀스 음반 표지로 유명한 애비 로드(Abbey Road) 그림이 있고, 그 거리를 걸어가는 비틀스 4인에 친구들의 얼굴을 합성하고 있었다.

　울컥했다. 한빛이 내게 이 음반 표지에 대해 처음 말해 주었기 때문이다. 한빛이 고등학생 때 영화 <라디오 스타>를 같이 보았다. 주제 파악이 잘 안 돼서 한빛에게 계속 질문을 했다. 영화 속 록밴드 '이스트 리버'에 대해서도 물었다. 한빛은 이스트 리버가 왜 비틀스를 흉내 냈는지, 그들이 왜 영월의 한 횡단보도를 일렬로 건넜는지 등, 영화 속 장면을 언급하며 '애비 로드'에 대해 설명해 줬다. 한빛의 설명을 듣고 나서야 어디선가 봤던 익숙한 풍경임을 깨달았다. "그래. 비틀스!"

　나는 '애비 로드'로 작품을 만든 학생의 창의성에 감탄했다. 많은 학생이 이런 수업을 좋아하고 익숙해한다. 영상 콘텐츠에 관심이 많다. 교내 곳곳에서 까르르 웃으며 짝을 지어 사진 찍는 학생들의 저

마음, 저 열정이 잘 성장해 가기를 진심으로 바랐다. 아울러 저들이 자신의 꿈을 끝까지 포기하지 않을 수 있도록 앞으로 방송 노동환경이 잘 갖춰지기를 바란다.

'이 바닥이 원래 그렇다'라는 말만 반복할 게 아니라 카메라 뒤 보이지 않는 영역에서 노동하는 사람들의 존엄이 보장되어야 한다. 그들 모두가 자신이 만드는 드라마의 메시지처럼 아름답고 존중받을 자격 있는 사람들임을 느껴야 한다. 하지만 지금 이대로라면 만드는 사람도 상처받으며 판을 떠나고 시청자도 겉과 속이 다른 거짓된 세계에 속기만 할 것이다.

지난날 학생과의 진로 상담 때 환상만 부풀려 이야기했던 게 부끄럽다. 이 책이 그때도 있었더라면 아이들에게 더 마음을 담아 이야기해 줄 수 있었을 텐데, 만만치 않은 현실에 대해서도 마음을 담아 이야기해 줄 수 있었을 텐데. 이 책이 방송 제작 환경 개선에 참고가 되길 바란다.

카메라 뒤에 사람이 있다

한솔은 책에서 형 이한빛 피디의 유지를 이어받아 방송 노동 현장의 문제를 해결하기 위해 한빛미디어노동인권센터를 설립했다고 썼다. 그동안 슬픔을 딛고 남편과 한솔이 이 일에 매달린 이유도 방송사 및 미디어 산업에 근무하는 비정규직 및 취약한 여건의 노동자들의 권익 보호와 복지 증진 그리고 낡은 방송 제작 환경 개선을 위해서였다. 사람을 위로하고 기쁘게 만드는 콘텐츠를 제작하지만 정작 존중받지 못하고 소외된 카메라 뒤 노동자들의 편에 서서 문제를 해결할 새로운 대안을 모색하기 위해서였다.

책은 카메라 뒤에 종사하는 보이지 않는 사람들, 방송 제작과 관련해 일하는 수많은 노동자들의 삶을 그대로 노출했다. 지금까지 보이는 곳만, 앞면만 봐온 나도 책을 읽으며 새로운 사실에 놀랐다. 이런 시스템이 지속돼서는 안 된다고 생각했다. 방송 제작과 아무 상관없는 사람이라도 책을 통해 실상을 알게 되었으면 좋겠다. 더는 드라마를 찍는 누군가가 현장의 구조적 문제 때문에 다치거나 세상을 떠나는 일은 없어져야 한다. 우리 가족이 겪은 끔찍한 비극이 다른 누군가와 가족에게 일어나선 안 된다는 생각이 책을 읽는 내내 들었다.

또 방송 제작 현장에 근무하는 노동자들을 위로하고 지지하는 내용도 녹아 있었다. 카메라 뒤에 있는 많은 '이한빛'들이 이 책으로 힘을 얻었으면 좋겠다.

2013년 여름, 한솔이 처음 대학 총학생회장 후보에 출마한다고 했을 때 겁부터 났다. 툭 던진 말이기에 처음에는 잘못 들었나 싶었다. 초등학교, 중학교 때 학생회장 경험이 있지만 대학 총학생회장과는 다르지 않은가?

"취업하기도 힘들다는데 공부나 하지?" 하니 한솔은 "문제점이 보이는데 그냥 지나칠 수는 없잖아요. 어차피 누군가는 나서야 개선이 돼요"라고 답했다. '너 말고도 똑똑하고 잘난 애들이 얼마나 많을 텐데 왜 너야? 회장 같은 건 여유 있거나 의식이 확실한 애들이 하는 것 아냐?'라고 하려다 말았다. '대학 생활을 평범하게 보냈으면 좋겠어. 공부를 통해 학문의 희열을 느끼고 해외 배낭여행도 하며 견문을 넓히고 연애도 하고. 대학 시절이 얼마나 귀한 시간인데 사회 나가 봐. 아무것도 못해. 네가 인생을 잘 몰라서 그래' 하려다가 입을 닫았다. 마음이 복잡했지만 아무 말도 하지 않았다.

그래도 불안해서 "너도 흔히 말하는 '운동권'인 거니? 정치사회 문제도 관여하는 거야?"라고 묻자 한솔은 "그런 건 크게 중요하지 않아요. 학내 상황이나 우리 청년들의 고민도 함께 힘을 모아야 하니까 나서는 거예요" 했다.

나중에 학생회 친구들과 친해졌을 때 "그럼 너희는 어디에 속했어? 운동권? 비권?" 하고 물었다. 누군가가 "어머니, 저희는 그때 학생이자 학생회로서 할 수 있는 운동과 활동을 했어요" 했다. 모두들 "맞아요. 어머님" 하며 한바탕들 웃었다. 그들의 젊음이 눈부셔 가슴이 뭉클했다.

총학생회장으로 당선된 후 한솔은 휴학을 하겠다고 했다. 학생회 활동 때문에 학기를 1년이나 유예한다니? 어리석은 것 아닌가?

"함께 활동하던 친구들과 미리 얘기했었어요. '당선이 되면 학생회 활동에 전념하자. 진정성 있는 실천을 통해 최선을 다해 보자'고. 친구들도 한 학기 휴학하기로 했고요."

이런 게 의리인가? 책임감인가? 내 얕팍한 상식으로는 도대체 이해가 안됐다. 그런데 이후 그들을 지켜보면서 내가 젊은 그들에게 배운 것은 공동체 의식, 공동체를 만들어 가는 노력이었다. 오랜만에 가슴이 벅차 왔다. 그들 덕분에 마음 한구석에 남아 있던 불안감을 씻었다.

지금은 이런 내가 가증스럽다. 가치의 정의도 모르면서 어렸을 때부터 두 아이에게 가치 있는 삶을 강조했던 것을 후회한다. 이런 내 태도가 한빛을 더 힘들게 했을 것이다. 그런데 세상일은 참 묘했다. 그때 학생회 활동을 같이 했던 한솔 친구들이 결국 한빛의 일에 함께해 주었다. 그들이 회사의 사과를 받아 냈다. 한빛미디어노동인권센터 설립까지 최선을 다해 도와주었다.

취업 준비하기에도 벅찰 텐데 한솔의 친구들은 자주 모여 힘을 모았다. 귀한 시간을 뺏는 것 같았다. 카페가 문 닫는 시간까지 협의하고 다시 만날 날짜를 잡고 헤어지는 청년들을 보면서 내가 무슨 말을 할 수 있을까? 그저 고맙고 고마웠다. 이 빚을 어떻게 갚을까? 갚을 수는 있으려나?

한솔의 말처럼 아직 끝나지 않은 수많은 '이한빛'들의 이야기를 듣고, 그들을 비추는 하나의 빛으로 함께할 마음이 든다면, 많은 사람들이 이 책에 담긴 더 많은 이야기를 읽어 주면 좋겠다. 그것이 카메라 뒤에 가려진 이들에게 보내는 힘찬 응원이기도 하니까.

계란을 쥐어 주는 사람들

그동안 내 슬픔에 젖어 인사도 제대로 못 드렸다. 시간이 흐를수록 희미해지는 게 아니라 더욱 진하게 남는 사람들. 시도 때도 없이 불쑥불쑥 떠올라 혼자서 '고맙습니다' 하고 읊조린다. 버스 차창 밖으로 보이는 무심한 표정의 사람들을 볼 때도 그네들이 떠올라 가슴이 뜨거워진다. 여기저기 이곳저곳에 그네들이 있다. 바람이 휙 불듯 한빛이 가슴을 치고 가면 어김없이 그들이 그림자처럼 따라와 내 눈물을 닦아 주고 위로한다. '그래 갚아야지. 나는 한빛 엄마니까. 해야 할 일이 그래서 많은데 이렇게 징징대고만 있어서는 안 되지' 하며 어떻게 갚아야 하는지는 모르지만 다시 일어나고 일어난다. 그 많은 고마운 사람들과 단체들. 다 기억하고 내가 죽는 날까지 잊지 않고 기도하고 싶은데 경황없던 때라 그런가 생각이 다 안 난다. 절대로 잊으면 안 되니까 안간힘을 쓰며 하나하나 시간을 되돌려 더듬어 보지만 다 기억하지 못한다. 미안하다.

가장 긴박했던 순간, 가장 암울했던 시간을 깨며 우리에게 다가왔던 청년유니온과 연대해 준 35개 단체의 대책위가 아직도 내 가슴속에 큰 바위로 든든하게 남아 있다. 그네들은 거대한 골리앗 앞에서 던질 돌을 고르지도 못하고 멀뚱히 서 있는 우리 가족에게 시작부터 용기를 주며 손잡아 주었고, 엄마인 나보다 더 한빛의 마지막 고민을 깊게 끌어내 알려 주었다. 그때까지도 나는 청년유니온이 존재하는

지조차 몰랐다. 청년유니온은 노동조합을 가지지 못한 수많은 청년들에게 가능성을 전하며 새로운 노동을 만들어 가는 청년들을 위한 조직이었다. 청년의 일터에서 변화를 일으키기 위해 모인 청년 조합원들의 모임이었다. 기회를 잃고 차별이 일상적으로 일어나는 청년들의 삭막한 현실 속에서 서로를 위로하는 관계를 만들기 위해 성실하고 열정적으로 뛰고 있는 청년 단체였다. 집이 가난하더라도, 최저임금만 받고 일해도, 여성 또는 성소수자라도, 대학을 나오지 않았더라도 당신의 문제가 곧 나의 문제라는 마음으로 청년의 목소리를 꾸준히 외쳐 온 멋진 공동체였다. 그네들은 청년 이한빛의 문제도 자신의 일이라고 생각하고 기꺼이 맡았다. 35개 단체의 연대를 이끌어 내 대책위를 꾸렸고 끝까지 함께했다. 청년유니온은 아들의 죽음에 넋이 나가 있던 어른인 나를 '어른스럽게' 안아 주었다. 이한빛의 죽음이 던진 숙제를 요란하지 않게 일상적인 것으로부터 차근차근 해결해 나갔고 그것이 그들 싸움의 진가였다.

2016년 10월 이후, 우리 가족은 한빛 죽음의 진실을 밝히고 한빛의 명예 회복을 위해 회사와 만났다. 그러나 그 만남은 내 순진한 착각을 산산히 깨버렸다. 진실이란 단어가 이렇게 초라하고 힘이 없는지 처음으로 실감했다. 그 자리에서 나는 '괴물'을 보았다. 아, 이런 거구나. 이 거대한 골리앗을 어떻게 무너뜨린단 말인가? 너무나 막막했다. 한없이 작은 벌레가 되어 가슴 한가운데에는 뜨거운 불덩이를 얹어 놓은 채 매일 울고 울부짖었다. 세상일은, 아니 역사는 순리대로 흘러가는 것이 아니었구나. 진실이라도 자연히 밝혀지지 않는구나. 기가 막혔다.

며칠 후 청년유니온의 민수, 진희, 효원이 찾아왔다. 잠시 휴가 나왔던 한솔을 통해 한빛의 이야기를 들은 그들은 도움이 되고 싶다고 했다. 남편이 그네들과 얘기하는 옆에서 나는 '상식이나 진실로도 안 되는 일을 이 젊은이들이 뭘 어떻게 하겠다고?' 하며 기대를 갖지 않았다. 냉소적이었다. 그네들이 어리다 보니 나보다 세상을 더 모른다고 생각했다. 민주노총 같은 거대한 조직력을 가진 노동조합도 아닌 이름도 낯선 청년유니온이 무엇을 하겠다고? 인간적으로 관여하다가 금방 "안 되겠어요. 재벌 기업과의 싸움이라 다른 큰 단체에 협조를 구해야 할 것 같아요" 하며 상처만 주고 떠날 것 같았다. 솔직히 계란으로 바위 치기일 것이 뻔한데 또 한 번 상처받기 싫었다. 평소 수업 때 학생들한테는 '계란으로 바위 치기'를 얘기할 때 "미리 포기하지 마. 계란이 터진 만큼 바위는 그만큼 지저분해진 거야. 그렇게 계속 하다 보면 언젠가는 이길 수도 있어" 하고 가르쳤다. 그러나 정작 나는 계란 쥘 힘도 없는 패배주의자였다.

청년유니온은 그날 이 싸움에서 이길 수 있다는 확신을 말하지 않았다. 단지 한빛 죽음의 문제가 남의 일이 아니고 우리 청년들의 문제이니 앞으로의 세상을 위해서 최선을 다해 싸우겠다고 했다. 긴 싸움이 될 수도 있다면서, 가족들의 의지만 있으면 끝까지 함께할 것이니 가족들이 중심만 잡아 달라고 했다.

그러나 첫모임 후 나는 대책위에 나가지 않았다. 자꾸 한빛의 죽음을 인정하게 해서였다. 한빛이 정말 이 세상에 없다는 것이 받아들여지지 않는데, 대책위에서 자꾸 한빛이 죽었다고 하니 힘들었다. 한솔이 입대해 있어 가족이라고는 남편과 나뿐이었지만 어쩔 수 없었다. 가족이 모든 것을 걸고 매달려도 될까 말까 한데 엄마인 나는 회피만 했다.

2017년 4월 18일. 기자회견을 통해 한빛의 죽음을 처음으로 공론화했다. 남편이 갑자기 쓰러지면서 내가 전면에 나서야만 했다. 기자회견문도 작성해야 한다고 했다. 앞이 캄캄했다. 남편은 중환자실에 있고 한솔은 부대에 있고 나는 대책위에 참석도 안 했는데 어떻게 하나? 겁이 났다. 어떻게든 세상에 한빛의 일을 던져서 한빛 죽음의 진실을 밝혀야 한다는 절실함은 있었다. 다른 청년들이 행복하게 살 수 있는 일터와 사회를 만들기 위해 한빛 죽음과 직면할 각오도 겨우 가졌다. 그런데 아무것도 모르니 두려웠다.

이런 내가 감히 꿈틀거릴 용기를 낼 수 있었던 것은 청년유니온 덕분이다. 청년유니온에서 한빛 관련 자료들을 가져다주었다. 한빛이 쓰던 휴대폰과 회사 서류 등 부모는 감히 생각지도 못한 한빛의 진실을 밝힐 자료들이 왜 우리가 이 싸움을 해야 하는지, 그 당위를 말해 주고 있었다. 자료를 도출하기까지 청년유니온과 대책위가 얼마나 집요하게 힘을 쏟았는지 가히 짐작할 수 있었다. 아니나 다를까 그동안 밥도 제대로 못 먹고 잠도 못 자면서 이 일에 매달렸다고 했다.

엉엉 울면서 하겠다고 했다. 내가 나서겠다고 했다. 할 수 있는 한 최선을 다하겠다고, 다시는 패배주의에 빠지지 않고 괴물과 싸우겠다고, 바위가 온통 더러워질 때까지 계란을 던지고 또 던지겠다고 했다. 남의 일인 한빛 죽음에 이렇게까지 애쓰는데 엄마가 뭘 망설이겠는가? 밤을 새워 기자회견문을 썼다. 슬픔을 뒤로 미뤘다. 마음을 굳게 다지고 또 다졌다.

기자회견 이후 간담회, 촛불문화제 선언 집회, 노동절 연대 발언, 시민 추모문화제, 좌담회 등 각종 대책위 활동이 계속되었다. 청년유니온은 함께 전력을 다해 싸워 주었다. 거대한 벽 앞에서 번번이 좌절하더라도, 대답 없는 외침이라도, 그들은 기운을 잃지 않고 오히려 나를 격려했다. 마치 집사나 비서처럼 내 곁에 있어 주며, 모든 집회 활동에서 내가 말하고자 하는 뜻을 잘 전달하도록 도와준 진희는 남편의 입원으로 텅 빈 우리 집에 자주 와서 함께 지내 주었다. 내가 지쳐 있다는 말을 들으면 늦은 퇴근 후에 찾아와 아무렇지도 않게 일상적인 이야기를 슬쩍슬쩍 던지며 지난한 과정을 살아갈 에너지를 주고 간 효원. 한솔이 선배라면서 친근하게 다가와 말없이 든든한 울타리를 쳐주고 마음을 추스르고 일어나게 해준 영민. 추모제 준비로 의정부 신곡2동 성당과 신촌을 왔다 갔다 하느라 정신없었을 텐데도 항상 넉넉하고 용감했던 기원. 내가 순간순간 감정을 추스르지 못해 어쩔 줄 몰라 할 때 일정이 급해도 끝까지 기다려 주고 나를 배려해 준 수호. 그리고 사무실에서 모든 일정을 챙기고 활동 때마다 몸으로 뛰어 준 병철. 그리고 위원장 민수. 민수야, 부담도 크고 정말 힘들었지? 그런데 일이 꼬여도 우리가 상황 파악을 못해 일이 틀어지게 만들어도 너는 한 번도 못마땅한 표정이나 힘든 표정을 짓지 않았지. 멀리 돌아가게 되었어도 항상 편안하게 우리를 지켜 줬다. 청년유니온을 배우고 싶다며 잠시 상근하던 대안학교 학생 어진이도 자질구레하고 궂은 일을 도맡아 주었다.

엄청 추운 날 열린 상암동 추모제를 시작으로 끊임없이 활동을 이어 갔고 그때마다 많은 지지를 얻어 낸 그들은 나의 갑작스런 감정 변화나 냉소적인 말에도 늘 다소곳하고 자연스럽게 받아 주었다.

참, 이어지던 각종 집회에 꼬박꼬박 참석해 한목소리를 내고 끝난 후에는 늦은 시간까지 남아 뒤처리까지 함께한 청년유니온 조합원들. 친분도 없고 단지 SNS를 통해 한빛 소식을 들었음에도 적극적인 지지와 격려로 힘을 실어 준 전국의 청년들에게도 감사하다.

청년유니온에게 꼭 전하고 싶은 말.

한빛이 머문 생의 시간을 명예롭게 해준 것, 잊지 않겠습니다. 엄마로서 한빛의 죽음이 남긴 숙제들을 하나하나 수행하며 갚아 나가겠습니다. 앞으로 청년유니온이 마음을 두는 청년 문제들을 제 일처럼 여기며 살겠습니다.

슬픔 앞에 중립 없다

한빛, 한솔이 대학생이 되면 의정부 신곡2동 성당에 꼭 한번 가고 싶었다. '덕분에 이렇게 잘 컸어요' 하고 인사드리고 싶었다. 의정부를 떠난 지 15년이나 지났기에 우리 가족을 기억하는 사람이 없을 텐데도 이상하게 두 아이가 어린 시절을 보낸 이곳, 신곡2동 성당에는 꼭 들러야만 할 것 같은 부담이 있었다. 인간에 대한 예의라고 생각했다. 친정 부모의 묘소를 가려면 신곡2동 성당 앞을 지나는데 그때마다 돌아올 때 꼭 들러야지 하다가도 매번 시간에 쫓겨 다음으로 미루며 지나가곤 했다. 그렇게 미루고 미뤘던 그곳에 한빛 유골함을 안고 찾아갔다. 이걸 어떻게 해석해야 하나?

"사비나, 안 될 것 같아. '하늘의 문'에는 본당 신자만이 들어갈 수 있대. 저녁에 신부님과 협의해 본다니까 기도하며 기다려 보자."

성당 자매님이 위로했지만 나는 아들의 죽음 앞에서 아무 생각도 할 수 없었다. 넋이 나갔는데 무슨 기도를? 아들이 이 세상에 없는데 장지가 어디가 되든 그게 무슨 의미가 있나? 그러나 장례는 진행되었고 모든 절차와 현실을 무시할 수 없었다. 밤늦게 아들의 복사 시절 얘기를 들으신 클레멘스 신부님께서 선뜻 허락하셨다는 연락이 왔다. 한빛은 첫 영성체를 받았고 복사를 섰던 신곡2동 성당의 봉안당 '하늘의 문'에서 영원한 안식을 누릴 수 있었다.

그러나 한빛의 죽음을 어떻게 받아들이란 말인가? '그동안 분에 넘치게 모든 것을 주셔서 감사합니다' 하고 이 성당에 우선적으로 왔어야 했는데 나의 게으름으로 차일피일 미뤄 벌 받은 것일까? 그동안 눈앞의 것에만 집착하고 세상 욕심만 채우려고 해서 나의 교만함에 철퇴를 내렸나? 별별 자책감이 다 들었다. 그래도 아니지. 아무리 죄가 커도 엄마를 가르치기 위해 아들의 죽음으로 경고를 해서는 안 되지. 아들을 이 세상의 무엇과도 바꿀 수는 없지 않은가? 세상 이치가 그렇다면 무슨 자비의 하느님이고 사랑의 하느님이란 말인가?

오순절. 한빛이 하늘나라로 간 지 50일 되던 날. 그때까지도 나는 숨죽인 채 절망 속에서 한빛의 죽음을 끌어안고 있었다. 그러나 장례를 경황없이 치룬 것이 한빛에게 미안했기에 이제라도 한빛을 편안히 보내 주고 싶었다. 그래야 나도 숨 쉴 수 있을 것 같아 무작정 신곡2동 성당에서 오순절 추도식을 하고 싶다고 했다. 참 불편한 부탁이었을 텐데 신부님께서는 아무런 조건 없이 배려해 주셨다. 이런 배려가 얼마나 어려운 결정인가를 안다. 연민이나 측은지심 갖고도 안 된다는 것을 알기에 고마웠다.

한빛 죽음의 진상을 밝히고 회사 측의 공식적인 사과를 받은 뒤 경과 발표를 겸한 추모제를 열기 위해 공간을 물색했다. 성당의 구조를 알기에 더는 부탁드릴 수 없었다. 게다가 행사를 치르기 가장 좋은 공간인 소성전에는 같은 날 신부님 은경축일 행사가 예정돼 있었다. 다른 대안이 없어 우왕좌왕하는 우리에게 신부님께서 대성전을 내주셨다. 내 생애에 이렇게 민폐를 끼치리라고는 생각도 못했는데 참 뻔뻔스러웠지만 엄마로서 욕심을 냈다. 한빛을 편안하게 보내 주고 싶었다. 내 생각에만 매몰돼 앞뒤 돌아보지 못하고 욕심을 낸 꼴이었는데도 신부님께서 따듯하게 안아 주셨다.

추모제에는 450여 명이 함께했다. 서울에서 버스 두 대로 와준 익명의 시민들과 청년들, 한빛과 한솔의 친구와 지인들. 대성전이 아니었으면 치르기 힘들 뻔했다. 이 모든 상황이 절묘했다. 한빛 장례를 치르고 무작정 성당 문을 두드렸을 때 도와주신 요셉 신부님께서 추도사를 해주셨다. 클레멘스 신부님께서도 뒤에서 지켜보며 힘을 주셨다. 덕분에 한빛은 편안하게 떠날 수 있었을 것이다.

노동사목위 J신부님과 L신부님이 늦게 알아 미안하다며 전화를 주셨다. 금방 해결될 수 없는 노동 관련 사안에 매달리느라 무척 바쁘실 텐데도 전철을 타고 멀리 도봉동까지 오셔서 우리 가족을 위로하셨다. 한빛을 위해 150단 기도를 하셨다며 귀한 묵주를 주신 B신부님. 가족이 진상 규명을 온몸으로 외쳐도 더욱 견고해지던 괴물 앞에서 가슴 터질 것처럼 아팠을 때 면담 요청을 받아 주신 K신부님과 H신부님. 누구한테도 말할 수 없는 속내를 털어놓을 수 있다는 것 자체가 내게는 생명의 끈이었다. 신부님들이 안 계셨더라면 나는 한빛 없는 세상을 어떻게 이어 갈 수 있었을까?

마음이 간절해도 신부님들이 내 생각만 해줄 수 없다는 것을 알기에 다가가기 어렵다. 한 신자의 고통이 아무리 커도 가족처럼 처음부터 끝까지 받아 주고 해결해 줄 수 없다는 것도 안다.

2014년 프란치스코 교황이 방한했을 때 누군가 정치적 중립을 위해 노란 리본을 떼라고 조언하자 한 말.

"엄청난 슬픔 앞에선 중립이 될 수 없습니다."

고통과 불의에 대해서는 중립적이면 안 된다는 말이었다. 내가 그런 슬픔의 대상이 되리라고는 상상도 못했던 그때. 나는 교황의 그 말씀을 가슴 뜨겁게 새기겠다고 결심했다.

한빛도 같은 생각을 했다는 것을 한빛이 떠난 후 알았다. 한빛이 내게 노란 리본 이야기를 했을 때, 나도 교황의 말을 듣고 생각한 것을 나눌 걸. "슬픔 앞에 중립이 없다"는 말을 나누면서 서로를 위로했다면 좋았을 걸. 이 세상에는 아름다운 생각을 가진 고마운 사람들이 참 많다고, 그래서 세상은 살만 하다고 말할 걸.

나는 그러지 못했다.

사람을 살리는 기적

기자회견 열흘 뒤인 2017년 4월 28일, 상암동 CJ E&M 사옥 앞에서
시민추모문화제 "카메라 뒤에 사람이 있습니다"가 열렸다. 이날은
4월이라는 게 무색할 만치 엄청 추웠다. 나는 장호원에서 2박 3일 연
수가 있었기 때문에 진행 상황을 알 수 없었고 추모제에 늦지 않게
오라는 연락만 받았다. 가족이 제일 앞장서서 나서야 하는데 돕지 못
해 미안했다. 아들의 죽음에 엄마가 밤낮으로 뛰어도 모자랄 판에 매
번 다 차려놓은 밥상에 몸만 가서 앉는 것 같았다. 다행히 집회 시작
직전에 상암동에 도착했다. 세 번째로 온 상암동. 여전히 낯설었다.
밤에 온 것은 처음이었는데 높은 빌딩들에서 불빛들이 눈 아프게 쏟
아지고 있었다. 너도 나도 내뿜는 하얀 불빛들이 나를 향해 날아오는
화살 같았다. 빌딩 숲으로 들어가는 내 모습이 마치 중학생들이 둥글
게 원을 만들어 가운데 앉은 술래를 향해 강하게 공을 내리꽂는 놀이
같았다. 피할 수 없는 상태에서 그저 공이 빗나가기만을 바라고 있는
술래가 나란 생각이 들었다. 온몸이 아파 왔다. 화려하고 거대한 건물
들이 '그까짓 집회 한다고 꿈쩍이라도 할 것 같으냐?' 하며 가소롭다
는 듯 웃으며 내려다보는 것 같았다.

자꾸 나락으로 떨어지는 감정을 감추고 추모문화제를 기획하고
준비해 온 청년유니온에게 고맙다고 인사했다. 청년유니온 일원들
이 한 몸처럼 분주하게 움직이고 있었다. CJ E&M 앞에는 400개가

넘는 흰 플라스틱 의자가 놓여 있었고 이미 많은 사람들이 자리에 앉아 있었다. 처음에는 의자 200여 개를 준비했다가 추모 인원이 자꾸 늘어나 급히 보충했다고 했다.

앞자리에 앉아 시작을 기다리는데 플라스틱 의자에서 찬 기운이 올라오면서 몸이 덜덜 떨렸다. 흘러내리던 눈물도 뺨에 얼어붙어 얼굴이 얼기 시작했다. 엄마인 나도 이렇게 추워서 뛰쳐나가고 싶은데 저 사람들은 무엇 때문에 여기 와서 이 추위에 떨고 있는가? 남의 일에. '사람'이란 표현을 썼지만 왠지 어색하다. 아니 미안하다. '시민?' '청년?'이란 단어가 '사람'이란 말보다 더 존경을 담은 표현이라면, 혹시 그 이상의 좋은 단어가 있다면 그들에게 그 단어를 봉헌하고 싶었다. 사람들은 점점 더 모여들었다. 앞에 나가 발언할 때 보니 많은 사람들이 서서 함께하고 있었다. 나는 그저 고맙다는 말밖에 할 말이 없었다. 이들에게 보답해야 할 의무감을 느꼈다. 끝까지 싸우는 거다. 한빛과 아무런 인연이 없는 사람들이 이렇게 함께하는데 나는 엄마 아닌가? 한빛에게 갚을 것은 또 얼마나 많은가? 끝까지 쓰러지지 않으리라 결심했다.

그날 그 매서운 추위를 뛰어넘게 한 사람이 또 있었다. 말의 힘이라고 해야 할까? 추위를 녹일 만한 열기로 추모객들을 북돋아 주고 나에게도 기죽지 말라고 용기를 준 것은 다산인권센터의 랄라였다. 사회를 맡았던 랄라 님의 당찬 목소리가 내 온몸을, 집회 현장을 뜨겁게 했다. 랄라는 한빛이 삶을 포기하면서 남긴 메시지를 진정성과 간절함을 담아 외쳤다. 남아 있는 우리가 해야 할 책임에 대해 외쳤다. "카메라 뒤에 사람이 있습니다" "원래 그런 것은 없습니다" 등의 구호를 외칠 때마다 나도 눈물이 범벅이 된 채 악을 쓰며 따라 외쳤다. 그래 내 몫이다. 이제는 앞만 보고 가자. 결심하고 또 결심했다. 랄라는 열

홀 전 열린 기자회견 때도 사회를 보았다. 나는 랄라에 관해 모른다. 랄라가 속한 다산인권센터가 35개 대책위의 하나임을 나중에 들었다. 랄라는 기자회견이라는 공식적인 자리에서 한빛의 죽음을 공론화하는 이유를 군더더기 없는 말로 명확히 제시했다. 또렷했고 깔끔했다. 랄라의 발언을 들으며 개인적 슬픔과 분노에만 젖어 있던 내가 한빛을 살려야 하고 싸워야 하는 이유를 명확히 정리할 수 있었다. 이후 만났을 때 인사했지만 랄라는 그저 할 일을 했을 뿐이라며 겸손히 말했다. 랄라 같은 활동가들과 '함께'가 얼마나 큰 힘이 되고 서로를 격려하는지를 보여 준 35개 대책위원회 단체들. 추모문화제에 와서 힘을 실어 준 많은 시민들. 잊지 않겠다.

살아가면서 변호사 만날 일이 없을 줄 알았다. 한빛 죽음 후 공론화까지 6개월간 진상 규명을 위해 개인적으로 함께해 주신 민변의 B변호사님. 참담한 절망 속에 빠져 있는 우리 가족에게 지극히 인간적으로 다가오셔서 위로하고 도와주셨다. 대형 로펌의 변호사와 TV 드라마에서처럼 권력을 따라다니는 변호사만 있는 줄 알았던 촌스러운 내게 B변호사님은 변호사가 아닌 변호인이었다. 당연한 거지만 변호사가 어떤 생각을 갖고 있느냐가 정말 중요하다는 것을 알았다. B변호사님을 보면서 소외자, 서러운 이, 억울한 이가 찾아갈 곳이 이 세상에 있음에 안도했다. 그리고 첫 기자회견부터 함께해 주셨던 희망을만드는법의 D변호사님도 고맙다. 변호사가 결코 한가로운 직종은 아닐 것이다. 그럼에도 사회문제에 꾸준히 관심을 갖고 도움을 청하는 손길에 기꺼이 함께하는 변호사가 있다는 것을 D변호사님을 보면서 알았다. 나는 학교 일 외에 다른 일을 해야 할 때 머릿속으로 계산기를 두드려 본 후 손해 보는 일은 하지 않으려고 했다. 더군다나 끝이 안 보이는 사회 일이라면 얼마나 피곤할 것인가? 그저 중간만

가도 되고 열성적인 다른 사람들한테 편승하면 편하니까 비겁하게 외면하곤 했다. D변호사님을 보면서 많이 배웠다.

또 내가 죽을 때까지 잊어서는 안 되는 사람들이 있다. 예상대로 한빛 죽음의 진실을 밝히는 일은 처음부터 지난했다. 진정성 있는 진상 규명과 문제 해결을 요구한 우리 가족의 호소에, CJ E&M은 한빛의 죽음을 개인적인 문제로 일관했고, 회사 책임이 없다고 통고했다. 그들 앞에서 우리 가족은 한없이 작은 존재였다. 할 수 있는 것이 아무것도 없었다. 군대에 있는 한솔이 나섰다. 한솔은 휴가 나올 때마다 시간을 쪼개 형과 함께 일했던 회사 사람들을 만나러 다녔다. 대부분이 한솔을 피한다는 것을 알 수 있었다. 말은 안 하지만 지쳐서 들어오는 한솔의 절망스러운 표정을 볼 때마다 가슴이 무너졌다. 한솔은 휴가 기간 내내 매일 새벽부터 밤늦게까지 그들을 찾아가고 찾아갔다. 마침내 용기 있게 진실을 말해 준 몇몇 사람을 만났다. 그들은 회사가 말한 한빛이 아닌, 우리가 알고 있던 한빛으로 한빛을 이야기했다. 그들 덕분에 우리는 확신을 갖고 한빛 죽음의 진실을 밝히기 위해 싸우기로 결심할 수 있었다. 그들의 '진실을 말하는' 용기가 없었다면 우리는 거대한 괴물과 싸울 길을, 이 지옥에서 빠져나갈 실마리를 찾지 못했을 것이다. 세상을 살아가면서 지극히 당연한 것으로 생각했던 '진실을 말하기'가 그렇게 뜨겁고 대단한 것인지 미처 몰랐다. 진실을 말한 그들은 죽은 한 청년을 부활시켰고, 죽은 것이나 다름없던 우리 가족이 살아갈 기적을 열어 주었다.

고맙습니다

같은 별을 바라본다는 것, 곁에 또 곁이 된다는 것, 누군가의 누군가가 되기 위해 애쓴다는 것, 남의 일에 함께 한다는 것, 고통을 나눌 수는 없지만 그 곁을 지키는 이의 곁에서 동행하는 것, 연대한다는 것. 다 쉽지 않다는 것을 안다. 경험해 봐서 안다. 선뜻 나서려면 내 것을 일정 부분 포기하거나 손해를 감수해야 했다. 돈에는 둔감할 수도 있고 경제적 감수로만 해결할 수 있다면 오히려 쉽다. 시간과 생각을 들여 함께하는 것이 나는 힘들었다.

기자회견을 통해 한빛 죽음을 공론화하고 나니 여러 행사가 계획되었다. 6개월간 가슴속에 품어 왔던 한빛의 죽음에 관해 세상에 말하게 된 이유를 설명해야 했다. 엄마가 목소리를 낸 이유를 한 사람이라도 더 알게 해야 했다. 그러나 힘들었다. 엄마가 자식의 죽음을 얘기해야 한다니 가혹했다. 또 어디까지가 현실인지 종종 몽롱했고 마치 연극 무대 위에 서서 연기하는 것 같은 기분이 들었다. 대책위 모임에 가지 못했던 이유도 그곳에서 계속 한빛의 죽음을 얘기하고 있어서였다. 한빛이 죽었다는 것을 받아들이기 힘들었다. 한빛이 살아서 돌아올 수만 있다면 무엇을 못하랴? 그러나 기자회견을 하고 힘닿는 데까지 가서 호소했어도 한빛은 돌아오지 않았다.

기자회견이라는 것을 처음 하면서 간절히 기도했다. '한빛을 위해 제가 할 수 있는 일이 아무 것도 없습니다. 저는 한빛에게 받은 게 너무 많은데 갚을 시간조차 갖지 못했습니다. 저는 갚아야 합니다. 한빛이 죽음으로 던지고자 했던 메시지를 잘 전달할 수 있게 용기를 주세요. 한빛 죽음의 진상을 규명하고 명예를 회복할 수 있도록 제발 도와주세요.'

가슴은 24시간 울고 있지만 공식적인 자리에서는 어떻게든 울음을 참았다. 24일에는 CJ E&M 앞에서 사과 및 재발 방지책 촉구 기자회견이 잡혀 있었고 저녁에는 신촌에서 젊은 청년들과 함께 하는 간담회("우리는 카메라 뒤의 죽음을 기억합니다")가 있었고 이후에는 1인 시위 등이 예정돼 있었다. 숨이 막힐 것 같았다. 남편은 입원해 있고 한솔은 군대에 있고 서울에 있는 가족은 나밖에 없었다. 학교에도 출근해야 한다. 기자회견은 남편의 갑작스런 입원으로 얼떨결에 엄마인 내가 나서긴 했지만 이 모든 과정이 부담되었다. 대책위가 저렇게 열심히 하는데 내가 제대로 못하면 어쩌나? 세월호 참사가 왜곡되는 것을 많이 보았는데 내가 오히려 한빛을 더 욕되게 하면 어쩌나? 진심이 안 통하면 어쩌나? 자신 없었다. 그러나 '이것도 못하면 엄마도 아니지' 하는 각오로 철저하게 '사실'만, 진실만 외치려고 정신을 차렸다.

1980년대 후반부터 많은 집회에 참석했다. 나 한 명이라도 힘을 실어야 한다고 생각해서였지만 어디까지나 나는 많은 시민들 가운데 하나였고 그 자리의 손님이었다. 단지 내가 고집했던 것은 중간에 슬그머니 빠져나오지 않고 끝날 때까지 자리를 지키려는 노력이었다. 사람들이 중간중간 빠져나가 구멍이 숭숭 생기면 주최 측이 힘을 잃을까 봐 딴 생각을 하더라도 끝까지 앉아 있으려고 노력했었다. 최소한의 예의라고 생각했다. 그런데 막상 처지가 바뀌니 별것이 다 걱정되었다.

사람들이 오지 않으면 청년유니온이 기죽을까 봐, 힘을 잃을까 봐 걱정됐다. 내 아들 죽음에 누가 그렇게 관심이 있겠는가? 간담회장으로 가면서 진희에게 조그맣게 물었다.

"간담회에 누가 올까? 청년들이 얼마나 바쁜 데 남의 일에 관심을 갖나? 와서 얻는 것도 없는데. 간담회장에 열 명도 안 오면 썰렁하고 슬플 텐데 어떻게 해? 준비하느라 힘들었을 텐데."

발 닿는 곳이면 어디든 가서 연대를 구하는 이 막연한 과정을 진행하는 청년유니온이 안쓰러웠다. 공동체의 감각이 무너지면서 학교에서도 요즘은 한 학년을 모아 놓고 하는 특강조차도 진행하기 어렵다. 그런 세상인데 '남의 일'에 관심을 갖고 저녁 시간을 내서 오는 사람들이 과연 있을까? 진희는 단 한 명이 오면 어떠냐고 하면서

"걱정 마세요. 어머니는 그냥 하시고 싶은 말씀만 하시면 돼요. 저녁 시간이라 어머니가 더 힘드시지요. 많은 사람이 더 나은 환경에서 살길 바라는 노력에 함께하려는 이들이 의외로 많아요."

진희는 오히려 나를 걱정했다. 간담회장에 들어가니 작은 카페에 젊은 청년들이 꽉 차 있었다. 70여 명 정도가 왔다고 했다. 너무나 고마워 가슴으로 울었다. 그래. 나도 한빛을 위한 일이라면 땅 끝까지도 가겠습니다. 이런 당신들이 있으니까요.

2017년 6월 14일 CJ E&M의 공식적인 사과를 받았다. 한빛의 명예 회복과 방송 제작 환경과 문화 개선, 적정 노동시간과 휴식 시간, 합리적 표준 근로계약서 등의 대책을 약속했다. 대책위는 2017년 7월 2일 추모제를 열어, 지금까지의 진행 과정과 CJ E&M과의 논의 내용을 알렸다. 일요일 오후에 비까지 오고, 누가 의정부 신곡2동 성당까지 올까 싶었는데 많은 시민과 청년들이 함께해 주었다. 한빛이 외롭지 않게 떠날 수 있게 여기까지 도와준 것만도 감사한데, 한빛 없이

살아갈 날에 힘겨워 하던 우리 가족에게는 뜨거운 힘이 되었다.

성금과 댓글로 용기를 주신 전국의 많은 익명의 사람들. 그들 한 사람 한 사람의 댓글이 한빛 죽음의 진상을 밝히는 데 큰 역할을 했고, 또 대책위와 우리 가족의 활동에 큰 힘이 되어 주었다. 나는 평소 댓글을 달지도 않고 읽지도 않기에 한빛 기사가 연일 뜰 때도 읽지 않았다. 익명 댓글에 대한 편견 때문이다. 일부 단체가 세월호 유가족 천막 단식 농성장 주변에서 피자와 자장면, 핫도그 등을 먹으며 폭식 투쟁을 벌였다는 기사를 본 적이 있다. 나는 그때 모욕을 느꼈고, 인간으로서 이럴 수도 있는지 내 눈을 의심했다. 당사자가 아닌데도 그 일이 큰 상처로 남았다. 익명의 댓글이라니, 한 청년의 죽음에 대해 무슨 말을 어떻게 지껄여 상처를 주고 모욕을 줄지 두려웠다.

그런데 아니었다. 힘이 되는 댓글이 대부분이었다. 이 댓글들과 집회, 추모제에 와준 시민들이 준 마음들이 결국 한빛을 부활시켰다. 연대와 지지로, 한빛에 대한 그리움을 안고 한빛과 함께 살아갈 수 있는 힘을 우리 가족에게 준 것이다.

지난 번 어떤 모임에서 한 청년이 문자를 보내 왔다며 주최 측에서 전달해 주었다. 얼핏 기억이 난다. 행사장에 들어오는 한 청년을 보고 순간 한빛이 온 줄 알고 섬찟했다. 한빛만큼 키 큰, 한빛과 비슷한 또래 같았다. 옷맵시가 깔끔한 멋진 청년이었다. 그래서 유심히 쳐다보았던 것 같다. 이런 내 시선이 그 청년에게도 느껴졌나 보다.

안녕하세요. 어머니. 오늘 모임에서 마지막에 소감 나눈 청년 C입니다. 도착했을 때 반대편 테이블에 자리하셨던 어머니와 시선이 계속 맞았습니다. 식사 후 어머니께서 담담하게 말씀해 주신 속 이야기[한빛 이야기]를 듣고 처음에 왜 그러셨는지 괜한 착각을 해봄니다. 저 역시 아드님이 일했던 관련 업계에서 일하고픈 지망생이었습니다. 아드님이 품은 사회문제들을 고민하는 또래 청년이기도 합니다. '힘내시라'는 위로를 제가 어찌 주제넘게 드릴 수가 있을까요? 다만 또래로서, 같은 업계를 꿈꿨던 지망생으로서 아드님을 항상 기억해 왔고 앞으로도 잊지 않겠다는 말씀을 전하고 싶어서 이렇게 문자를 드립니다. 알게 모르게 저 같은 시민들이 많이 있음을 항상 기억해 주세요. 어머니의 '꿈틀거림'을 제 자리에서 항상 응원하겠습니다. 각자 자리에서 꿈틀거리다 보면 다음에 또 뵐 기회가 생기겠죠? 그때 다시 인사드리겠습니다.

고맙습니다. 한빛 엄마로서, 젊은이들의 꿈이 좌절되지 않는 사회를 만들기 위해 노력하면서, 당당히 살아가겠습니다.

네 죽음이
지옥 같은 여기에도
빛을 몰고
오고 있다고

4

영원히 풀 수 없는 숙제

2019년 10월. 한빛이 떠난 지 3년이 되었다. 센터에서도 3주기 추모제를 준비하기 시작했고 남편도 많이 신경 쓰고 있음을 느낀다. 나는 아무 관여도 안 하고 도움도 안 주면서 심란하다. 남편의 전화 통화를 엿들으며 추모제 프로그램이나 장소 섭외에 여러 어려움이 있다는 것을 짐작했지만 따로 묻지 않았다. 여전히 나는 왜 추모제를 하는지 모르겠다는 생각도 한다. 한빛이 정말 이 세상에 없나? 이게 한빛 생일 같은 거라면 깜짝 이벤트를 잘 하는 내가 이렇게 가만히 있지는 않을 텐데.

10월이 되고부터 계속 마음이 허했다. 뭔가에 쫓기는 듯한 불안감, 그렇다고 뛰고 있지도 않는데 아무것도 잡히지 않고 잡을 수 없었다. 매번 허우적대며 두 손을 뻗어 보지만 헛손질하는 느낌이었다. 가을이라 그래. 붉은 낙엽들이 이렇게 길바닥에 뒹구는데 어떻게 울컥하지 않을 수가 있어? 난 잘 지내고 있어. 괜찮아. 수없이 나를 토닥이며 울음을 삼켰다.

그래도 낙엽 보면서 그냥 살아가는 일상의 고민만 할 수 있다면, 내일 걱정만 할 수 있다면 얼마나 행복할까? 엎질러진 물은 왜 주워 담을 수 없는가? 그러게, 미리 조심했어야지. 왜 물을 엎질렀니? 이제 와서 후회한들 어쩌라고. 묻고 또 물었다. 이런 마음 상태를 지옥이라고 하는가? 남의 말로만 알았고 나와는 평생 상관없는 단어라고 생각했던 지옥이라는 말이 가슴 저리게 다가왔다.

분명한 것은 여전히 나는 한빛의 부재를 인정하지 않고 있다는 것이다. 한빛 옆에 '죽음'이라는 단어조차 잇지 않는다. 상암동 어디선가 드라마를 기획하거나 촬영지에서 드라마를 찍고 있을 텐데 내가 '죽음'이라는 말 함부로 썼다가 진짜로 한빛이 하늘나라로 간 것이 될까 봐 두렵다.

어릴 때 두 손으로 턱을 괴고 있으면 부모님이 일찍 돌아가신다고 해서 한 번도 턱을 괴본 적이 없는 나였다. 식탁을 차릴 때도 숟가락과 밥그릇은 왼쪽, 젓가락과 국그릇은 오른쪽에 놓았고, 두 아이에게도 반드시 그렇게 놓게 했다. 제사상과 반대로 놓아야 한다고 들었기 때문이다.

죽음이란 말이 그만큼 무섭고 두려웠었다. 한빛은 어릴 때부터 그렇게 주의를 주었건만 커서도 번번이 반대로 식탁을 차렸다. 그러면 나는 "그렇게 놓으면 일찍 죽는대" 하며 재빨리 바꿔 놓았다. 한빛은 "그걸 믿으세요? 미신이잖아요" 하며 어이없어 했다. 그래도 난 꿋꿋했고 한빛도 마지못해 다시 바꿔 놓곤 했다. 정말 미신이었나? 이런 노력도 부적이 되어 주지 않았다.

지난 10월 20일. 전날 갔지만, 한빛이 보고 싶어 의정부 신곡2동 성당에 또 갔다. 먼저 사무실에 들러 한빛 기일인 10월 26일에 있을 한빛을 위한 연미사(세상을 떠난 이를 위해 드리는 봉헌미사)를 신청했다. 고인의 이름 칸에 '이한빛'과 세례명 '프란치스코'를 썼다.

그러고는 한빛이가 있는 "하늘의 문"을 '아무 생각 없이' 지나쳤다. 일산 초입쯤 왔을 때 우리는 우리가 한빛을 안 만나고 왔다는 사실을 동시에 알았다. 신곡2동 성당에 간 이유가, 아침부터 의정부에 간 이유가 한빛을 한 번 더 보고 싶어서였는데 이게 있을 수 있는 일인가?

급히 차를 돌려 한빛한테로 가면서 얼마나 울었는지 모른다. 한빛아 미안해. 엄마가 정신을 어디다 두고 사는 건지 정말 미안해. 한빛이 저녁때 집에 오는 줄 알았다. 빨리 가서 저녁을 준비해야 한다고 생각했다. 우리는 한빛이 우리 곁에 없다는 사실을 이렇게 잊고 산다. 이게 사는 걸까?

더 절망스러운 것은 여전히 산업재해로 인한 죽음이 계속해서 발생하는 현실이다. 방송 노동환경 역시 마찬가지다. 한빛미디어노동인권센터 설립 이후 수면 위에 노출된 것만도 엄청난데 당연한 것들이 개선되지 않는다. 각자의 참혹을 감수하면서도 사회의 진보와 개혁의 열매를 맛보지 못하는 청년들이 안쓰럽다. 한 청년이 죽어 가면서 호소했던 현실에서 과연 얼마나 나아갔나?

지난 3년 동안 나는 한빛을 부활시켜 함께 살고 있다고, 그래서 잃은 것이 없다고 매일 각인했다. 한빛이 고민하고 힘들어했던 숙제를 눈곱만치라도 해결하며 앞으로 나아가야 한다고 나를 다그쳤다. 그럼에도 매일 헤매는 나를 만났다. 시도 때도 없이 슬픔과 고통이 뭉글뭉글 비집고 올라왔다.

이제는 안다. 내가 '영원히 풀 수 없는 숙제' 앞에서 매일매일 마치 오늘 밤 '끝낼 수 있는 숙제'를 받은 사람처럼 안간힘을 썼다는 것을. 사랑하는 한빛을 위한 숙제니까 성실하기만 한다면 충분히 해낼 수 있으리라 속단했던 것 같다. 그래서 3주기를 맞는 10월이 더 힘들었던 것 같다.

'영원한 숙제'라는 걸 이제 알았더라도 멈출 수 없다. 앞으로 몇 날이라도 계속해서 이 '끝낼 수 없는 숙제'를 해나가야 한다.

이런 일이 다시 일어나지 않게

며칠 전 휴대폰을 만지작거리다가 '나의 희망'이란 말을 봤다. '희망이 뭐지?' 하다가 놀라 가슴을 부여잡았다. 휴대폰에 저장돼 있던 한빛의 애칭이었다. 떨리는 손가락으로 얼른 '나의 희망 한빛'이라고 바꾸고는 꾸욱 눌렀다. "지금 거신 번호는 통화할 수 없는……" 이어 영어 안내가 나왔다. 끝까지 들으려고 했는데 띠루룩 하는 신호음과 함께 야박하게 끊겼다.

남편은 한빛이 그리울 때마다 한빛의 페이스북 계정에 들어가 일기를 쓴다. 시작은 슬프지만 얘기를 풀다 보면 희망을 말하게 된단다. 그러나 나는 한빛 사진조차 거의 안 보니 한빛이 보고 싶을 때도 할 수 있는 게 없다. 그러니 '희망'이란 단어가 낯설었겠지.

3주기 추모제를 통해 "카카오같이가치"를 처음 알았다. 프로젝트의 취지가 신선했다. 네이버, 텀블벅 등에서도 비슷한 플랫폼이 운영 중이라는 것을 알았다.

그동안 나는 후원이나 기부에 인색하지 않은 편이라고 자부했고, 후원하는 것만으로 대단한 일을 하는 양 으쓱했다. 그럼에도 불구하고 아무에게도 한빛미디어노동인권센터를 후원해 달라고 먼저 말하지 못했다. '다시는' 한빛처럼 안타까운 희생자가 나오지 않는 사회를 만들기 위해 노력하겠다는 것인데도, 아들의 죽음을 내세워 구걸한다고 할 것 같았다. 사회적 참사 유가족들에게 함부로 말하는 것을 많이 보았기 때문일 것이다.

그런데 한빛센터가 지속가능하려면, 그리고 센터가 지향하는 사회를 이루기 위해 여러 사업들을 진행하려면 후원과 지원이 절실했다. 아무런 관계도 없는데 후원해 주는 후원회원들이 늘 감사했는데, 응원이나 공유만 해도 카카오가 대신 100원씩 기부한다니. 그날 처음으로 '부담 없이' 연락처를 가진 모든 지인들에게 "3주기 추모제 카카오같이가치" 링크를 보냈다. 그리고 공유와 응원(댓글 달기)을 부탁했다. 많은 사람이 한마음이 되어 주었고, 금방 목표액을 달성했다. 마음과 마음을 포개 주는 큰 응원에 놀랐다. 고마웠다.

꼬깃꼬깃 갖고 다니며 힘들 때마다 펴 보는 신문 쪽지가 있다. 삼성전자 엘시디(LCD) 공장에서 일하다 뇌종양에 걸린 한혜경 님. 그는 산업재해 승인을 받기 위해 10년간 싸웠고 여덟 번째 도전 끝에 산재 승인을 받았다.

> 우리 실패의 시간을 보며 희망을 가졌으면 좋겠어요. …… 삼성에서 2014년께 회유가 들어오기도 했다. "솔직히 흔들렸어요. …… 경제적으로도 너무 힘들었어요. 그런데 혜경이가 죽어도 안 된다는 거예요. 엄마가 이렇게 힘든데 대체 왜 안 되냐고 절규했죠. 근데 혜경이도 소리를 지르더라고요. '엄마는 나 같은 사람이 또 나와도 좋겠냐'고."
> 시녀 씨[한혜경의 어머니]는 그때 머리를 한 방 맞은 기분이었다고 했다. 그래서 반올림에 바로 연락해 삼성의 회유를 받아들이려고 했다고 고백했다. 그렇지만 혜경 씨가 완강하게 거부해서 그 뜻에 따르기로 했다고 덧붙였다. 반올림에서는 이해해 줬다. 그리고 혜경 씨의 결정에 고마움과 존경스러움을 표했다. "그때 나도 완전히

마음을 고쳐먹었어요. 그래, 누군가에게 우리가 겪은 일 또 겪게 하지 말자. 한번 끝까지 가 보자. 오기가 생긴 거예요."♦

긴 세월 동안 곪아 가는 절망감을 어떻게 이겨내셨을까? "혜경이랑 나랑은 막다른 생각까지 했었어요. 대법원까지 가서도 패소하면 더 이상 길은 없다고 이거 안 되면 엄마랑 너랑 그냥 죽자." 가슴에 구멍이 뚫릴 때까지 울었다. 세상에는 이런 사람이 있어서, 희망을 가질 수 있구나.

한빛 죽음을 처음 공론화했을 때 결심한 것도 '다시는' 제2의 한빛이 나오지 않는 사회를 만드는 것이다. 우리 가족이 겪은 상실을 어느 가족도 더는 겪어서는 안 된다. 한빛이 떠난 뒤 따뜻한 가족? 미래의 희망? 아름다운 삶? 이런 말은 죄다 사치가 됐고 가느다란 지푸라기조차 쥘 힘이 없었다.

그렇게 까마득하게 잊은 '희망'이 세 번째 한빛과의 만남을 준비하는 이 시간 그림자처럼 다가왔다. 소리 없이 그러나 큰 덩치로 어느새 바싹 나를 따라왔다. 여기저기 함께 해주신 응원이 다시 일어설 용기를 주었다. 희망이 꼼틀꼼틀하며 싹트고 있었다.

2019년 10월 25일에 열린 3주기 추모제. 한빛을 기억하고 추모제에 와준 지인들과 후원회원들, 특히 후원해 주고 응원해 준 많은 익명의 청년들, 시민들께 감사드린다. 포개 주신 마음, 토닥여 주신 손길의 다른 이름은 '희망'이었다. 설령 또 무너지더라도 두고두고 다시 일어날 힘이 될 것이다.

♦ 「요조의 요즘은—삼성의 '10억 회유' 뿌리치고 산재 인정까지……
혜경 씨 모녀의 '7전8기'」, 『한겨레』(2019/06/22).

'우연'이 아닌 '인연'

『당신이 옳다』*를 읽고 100일 동안 온라인 공간에 다짐을 적고 실천해 나가는 프로젝트에 참여했다. 10만 원의 참가비를 내고 매일 인증망에 공감 실천 일기를 적으면 매니저의 피드백을 받을 수 있다. 결석하면 하루당 1000원을 차감하고 프로젝트가 끝나면 그 돈을 정해진 곳에 기부를 한다. 매니저는 『당신이 옳다』의 저자 정혜신 선생이다.

한빛을 보낸 후 순간순간 허허로웠다. 빈껍데기 같았다. 몇 번이고 잘 살겠다고 한 한빛과의 약속을 되뇌다가도 한빛을 잃고서도 무슨 행복을 누리는 거냐며 스스로를 괴롭혔다. 그러다가도 퍼뜩 정신이 나면 살아야 할 이유가 있다고 나 자신을 무장하며 버텼다. 한빛을 위해 해야 할 일이 있고 한빛에게 갚아야 할 게 있는 '한빛 엄마'임을 각인하고 또 각인했다. 그러다 우연히 이 프로젝트를 보았다. 뭔지도 모르면서 이상하게 마음이 끌렸다. 허겁지겁 신청했다. 나락에 떨어져 있다가도 어느 날은 살 길을 찾으려고 발버둥 치던 때였다.

김혜영이라는 한 인간이 보기 딱해서 이거라도 잡으라고 내려온 위로의 끈이었을까? 이제는 고통을 직시하고 어떻게든 풀어야 한다는 손길이었을까?

정혜신, 『당신이 옳다』, 해냄, 2018.

100일 동안 참여하면서 이 프로젝트가 '우연'히 다가온 것이 아니라는 생각이 들었다. 책 『당신이 옳다』를 처음 선물 받았을 때가 생각난다. 2018년 가을이었다. <오마이뉴스>에서 『우리도 사랑할 수 있을까』 서평 대회가 열렸다. 마음속으로만 꽁꽁 끌어안고 있던 한빛에 대한 그리움을 처음으로 글로 표현했는데 그 글이 우수작으로 뽑혔다. 한빛을 보낸 후 처음 스스로 나온 공적 자리였고 축하의 자리였지만 별 감흥이 없었다. 다 부질없었기 때문이다. 그 자리에서 처음 만난 S교사가 간담회 중 어딘가를 헐레벌떡 다녀오더니 헤어질 때 내게 『당신이 옳다』 책을 살짝 내밀었다. "힘내세요" 하면서.

저자인 정혜신 선생은 이 책에서 말한다. "자격증 있는 사람이 치유자가 아니라 사람을 살리는 사람이 치유자다" "충조평판(충고, 조언, 평가, 판단)만 안 할 수 있어도 공감의 절반은 시작된 것이다" "공감이 필요한 순간에는 온 체중을 다 싣는 공감자가 되자" 매달릴 곳이 절실했지만 책 한 권이 극적인 삶의 변화를 줄 거라고는 기대하지는 않았다. 하느님도 답을 안 주셨는데 책이 무슨 힘이 되랴? 그저 하루하루를 버틸 의미나 찾으려고 했다.

프로젝트에 참가한 사람은 모두 103명이었다. 이 많은 사람들이 어디에 있다 나타났나 싶어 의아했다. 간절해서 시작했건만 생판 모르는 사람들에게 속마음을 표현하는 것이 부담되기도 했다. 매일매일 "충조평판"이란 명제 아래 나를 돌아보는 것도 일거리로 다가왔다. 그렇지만 '어쩔래. 지금 아무것도 할 게 없잖아' 하며 나를 독려했다. 인증 100퍼센트에 목표를 걸고 건성건성 썼다. 마음이 없으니 단문만 의무적으로 썼다.

감정을 철저히 감추고도 글이 써지는 게 신기했다. 그러다 Y의 글을 읽게 되었다. 부끄러웠다. Y의 글은 공감이 뭔지, 온 체중을 다 싣는 공감자가 된다는 게 뭔지 알려 주었다. 내게 허투루, 심심풀이로, 자아 만족을 위해 접근해서는 안 된다는 것을 깨닫게 했다.

찬찬히 다른 글들을 읽어 봤다. 이들의 글에서 "충조평판" 하지 말아야 할 대상에 타인뿐 아니라 '나'도 포함됨을 알았다. '나'가 먼저였다. 공감이란 다른 사람한테 집중하는 동시에 자기도 주목받는 행위임을 알았다. 피드백에서 삶의 중심을 나에게 맞춰도 괜찮다는 말에 덜 외로워졌다. 이들은 또 서툰 내 글에도 따뜻하게 마음을 포개 주었다. 이들의 글과 댓글이 내 마음에 포개지고 또 포개지면서 나는 평화로움을 느꼈다.

이 프로젝트에 함께한 103명의 벗들에게 나의 사랑하는 아들 한빛을 말할 기회를 갖게 되었다. 뜻밖의 인연이었다. 한빛을 보낸 후 1년간 종교 단체 프로그램인 '마음공부'에 참여했지만, 거기서도 한빛에 대해 말하지 못했다. 누구도 믿을 수 없고 아무것도 기대할 게 없었기에 철저하게 닫고 혼자 삭혔다. 그런데 정혜신 선생과 벗들은 내 이야기에 함께 공감해 주고 온 체중을 실어 공감자가 되어 주었다. '인연'이었다.

뜻밖의 선물

지금 나에게 한빛의 부재 이상의 절실함이 있을까? 충조평판?(충고, 조언, 평가, 판단), 공감? 이런 것들은 지금 내게 사치 아닌가? 이렇게 100일을 해서 뭘 어쩌자고? 100일을 하고 나면 한빛이 돌아올 수 있을까? 결국 이것도 한빛을 위한 것이 아니고 나를 위한 것이네.

나는 98퍼센트 인증으로 프로젝트를 마무리했고 우수한 편에 속했다. 그럼에도 이틀 결석해 기부될 2000원을 아깝게 여겼다.

"아마 100일이 지나고 나면 자신의 변화에 놀라 전액을 다 기부하게 될 걸요?" 하던 정혜신 선생의 말이 생각났다. 그때만 해도 나는 속으로 절대 아니라고 했다. 10만 원이 얼마나 큰돈인데, 그리고 개근한다는 것은 성실히 노력한 결과인데 당연히 돌려받으리라 했다.

남편과 처음 정혜신 선생을 찾아갔던 기억이 새롭다. 그동안 정혜신 선생이 쓴 책과 『한겨레』 칼럼을 많이 읽었다. 한빛을 보내고 나서도 세 권인가 읽으며 위로를 구했다.

정혜신 선생이 지난 15년간 '거리의 치유자'로 살았다는 것도 알고 있었다. 정혜신 선생은 국가 폭력 피해자들을 돕기 위해 만든 재단 '진실의 힘'에서 집단 상담을 이끌었고, 쌍용자동차 해고 노동자와 그 가족들을 위해 심리치료공간 '와락'을 만들었다. 세월호 참사 직후 안산으로 이주해 '치유공간 이웃'을 만들고 참사 피해자들의 치유에 힘썼다. 또한 서울시와 함께하는 힐링 프로젝트 "누구에게나 엄마가 필요하다'"를 통해 시민들에게 공감의 힘을 전파하고 있다는 것도 알고 있었다.

이렇게 바쁘니 정혜신 선생이 남편의 상담 요청을 받아 주리라고 는 기대 안했다. 이 사회에는 힘든 사람들이 너무 많아 우리 개인적인 사정까지 다 헤아릴 수 없다고 생각했다. 그런데 연락을 주셨다. 안국 동에 있는 군더더기 하나 없던 정갈한 작은 방에서 정혜신 선생을 만 났다. 한 번 보고 무슨 답을 얻으랴? 정혜신 선생도 한 번은 만나 주는 거겠지. 절대 서운해 말고 기대도 하지 말자고 나를 다독였다. 이것도 과분하지 하면서.

얘기를 어디서부터 어떻게 시작해야 할지 조급해졌다. 그동안 상 담을 받아 본 경험상 주어진 시간은 50분인데 이 짧은 시간에 한빛 얘기를 먼저 해야 하나? 우리가 살아갈 날에 대해 말해야 하나? 횡설 수설하다 시간만 보내면 안 되는데, 가느다란 끈이라도 잡고 싶은 간 절한 욕심으로 머리가 복잡해졌다.

그런데 정혜신 선생이 하염없이 얘기하는 남편을 다 수용하고 있 었다. 두 시간이 넘어가고 있었다. 나는 불안했다. 여기에도 상담 규 칙이 있고 최소한의 예의는 차려야 하는데. 그동안 상담이란 것을 한 번도 받아 보지 못한 남편은 처음 붙잡은 끈을 놓지 않으려는 듯 시간 관념 없이 계속 토해 내고 있었다.

정혜신 선생은 다 기다려 주었다. 그리고 "다음 주 어느 요일에 볼 까요?" 하고 물었다. 예상치 못했던 일이었다. 그렇게 몇 번을 더 만났 다. 정답이 없다는 것을 다시 확인했지만 불안감이 조금씩 엷어짐을 느꼈다. 남편이 그렇게 말이 많은 지도 처음 알았다. 그동안 이런 시 간을 가져 보지 못했기에 더 그럴 것이다. 그가 속마음을 조금이라도 더 끄집어 낼 수 있게 나는 꾹꾹 눌렀다. 그의 한빛에 대한 그리움이 어떠할지는 짐작했지만, 들으면서 나도 많이 울었다. 한빛도 울고 있는 아빠를 보겠지. 나처럼 한빛도 아빠가 가여워 많이 울겠지.

정혜신 선생의 "당신이 옳다" 강연 횟수가 1년에 180회가량이나 된다는 것을 프로젝트에 참여하는 동안 알게 되었다. 이틀에 한 번꼴로 전국 강연을 다니는 빡빡한 일정을 살고 계셨다. 남편에게 이제는 우리 스스로 노력하자고 했다. 이만큼도 감사했다. 다행히 나는 프로젝트를 통해 끈을 이어갈 수 있었다.

솔직히 상담료도 많이 걱정됐다. 지난 3년 동안 나는 이곳저곳 상담실을 두드렸다. 1회당 50분이고 10회 이상이 기본이었다. 오로지 살아야 한다는 일념으로 상담실을 순례했다. 어느 날 카드 명세서가 왔는데 내야 할 상담료가 월급의 3분의 2나 되었다. 더는 상담실 가기가 겁났고 상담을 멈추자 삶이 더 나락으로 떨어졌다. 아. 마음이 힘든 사람들은 다 어떻게 사나? 나는 그래도 월급을 쏟아 부으면 되지만 경제적인 곤란까지 겹치면 얼마나 더 힘들까? 가슴이 아팠다.

이 상황을 겪어 봤기에 정혜신 선생께 드릴 상담료가 어느 선인지, 감당 못할 정도면 어떡할지 고민됐다. 선생은 상담료 얘기하려면 다음 상담은 안 잡겠다고 했다. 그러나 무슨 무료 봉사도 아니고 더구나 시간도 이렇게 많이 내서 하는데, 그건 아니었다. 나는 다행히 경제적 능력이 있고 염치없는 사람이 아니니까. 우리가 더 부담스럽다고 했다. 그럼 혹시 하시는 일이 있으면 그곳에 후원하는 것으로 대체하겠다고 했다. 그러나 선생은 단호했다. 이해가 안 됐다. 정말 진심일지 헷갈렸다. '혹시 나중에 더 큰 무엇을 요구하는 것 아니겠지?' 하는 그런 말도 안 되는 상상도 했다.

이 헷갈림은 바로 무너졌다. 우리의 요청으로 상담 후 식사를 하기로 했다. 마침 가려던 선생의 단골집이 휴업이었다. '어디로 가지?'

하며 인사동으로 나왔는데 "잠깐만 여기 계셔요" 하더니 막 뛰어가
셨다. 어리바리하게 인사동 사람들 속에 서 있던 우리는 골목 끝에
선 선생의 오라는 손짓을 발견했다. 가보니 그 식당도 혹시 문 닫았을
까 봐 미리 살피러 간 것이었다. 우리를 대단한 손님처럼 대해 준 것이
다. 고마움에 눈물이 핑 돌았다.

이 모든 게 기적 같아

2019년 9월 20일부터 시작한 100일간의 '당신이 옳다' 프로젝트는 12월 28일 끝났다.

많은 것을 배웠다. 무너지면 풀썩 주저앉게 된다. 근데 그것이 삶이란다. 조금 잘 되다가도 다시 떨어지고 그렇게 뭉개다가도 다시 나아가고. 지옥이 일상이고 일상이 지옥이라는 걸 순하게 받아들이면서 죽는 날까지 수백, 수천, 수만 번 무너지는 게 삶이란다. 깨달음을 얻는 어떤 경지에 도달하는 것은 가짜라고 했다. '한빛 엄마이기에' 한빛 때문에 우는 것도 당연한 거고 한빛 때문에 살 의지를 갖는 것도 당연한 거였다. 나를 인정하고 나니 큰 위로가 되었다.

또 하나의 위로는 정혜신 선생과 프로젝트 참여자들이 기부금을 한빛미디어노동인권센터를 위해 쓰자고 한 것이다. 뜻밖이었다. 모두들 이 커다란 계획에 적극적으로 공감했다. 지속가능한 센터가 되기를 응원했다.

정혜신 선생이 한빛센터의 정기 후원회원으로 가입하고 큰돈을 기부하셨다는 말도 들었다. 울컥했다. 이 세상에 없는 한빛 때문에 인연이 되었음에도 한빛한테 항상 그랬듯 조잘조잘 얘기하고 싶었다. 한빛이 너무 그리웠다.

2020년 1월 4일. 성수동 헤이그라운드에서 프로젝트 쫑파티를 한다는 공지가 떴다. 전국에 있는 참가자들이 기차표를 예약하는 등,

각자 차편을 마련했다. 이날 우리는 오랜만에 옛 동창을 만난 듯 포옹하며 인사했다. 100일 동안 자신의 속 깊은 상처를 나누며 마음을 포개서인지 처음 만나는 자리인데도 어색하지 않았다. 정혜신 선생이 갓 뽑아 온 따뜻한 가래떡이 우리를 기다리고 있었다.

2시부터 시작한 쫑파티는 8시가 지나서 끝났다. 그 긴 시간 진행을 정혜신 선생 혼자서 감당했다. 국회의 필리버스터(?)를 보는 것 같았다. 끝날 즈음, 한빛센터를 대신해 감사 인사를 전하다가 자연스럽게 한빛 얘기를 하게 됐다. 많은 질문이 나왔다. 모두들 한빛이 어떤 아들이었는지 궁금해했다. 순간 나는 현실감각을 잃었던 것 같다. 3년 동안 가슴속에만 묻고 있었던 한빛에게 막 뛰어가서 한빛을 만난 것처럼, 아주 어린 시절부터 스물일곱까지의 한빛을 신나서 이야기했다. 다 생생했다. 어린 한빛에게 감동했던 기억들이 막 떠올랐다. 말할 것이 많고 많았다. 어느새 자랑만 늘어놓고 있었다. 한빛이 옆에서 "엄마, 그만!" 하고 말릴 것만 같아 하나라도 더 말하려고 서둘러 자랑했다.

그러고 보니 그동안 한 번도 한빛 얘기를 안 했다. 사회적 참사를 겪은 유가족들이 받는 상처를 익히 봐왔고, 내가 감당할 자신이 없었기 때문이다. 모든 관계를 차단하고 혼자 삭혔다. 남편은 아무리 힘들어도 한빛을 알리기 위해 최선을 다했다. 자신이 속한 많은 모임이나 단체 대화방에 한빛 관련 소식을 올렸다. '다시는' 한빛 같은 젊음의 희생이 없는 사회를 만들기 위해 더 알려야 한다고, 한빛센터가 지속될 수 있어야 한다고 했다. 그러나 결과는 상처뿐이었다. 많은 사람들이 대놓고 불편함을 드러냈다.

"그만하면 좋겠다. 여기에 다양한 생각을 가진 사람들이 있으니."

"단체방 분위기를 묘하게 한다."

"개인적으로 친한 사람한테만 얘기했으면 한다."

"자꾸 올리니까 다들 이 방에서 나간다."

그러나 그날, 때늦은 아들 자랑에 봇물 터진 나를 지켜봤던 이들은
이렇게 말했다.

"한빛이 이어 줄 인연에 대해 기대하게 된다."

"한빛 자랑할 때 혜영 님 얼굴이 정말 아름답고 환했다."

"듣는 나도 환해졌다."

"한빛 이야기 들려줘서 고맙다."

"포근했다."

"이야기할 때 햇살을 느꼈는데 한빛이 함께했던 것 같다."

세종시에서 온 B의 말이 기억에 남는다.

한빛은 참 아름답고 정의로운 청년이었다. 이야기를 들으며 우리
사회의 아픔에 눈뜨게 되었고 부모로서 자식을 어떻게 키워야 하
는가에 대한 답을 들은 것 같다. 아름다운 선물을 받은 기분이다.

이들은 나를 위해 귀한 선물들을 준비해 왔다. 정성스런 손 편지, 직
접 뜨개질한 노란 목도리, 한빛을 그린 머그컵, 한빛과 함께한다는
마음으로 달고 다니라면서 가방에서 선뜻 떼어 내 가방에 달아 준 예
쁜 여우 장식, 눈밭에서 신어도 될 포근한 겨울 양말 등. 첫 만남인데
이렇게 많은 걸 받아도 되나 싶어 몸이 뜨거워졌다. 그리고 50여 분이

나, 한빛센터의 정기 후원회원으로 가입했다.

그런데 그날 이후 나는 급격히 탈진됐고 몸을 가누는 것조차 힘들어졌다. 그로부터 한 달을 심하게 앓으며 병원을 순례했다.

이 아픔 당연한 거라고, 내 마음이 받아들이고 있었다. 사람들 앞에서 마음껏 한빛 이야기를 하며 한빛을 만났으니 기뻤고, 그만큼 힘들었겠지. 내가 그동안 너무 용기가 없었다.

한빛아. 그동안 미안했어. 앞으로는 엄마도 네 얘기, 너에 대한 자랑질 많이 할 거야.

한빛아. 엄마는 이 모든 게 기적 같아.

'구걸'이 아니라 '초대'

한빛미디어노동인권센터에 갔더니 후원회원 명단을 정리하고 있었다. 2020년 8월 말에 퇴임하면서 지인들에게 노골적으로(?) 후원을 부탁했다. 한 달이 넘도록 고민했고 처음으로 꺼낸 얘기지만, 글을 보내고 나서도 내내 불편했다. 그러면서도 몇 명이라도 후원회원이 늘었으면 했다. 나도 한빛센터를 위해 작은 도움이 되고 싶었다. 내가 할 수 있는 일이 이것밖에 없는데도 그간 하지 못했다. 8월말 이후 가입한 신규 후원회원 명단을 찾아봤다. 반가운 이름들이 보였다.

퇴직 전 동료 교직원들과 지인들에게 공식적으로 퇴임 인사를 해야 하는데 이때 후원에 대해서도 언급하고 싶었다. 인사보다 후원 부탁이 더 절실했는지도 모른다. '하자. 나쁜 일을 부탁하는 것도 아닌데' 하고 잠들었다가도 아침이면 '아니야. 쓸데없는 부담을 주는 거야' 하고 생각을 지웠다. 이렇게 한 달을 뒤척였다.

공식적인 퇴임식이었다면 생각 자체를 하지 못했을 텐데 메신저로 전달하기에 용기를 낼 수 있었던 것 같다. 또 나는 말하기보다 글쓰기가 진심을 표현하기가 더 편했다. 이런 상황이 갈팡질팡하는 내게 '괜찮아. 해' 하는 격려로 여겨졌다. 기회라고 생각하자고 스스로를 다독였다. 그러나 역시 아침이면 생각을 엎어 버렸고 그래야 하루를 가볍게 시작할 수 있었다.

이런 나를 보는 것이 슬프고 한심했다. 이 정도 용기도 못 내나? 아니 무슨 용기까지 내야 하나? 도대체 왜 주춤하는가? 이런 갈등 속에 있는 것 자체가 한빛에게 부끄러웠다.

나는 정말 이기적인가? 죽은 아들보다 나 자신의 명예나 자존심에 더 연연해하는가? "퇴임합니다. 그동안 고마웠습니다. 사랑합니다" 하고 깔끔하게 끝내고 싶었다. 그렇게 해서라도 괜찮은 교장으로 기억되고 싶었는데 뜬금없이 아들의 죽음을 이야기하고 후원을 호소한다? 내가 살아온 시간과 나의 진심이 분명 왜곡될 것 같아서 걱정됐다. 쓸데없는 오해를 살까 봐 싫었다.

고마운 교직원들, 이런저런 인연으로 만났던 지인들과도 우정을 이어 나가고 싶었다. 그네들에게 조금도 마음의 부담을 주고 싶지 않았다. 그동안 한빛에 대해 말 안 하고 잘 참았는데, 마지막에 와서 왜 이러지? 퇴임사에 후원에 관한 내용을 넣을까 말까 고민하는 내가 가여웠다. '돈보다 중요한 게 관심과 격려잖아?' '한빛의 뜻을 이어 가기 위해 나도 뭔가 해야 하는데 왜 망설이지?' '내가 부자였다면 이런 갈등을 안 할까?' '아니 한빛이 죽지 않았다면 이런 고민조차도 안 할 텐데?' 말도 안 되는 상념들이 나를 괴롭혔다.

사람 만나는 것을 좋아하던 남편이 번번이 상처받는 것을 보았기에 더 기죽었는지도 모른다. 단체 대화방에 한빛 소식을 올리던 남편은 "아들 얘기 그만하는 게 좋겠다. 분위기가 이상해지니 다들 안 들어오잖아" 하는 댓글에 며칠을 우울해했다. 세월호 유가족들에게 지겹다고 하거나 막말을 한 정치인을 보면서 보는 내가 기막혔던 기억도 났다.

주눅 든 나는 지레 겁을 먹고 포기했다. 남편처럼 상처받는 것보다 내가 먼저 모든 관계를 끊는 게 더 쉽다고 생각했다. 비겁했지만 상처 안 받고 세상을 피해 숨을 수 있었다. 그러나 부탁하지만 않았을 뿐,

속으로는 알아서 해주기를 바라기도 했다. 관계는 끝까지 가져가면서 상처는 일절 받지 않으려는 위선을 떨었다. 그랬기에 "내 아들 한빛이 죽었어요. 아들의 뜻을 이어 가야 해요. 후원해 주세요"라는 말을 하기 위해서는 큰 용기가 필요했다.

마침내 한빛 얘기를 했고, 동료 교직원들과 지인들에게 후원을 부탁했다. 부탁의 말을 하면서, 후원을 '구걸'이라고 생각해 주저하는 엄마라도 한빛이 이해하고 존중해 주리라 확신했다. 한빛한테 엄마로서 존중받았던 지난 기억과 한빛의 삶이 힘을 주었다.

한빛은 취업 후 빨리 적금을 들라고 닦달하는 내게 연말까지 기다려 달라며 월급의 반 이상을 후원하는 데 썼다. 후원하고 싶은 곳이 많았다고 했다. 그리고는 자기 뜻을 존중해 준 엄마에게 고맙다고 했다. 한빛은 마지막에 남긴 글에서도 "통장에 남은 돈은 엄마, 아빠가 잘 아실 테니 여러 단체에 후원해 달라"고 썼다.

그 존중이 지금 나를 살아가게 하는지도 모른다. 후원회원인 김선희 교사의 격려가 기억에 남는다.

"저는 '구걸'이라고 생각하지 않았어요. 더 좋은 세상을 만들어 가는 일에 대한 혜영 쌤의 '초대'라고 생각했어요. 쌤은 워낙 누군가의 행복을 바라는 일에 익숙하시잖아요. 쌤을 통해 좋은 사람이고자 하는 저의 지평이 얼마나 넓어졌는데요. 사랑해요, 혜영 쌤!"

한빛의 친구들

4주기 추모제를 치루면서 이 세상에는 고마운 사람, 따듯한 사람, 나눔이 일상인 사람들이 많다는 것을 알았다. 특히 방송계에도 한빛의 뜻을 기억하고 함께 방송 현장을 변화시키고자 하는 '한빛의 친구들'이 많아져서 반가웠다.

그동안 나는 방송계 사람들에게 서운했다. 한빛 문제를 공론화하고 청년유니온을 중심으로 대책위가 싸움을 해 나갈 때 "즐거움에 끝이 없는" 드라마를 만들겠다는 방송국 관계자들이나 같이 근무했던 동료들, 드라마에 출연했던 연기자들, 카메라 뒤에 있는 사람들, 그리고 많은 방송 미디어 관련 사람들이 함께할 줄 알았다.

사람에게는 기본적으로 '측은지심'이 있고 옳고 그르냐의 '정의'를 판단할 능력이 있다고 믿기 때문이다. 더군다나 그들은 사람의 마음을 움직이고 감동시키는 콘텐츠를 만드는 이들이니까.

이런 기대를 갖다니, 순진한 생각이었다. 1989년 전교조 교사들이 해직될 때도 그랬다. 전교조 창립은 참교육 실천과 교사 모두를 위한 문제 제기로 시작된 것이었다. 그렇지만 '대부분'의 교사들은 생각이 다른 '일부' 교사들'만'의 고민으로 바라봤고, 결과적으로 앞장섰던 일부 교사들이 교단에서 쫓겨났다.

나도 '대부분'의 교사였다. '일부' 교사들이 주장하는 것이 옳고 교육 현장이 바뀌어야 한다는 절실함에는 공감하면서도, 내가 교사로서 살아가는 데 별 불편함이 없었고 굳이 불이익을 당하고 싶지 않았다. 그때 교사들이 한뜻으로 연대했다면 어땠을까? 학생들과 교사들이 신바람 나는 교실이 빨리 만들어지지 않았을까? 해직 교사들의 희생과 그로 인한 상처도 없었을 거라는 상상을 지금도 할 때가 있다.

한빛이 대학생 때 대통령 선거에 노동자 후보가 나왔다. 그때 한빛이 노동자들이 자신들을 대변하겠다는 후보에게 왜 표를 주지 않느냐면서 '엄마, 아빠도 노동자인데'라고 반문했다. 그때도 나는 속으로 '어차피 그 후보는 안 될 건데 될 사람을 밀어야지. 세상은 원래 다 그런 거야' 했다. 한빛이 제일 싫어한 게 '세상은 원래 다 그래'였는데.

4주기 추모제를 앞두고 후배가 SNS로 링크를 보내왔다. TV 칼럼니스트 이승한 님의 글이었다. 전철에서 무심히 읽다가 눈물을 주체할 수 없었다. 마스크를 올리는 척하며 눈물을 닦고 글썽글썽 눈물 사이로 글씨를 쫓아갔다.

이승한 님은 『한겨레』 토요판에 "술탄 오브 더 티브이"라는 코너를 연재하고 있다. 한빛이 떠난 이후 TV를 거의 안 보기에 방송에 관한 글들은 그냥 넘겼다. 그러던 어느 날 평소 궁금했던 연예인 이야기가 나와 읽어 보게 되었다. 단순한 '연예가 중계'가 아니고, 인물을 집중 탐구하는 그만의 예리한 시선에 감탄했던 기억이 난다.

그런 이승한 님의 글에 한빛이 호명되었다. 그는 4년 전에 떠난 한빛을 기억하고 있었고 한빛을 오늘의 한빛으로 불러내 주었다.

…… 그만큼 코너에 몰렸으면 자기라도 보살피자는 마음으로 손에 오물도 좀 묻힐 법도 한데, 조금은 비겁해질 법도 한데, 이 신입 피디는 도저히 그럴 수 없었다. 저 살자고 남을 사지로 떠미는 업무를 하던 괴로움을 견디지 못한 신입 피디는 스스로 세상을 떠났다.

<조장풍>이, <송곳>이, <미생>이 준 감동이 그 뒤에 숨겨져 있던 드라마 제작 현장 속 노동 착취 이야기로 얼룩질 때마다, 그래서 드라마 같은 일은 현실에선 일어나지 않는다고 체념하고 냉소하고 싶어질 때마다, 나는 세상을 떠난 이한빛 피디를 떠올린다.

세상엔 남의 고통을 모르쇠 할 수 없어 괴로워하다가 제 삶을 던져 버린 이도 있다. 그리고 그가 남기고 간 뜻은 죽지 않고 살아 아직도 우리 곁에 남았다. …… 현실 속에 조진갑 같은 사람이 어디 있냐고 따져 묻고 싶을 때마다, 나는 고개를 들어 밤에도 불이 꺼지지 않는 상암의 방송국 건물들 사이에서 자리를 지키고 있을 한빛미디어노동인권센터를 바라본다. 그러면 생각이 조금은 덜 복잡해진다.♦

아울러 방송 촬영 현장의 문제를 블로그에 올리면서 한빛미디어노동인권센터 활동에 힘을 실어 준 배우 허정도 님께도 감사드린다. 그는 한빛센터와 연대 활동을 하면서 경제적 지원도 도맡곤 했다. '미안함' 때문이라고 했다. 그도 한빛의 친구였다.

결국 '미안함'이었다. 내가 아이들을 잊지 못하는 이유는 더 어려서 더 많이 아픈데, 더 어려서 더 말을 못하기 때문이다. …… 그런 그들을 나는 보고도 외면했다. 그게 두고두고 미안한 것이다.♦♦

♦   이승한, 「<특별근로감독관 조장풍>, 우리의 현실 속에서도 이처럼 우직한 사람이 있을까?」, <씨네플레이>(2020/10/13).
♦♦ 허정도, "아동·청소년 대중문화예술인 노동인권 개선 토론회" 인사말 (2020/01/14).

같은 일을 하면서 기득권을 내려놓기가 쉽지 않다. 또 마음이 있어도 실천은 더 어렵다는 것을 안다. 그러기에 방송 미디어계 곳곳에 있는 한빛의 친구가 되어 준 이들의 격려가 고맙고 소중하다. 그들의 격려는 다른 곳에 있는 한빛의 친구들에게도 큰 울림이 되리라 확신한다.

나는 한빛 엄마이기에 한빛의 친구 역시 나의 친구들이다. 그러고 보니 나는 힘들 때 기댈 수 있는 든든한 뒷배가 곳곳에 있다. 한빛 또한 의지할 수 있는 친구들이 전보다 많아졌으니, 늘 함께 있는 한빛과 나는 이제 외롭지 않을 것이다.

슬픔 자체는 극복할 수 없을지라도

살면서 나를 좋아하는 사람들만 있으리라 기대하진 않았다. 희망 사항이지만 세상은 내가 생각하는 대로 흘러가지도 않고 나는 또 상처 받기를 두려워하는 소심한 사람이기 때문이다.

남에게 아쉬운 소리 안 하고 사는 삶이 최상이라고 생각했다. 내역할에 충실하고자 했고 관계에서도 상대방을 의식해 미리 알아서 방어했다. 여하튼 피해 안 끼치고 혼자 서 있는 삶을 살고자 했다.

그런데 지금은 혼란스럽다. 먼저 상대의 눈빛을 살피던 내가 이제는 상대방이 나를 의식해 주기를 바라고 있다. 지난 60년 삶을 뒤집듯 다른 사람들이 나를 공감해 주기를 간절히 바라고 있다. 갑작스런 내모순에 당혹스럽다.

이런 나를 토닥여 주는 사람들이 많았다. 불쑥불쑥 튀어나오는 '한빛의 친구'들 덕분에, 끝나지 않을 슬픔일지라도 나, 한빛 엄마는 슬픔을 껴안고 살아가고 있다. 곁에 있는 사람의 온기가 사람을 살게 한다는 것을 뜨겁게 배웠다.

네이버 블로그 중에 "한빛미디어노동인권센터 — 카메라 뒤에 사람이 있다"가 있다. 글쓴이가 누구인지 모르나 한빛을 가까이서 본 것처럼 잘 알고 있고 한빛을 정성껏 응원하고 있다. "이 글을 보는 얼굴 모르는 사람들에게, 아니 얼굴 모르는 노동자들에게, 함께 가자고 제안하고 싶다. 조심스럽게, 하지만 누구보다 당당하게"로 마무리한

긴 글과 함께 대책위 활동 영상, 한빛미디어노동인권센터, 내가 글을 쓰고 있는 한빛센터 홈페이지의 "빛이 머문 시간", 후원 방법 등을 자세히 안내하고 있다.

또 정기 후원회원이 아닌데, 시도 때도 없이 후원금을 보내고 있는 M 역시 가슴을 울컥하게 한다.

> 제가 모르는 번호는 안 받아서 통화를 피하게 되었습니다. 이한빛 피디님과의 인연은 전혀 없습니다. 저는 그저 드라마 제작 현장을 개선하겠다는 뜻을 가지고 드라마 피디가 되려고 한때 공부했던 사람입니다. 그런데 계속 낙방하고 이젠 나이도 적지 않아서 다른 길을 가는데 후원이라도 해서 뜻을 이어 가고 싶었습니다. 아직도 직업이 없어 조금밖에 후원을 못해 죄송합니다. 계속 관심 가지고 꾸준히 후원하겠습니다.

이제 막 셋째 아이를 낳아 키우는 김태희 님은 후원금을 보내면서도 오히려 미안해했다.

> 아이를 키우면서 지금 아이들이 간절히 바라고 기다려야만 하는 '아름다운' 것들에 대해 생각해 보았어요. 미안함, 안타까움, 부끄러움이 밀려오지만 한편으로는 안심되는 마음도 있어요. 그 안심 안에 '사람'이 있더라고요. 한빛한테 이야기했지요. 카메라 뒤에 '사람'이 있다고. 아이들이 살아갈 세상에 한빛이 존재하고 있다는 게, 한빛센터가 있다는 게 안심이 되어요. 희망이고 힘이 되니까요. '사람'을 지키는 일을 하는 한빛센터 후원은 당연한 일이에요. 돈을 내고 후원을 하는 건 어찌 보면 가장 게으르고 쉬운 일 같아 미안하

기도 해요.

한빛의 친구가 되어 준 것만도 눈물겹게 고마운데 모두들 그 너머를 품고 있었다. 미안해하는 내게 후원회원 윤혜성 님은 손을 잡고 다짐 하듯 말했다.

저는 한빛이 우리 모두를 연결해 주고 있단 생각이 들어요. 우리 모임도 사실 다른 모임처럼 일회성으로 끝날 수밖에 없잖아요. 모임 할 때는 요란하고 참 좋아 계속하고 싶어도 모든 모임이 그렇듯 끝나고 나면 더 이어 가기가 힘들잖아요. 그런데 우리 모임이 이렇게 지속가능하게 된 것은 한빛과 친구가 되었기 때문이에요. 그리고 한빛센터는 우리가 바라던 가장 안전한 공간이에요. 모두가 마음껏 마음을 열 수 있는 것도 한빛 덕분이지요. 그러니 이제 부담 갖지 마세요. 오히려 우리가 한빛과 혜영 쌤께 감사드려요. 한빛은 정말 큰일을 하고 있어요.

슬픔 자체는 극복할 수 없을지라도 슬픔 가운데도 문득 행복한 순간들이 있다고 했다. 나도 산길을 걷다가 나뭇가지 사이로 보이는 티없는 하늘에 가슴이 설레고 울긋불긋 쌓인 낙엽에 아름다움을 느낀다. 라디오에서 감미로운 음악이 나오면 마음이 따뜻해진다. 이런 걸 행복이라고 하는지 모르나 이젠 행복이란 단어가 낯설다. 나와는 전혀 상관없는 외계어 같다.

그래서인가 매일 마음이 뿌옇다. 어느 날은 겹겹이 둘러싸고 있는 막연함을 벗기다가 온몸으로 울고 있는 나를 보기도 한다. 잠시 한빛의 부재를 잊었다는 것을 확인한다.

그러나 이제는 착각하지 않으리라. 매일 하는 국선도 명상과 미사 때마다 한빛을 만나고 있다. 티 없는 하늘, 아름다운 음악 선율에도 한빛이 있다. 이제는 외롭지 않아 몰래 감추지 않는다. 마스크 덕분에 마음껏 운다. 뜨겁게 울고 나면 온몸에 평화가 가득 차오름을 느낀다.

곁에 있는 이들의 토닥토닥 공감이 나를 평화 속으로 밀어 줄 것이다. 한빛의 친구들 덕분에, 나도 한빛과 함께 있는 것이 슬프더라도, 슬픔 자체는 극복할 수 없을 지라도 평화롭다고 말할 수 있게 됐다.

저는 한빛의 친구가 되었습니다

한빛의 기일이 있는 10월이 되면 아무리 각오를 해도 몸과 마음, 아니 시간까지도 다 멈춘다. 내가 살아 있는 건지 걸어가는 건지 하루하루가 진공상태다. 추모제를 준비하는 남편에게 한빛이 살아서 돌아오는 것도 아닌데 무슨 의미가 있냐며 따진 적도 있었다.

그럴 때 남편은 추모제가 '다시는' 우리 가족이 겪고 있는 슬픔이 다른 가정에서 일어나지 않고, '다시는' 청년들이 절망 속에서 살지 않는 세상을 만들기 위해 한빛을 부활시키는 의식이라며 나를 붙잡고 울었다.

한빛이 언젠가 '의식'에 대해 말했었다. 그해 4월이었다. 노란 리본을 내 가방에 달아 주며 "기억하기 위한 작은 '의식'이에요. 기억도 '의식'을 갖추면 용기가 생겨요. 함께하고 연대할 때 소망을 이루기가 쉽고 혼자라는 외로움에서 벗어날 수 있거든요" 했다. 나보고 불편해 말라고 했다.

그래. 의식이다. 우리 가족은 슬프겠지만, 우리만의 시간이 아니다. 한빛의 죽음을 기억하고 한빛을 부활시키는 의식이다. 엄마가 이렇게 울고만 있으면 안 되지.

힘을 내어 일어났다. 함께한 4주기 추모제에서 한빛 말대로 외로움에서 벗어날 수 있게 하고 희망을 갖게 하는 작은 기적들이 일어났다. 공감과 감동이 넘치는 시간이었다. 추모제는 너무 슬프지 않았고 따듯했다.

센터 입구가 안산의 후원회원 정진 님이 보낸 칼랑코에 꽃으로 가득 차 있었다. 앙증맞게 작고 붉은 꽃 때문에 마치 이 작은 공간에 희망의 촛불이 켜 있는 것 같았다. 행사가 끝나고 뜻밖의 선물인 꽃을 받아 들고 돌아가는 이들의 발걸음도 밝았다. 아산의 태희 님은 함께하지 못하는 미안한 마음을 천안의 명물 단팥빵에 담아 보냈고, 선희 님은 누룽지와 미숫가루를 간식으로 챙겨 왔다.

코로나19가 길어지면서 예상치 못한 상황들로 모두가 힘들고 경제적으로도 더 여유가 없다는 것을 알기에 고마우면서도 미안했다. 대전에 사는 K는 튀김 소보로빵을 사 왔다. 음악치료사인 그는 코로나19로 모든 프로그램이 취소되어 수입이 "0"이라고 들었다. 미안했다. 아니나 다를까 빵을 사오고 싶은데 여유가 없어 고민하다가 KTX 대신 무궁화호를 타고 왔다는 것이다. 차비를 절약해 빵을 사온 것이다. "조금 부지런을 떨어 일찍 나오면 되는 데요" 하며 환히 웃는 그를 보며 울컥했다.

특별한 인연도 없는데 연극배우 C가 후원회원이 되었다. 조금밖에 후원 못해 미안하다고, 그러나 한빛센터의 활동을 격려하기에 이렇게라도 끈을 이어 가고 싶다고 했다. 한 후원회원은 모범 공무원으로 선발되어 매달 특별수당이 나온다며 후원금을 증액하겠다고 전화했다. 그리고 딸 백일을 의미 있게 보내고 싶다며 후원금을 보낸 K도 있었다.

같이 근무했던 학교의 비정규직 직원과 명예퇴직한 교사도 한빛센터를 후원하고 있었다. 부담이 클 것 같아 후원금 액수를 줄이라고 하니 할 수 있을 때까지 할 거라며 괜찮다고 한다. 오히려 함께할 수 있고 손 맞잡게 해줘서 고맙다고 했다.

여행작가 K도 코로나19로 생계를 고민하는 문화예술인인데, 적은 금액이나마 기부했다며 페이스북에 공개했다. 받은 사랑의 일부라도 되돌려 주며 살아가겠다는 의지와 나눔은 전염이 되기에 '티를 낸다'고 했다.

부끄러웠다. 나는 퇴임을 하면서 제일 먼저 후원금부터 줄였다. 이젠 나도 집중해야 할 곳이 있다며 20, 30년 넘게 후원해 온 단체들을 정리했다. 이만하면 오래 했다고 합리화하며 부채 의식을 버렸다. 사실 후원은 마음이 있어도 실천이 쉽지 않고 자신이 지향하는 삶과 결이 다르면 부담된다. 또 현재 하고 있는 곳이 많으면 새로운 곳에 후원하는 것이 쉽지 않다.

나 역시 후원을 호소하는 단체와 만날 때면 불편하다. 눈 마주치기를 피하며 허우적대다가 '에이, 카페 한두 번 안 가면 되는데' 하며 가입을 한다. 눈 질끈 감고 가입하고도 며칠은 내가 '팔랑 귀'였음을 후회하기도 한다. 연금이 나와 당장의 먹고사는 걱정은 안 해도 되는 내가 이런데, 후원해 주시는 한 분 한 분이 정말 감사하다.

또 배웠다. 돈만으로는 못하는 일이 많다는 것을. 지금껏 살아온 내 삶을 토닥여 주고 슬픔에게도 희망을 묻는 '사람'들한테 둘러싸여 있다는 것이 얼마나 큰 선물인지, 이번 추모제를 통해 깨달았다.

그럼에도 매일 마음이 저 밑바닥을 친다. 한빛이 없는데 친구들이 무슨 의미가 있고 이런 게 지금 나와 무슨 상관이 있는지 수없이 회의한다. 나는 아들을 잃은 불쌍한 엄마일 뿐이고 모든 게 다 끝난 세상에 무슨 희망이 있어 살겠냐며 다 부질없다고 절망한다.

이런 나를 다시 일으켜 세우는 것도 결국 당당하고 아름다운 한빛의 친구들이었다.

정혜신 선생의 4주기 추모사도 큰 위로가 되었다.

······ 사람은 자기가 안전하다는 느낌이 있어야 뭔가를 말할 수 있거든요. 4년 전 한빛은 안전하다는 느낌을 받을 수 없는 상황에서 몸을 던져 가며 자신의 이야기를 한 거죠. 그런데 이제는 한빛센터 덕분에, 한빛 그 자체가 되어 준 엄마, 아빠와 한솔과 한빛의 친구들 덕분에 많은 사람들이 안전하다는 느낌으로 비로소 본인들 얘기를 할 수 있게 되었어요. 한빛의 존재감이 뚜렷하게 느껴졌습니다. ······ 그리고 저는 한빛의 친구가 되었습니다.

아름답고 당당한 친구들 덕분에, 비로소 안전함을 느끼고 있을 내 아들. 비로소 속에 품은 네 이야기를 할 수 있게 되었을 한빛아. 소심하고 용기 없는 엄마에게 아름답고 당당한 사람들을, 너와 닮은 친구들을 허락해 줘서 고맙다. 언제고 나는 또다시 바닥을 치고 아무 데나 주저앉을지 몰라도, 꼭 다시 일어날게.

네 친구들이 모인 이 자리가 너도 즐거웠다면 좋겠다.

네가 일으킨 작은 바람에 수많은 바람이 인다

한빛아, 미안하구나
하마터면 너의 죽음을
나약하다 말할 뻔하였구나
이 땅에 흔해 빠진 것이 과로와 막말인데
엄마의 넋을 얼리고 아빠의 간을 녹인
못난 불효라고 말할 뻔하였구나
그러나 너의 죽음은
벌레가 되어 벌레를 밟고 올라가야 하는
수직의 벌레기둥을 박차고
파란 하늘로 날아간 나비의 죽음이었더구나
몇 계단만 참고 오르면
많은 걸 누릴 수 있다는 걸 너는 알았지만
사람을 벌레로 밟고 오를 수는 없어서
벌레로 밟히면서 벌레를 밟으면서 누릴 수는 없어서
훨훨 하늘을 향해서 몸을 던진 것이었더구나
…… 한빛아, 힘껏 날개를 저어라
네가 일으킨 작은 바람에 수많은 바람이 일고
괴물 같은 벌레기둥 와르르 무너지는 날
벌레들 나비가 되어 꽃들 위로 날아가는 날

엄마와 아빠, 솔이와 친구들과 함께 반드시 오게 하마
…… 한빛아
하늘 날개 힘껏 저어 하늘 꽃밭으로 가려무나
훨훨훨 날개 치며 가려무나
너의 죽음을 나약하다 말할 뻔하여 너무 미안하구나♦

한빛의 중학교 때 선생인 나승인 님은 한빛을 위한 추모시에서 "네가 일으킨 작은 바람에 수많은 바람이 일고 괴물 같은 벌레기둥 와르르 무너지는 날, 벌레들 나비가 되어 꽃들 위로 날아가는 날 반드시 오게 하마" 하며 위로했다. 아들의 '마지막 결정'을 이해할 수 없었던 내게 이 시가 두고두고 위로가 된다.

　한빛의 유서에서 나는 한빛이 마지막 순간까지 인간의 품위를 지키고 싶었음을 읽었다. 한빛은 구조적인 문제를 해결하지 않고 무책임하게 빠져나오거나 자신만의 안일을 꾀할 수 없었다. 사람을 착취하면서 사람(노동자)을 소모품으로 취급하는 일을 할 수 없었다. 가장 경멸했던 삶이기에 그런 삶을 더 이어 가긴 어려웠다고 했다. 한빛이 죽었는데도 버젓이 살아남은 우리 가족은 한빛의 삶에 주목하며 한빛의 이야기를 이어 가겠다고 약속했다. 한빛이 남긴 과제들을 완수하겠다는 굳은 다짐만이 서로에게 위로가 된다.

　한빛이 떠난 후, 회사 측의 진정성 없는 입장을 확인했다. 우리 가족은 연대 단체들과 함께 대책위를 꾸렸다. 한빛 죽음의 진상 규명과 한빛의 명예 회복, 나아가 근무 환경 및 제작 시스템의 개선 등 재발 방지 대책을 요구했다. 회사 측은 '타 프로그램 대비 근무 강도가 특별

♦　나승인, 이한빛 추모시 「누가 너의 죽음을 나약하다 말하랴」 부분.

히 높은 편이 아니고 한빛의 성격, 근무 태만 등 한빛에게 문제가 있다'면서 한빛의 죽음을 개인의 문제로 부각시키려 했다. 사건을 공론화한 2017년 4월 이후에도 공식적으로 고인의 사망에 대한 책임을 인정하지 않았고 사과의 뜻을 밝히지 않았다.

한빛의 실종 소식을 듣고 허겁지겁 상암동에 간 내게 1시간 넘게 선임 피디가 했던 말들을 그대로 반복할 뿐이었다. 회사 울타리 밖에 있던 우리가 할 수 있는 일은 아무것도 없었다. 다행히 나중에 같이 일했던 많은 사람 중에 몇몇이 용기를 내어 진실을 말해 주었다.

"이 피디는 드라마 얘기를 하는 것만으로도 너무 좋은지 얼굴에 항상 웃음이 가득했어요."

"꿈이 구체적이고 피드백이 빨랐어요. 예의 바르고 열심히 일하는 친구였어요."

그리고 한빛의 통신 기록과 제작 관계자들의 증언을 종합한 대책위의 분석 자료는 회사 측의 답변이 거짓이었음을 확인해 주었다. 죽음도 원통한데, 이렇게 넘어야 할 벽은 더 험악하고 무지막지했다.

그럼에도 한빛이 제기한 문제는 미디어 현장 종사자와 청년, 학생층, 네티즌(드라마 시청자)을 중심으로 상당한 반향을 형성했고, 많은 시민들의 지지를 얻었다. 2017년 6월 14일, 마침내 CJ E&M의 공식 사과를 받을 수 있었다. 마지막 합의 과정에서 보상금 얘기가 나왔다. 그동안 오로지 '한빛의 명예 회복과 다시는 한빛과 같은 비극이 없도록 방송 환경의 개선'을 위해서만 싸웠고, 장례 때도 회사 측 조문과 회사 측이 보낸 장례물품을 단호히 거부했던 우리는 또 다른 현실적

절차와 맞닥뜨려야 했다.

자식이 죽었는데 돈이 무슨 소용 있냐며 차라리 한빛을 살려 내라고 울부짖는 나를 붙잡고 남편은 한빛의 유지를 이어 가는 법인을 만들자고 했다. 우리는 한빛에게 받은 것이 너무 많지 않냐고, 이것만이 한빛이 남긴 과제를 해결하는 것이고 한빛에게 받은 것을 갚는 거라고 했다. 나는 그럼 한솔에게 조금이라도 상징적으로 주자고 했지만 한솔은 단호히 거부했다.

"형의 뜻을 이어 가기 위한 법인을 만드는 거잖아요. 운영이 생각보다 힘들 거예요. 보상금이 많지도 않은데 저는 받은 거로 할게요."

2018년 1월 24일 한빛의 생일 날. 전국언론노동조합 위원장과 유가족 등이 모여 한빛미디어노동인권센터를 창립했다. 한빛의 죽음과 한빛센터 창립은 기대 이상으로 방송 현장에 큰 변화를 가져왔다. 사각지대였던 방송 현장 스태프의 열악하고 부당한 노동 현실에 대한 제보를 받고 함께 개선해 나가는 사업을 할 수 있었다. 방송 미디어 노동자들이 자신의 노동 인권에 눈을 뜨기 시작했고, 그들의 노동 인권이 수면 위로 떠올랐다. 여러 이슈가 사회적 관심을 받게 되었다.

한빛센터가 창립된 후 비정규직 방송 노동자들이 자신의 노동문제에 눈뜨기 시작했고 조직화에 힘쓰게 됐다. 언론노조 방송작가지부, 희망연대노조 방송스태프지부가 연이어 출범했다. 언론노조 대구 MBC 다온분회가 만들어졌고, 곳곳에서 방송 노동자들의 노동 인권 문제를 제기하며 많은 변화가 시작됐다. 한빛의 죽음이 야기한 하나의 작은 바람이 크고 많은 바람을 일으키고 있었다.

나는 한빛센터 창립 때도 저만치 떨어져 있었다. 지금도 한빛센터에 가는 일조차 주저한다. 굳게 결심을 해야 갈 수 있다. 전철을 타고 디지털미디어시티역 부근을 지날 때면 눈을 감는다. 아직도 방송국 이름만 봐도 가슴이 덜컥하고 TV 드라마를 보지 못한다. 이런 내가 비겁하다는 것을 안다. 그러나 나는 졸지에 유가족이 되었고 유가족은 이래야 한다고 학습하지 않은 채 유가족이 되었다. 자식의 죽음을 붙들고 있는 그 자체만으로도 하루하루가 버겁다.

그러나 내가 저 멀리서 울고만 있을 때 남편과 한솔은 서둘러 정신을 차려야 했고 한빛센터를 구상하고 만드는 과정을 주도하며 발로 뛰었다. 평범한 교사였던 남편과 막 군에서 제대한 한솔이 뭘 알았겠는가? 아들과 형을 잃은 슬픔을 추스르기도 힘든데 그들은 매일 한빛과 만나야 했다.

희망연대노조 방송스태프 김두영 전 지부장은 "한빛센터가 이제 방송노동자의 '인권 지킴이'로 당당하게 자리 잡았다"면서, 이사장인 남편의 노력에 대해 언급했다. 나도 안다. 한빛센터를 안정적으로 발전시키는 것이 남편의 존재 이유, 살아갈 의미라는 것을. 그가 한빛을 자기 자신보다 더 사랑했다는 것을 누구보다 잘 안다. 그렇기에 한빛의 죽음이 헛되지 않게 얼마나 발버둥 치고 자기를 혹사했는지도 안다. 가까이서 보았으니까. 그런 그의 삶이 안쓰럽지만 간절한 마음을 알기에 아무 말도 할 수 없다.

한빛은 비록 여기에, 우리 곁에 없지만 한빛이 한줄기 빛, 작은 바람이 되었다고 확신한다. 항상 저만치서 울고만 있던 엄마가 감히 약속해 본다. 엄마의 자랑이었던 아들 한빛을 반드시 부활시키겠다. 삶의 현장에서 날선 고민과 기획, 도전을 멈추지 않았던, 치열하고 반짝반짝했던 청년 이한빛을 기억하겠다. 그리고 끝나지 않은 '이한빛'의 삶을 위해 살아가겠다. 그래야 내가 이 세상을 끝내는 날. 지금처럼, 돌이킬 수 없는 지난날을 후회하지 않을 것 같다.

네가 지옥 같은 여기에 빛을 몰고 왔다

"단식한다고 한빛이 살아 돌아와? 자식 잃은 부모가 굶어야 하는 이 야만적인 국가에 뭘 기대해? 돈만 아는 기업들이 눈 하나 깜짝할 것 같아? 국회도 절대 약자 편 아니야."

남편이 중대재해기업처벌법 제정을 위한 단식투쟁을 한다는 말에 악을 쓰며 울었다. 65세라는 많은 나이와 그가 한빛을 잃은 뒤 중환자실에 갔던 일이 되살아나 겁났다.

남편은 '다시는' 우리처럼 고통받는 가족이 생겨서는 안 된다면서, 한빛은 끝까지 사람이 사람에게 가혹해선 안 된다는 목소리를 냈다면서, 한빛이나 용균이 같은 청년들이 더는 죽어서도 안 된다면서, 그들을 더는 절망 속에서 살게 할 수 없다면서 울먹였다.

단식투쟁을 하는 아빠를 보며 한빛은 얼마나 가슴이 아플까? 한빛에게 네가 떠난 후에도 여전히 '매일 6, 7명이 퇴근하지 못한다'고, '사람 목숨이 낙엽처럼 떨어진다'고 어떻게 말하나? 단식은 2021년 1월 8일까지 29일간 계속됐다. 원안에서 대폭 후퇴한 법안에 남편은 참담해했지만 나는 이제 그가 더는 굶지 않아도 되고 차가운 대리석 위 텐트에서 잠자지 않아도 되니 그저 감사했다. 뭔가에 떠밀려 가던 불안감도 사라지고 내내 떠 있던 발도 땅에 닿게 됐다.

국회를 드나들면서 많은 것에 놀랐고, 부끄러움을 벗기 위해 몸부림쳤다. 나는 생명과 노동에 관한 철학도 없었고 중대재해가 삶과 죽음의 문제라는 인식도 없었음을 깨달았다. 코로나19라는 감염병의 대유행으로 가뜩이나 쉽지 않았던 노동자들의 여건이 악화되고, 비정규직 노동자들이 벼랑 끝으로 내몰리고 있다는 기사를 보면서도 정부가 알아서 뭐든 하겠지 했다. 자식을 잃고도 이런 나를 보며 한빛은 얼마나 실망스러웠을까?

정규직 피디로 방송국에 입사한 한빛은 방송 제작 현장의 대다수인 비정규직, 일용직, 프리랜서의 열악한 노동조건을 보며 절망했고, 끝내 자신의 죽음으로 문제 제기를 했다. 유서에 남겼듯, 현장에서 일상적으로 나오는 '노동 착취'라는 단어가 그의 가슴을 후벼 팠고, 자신도 노동자이면서 적어도 그네들 앞에선 노동자를 쥐어짜는 관리자 이상도 이하도 아님에 괴로워했다. 비정규직 스태프들의 노동력을 착취해야 일이 되는 구조와 그들을 밟고 올라가야 유지되는 삶은 가장 경멸하는 삶이었다면서, 더는 선택의 여지가 없다고 했다.

한빛의 외로움이 다시 휘몰아치듯 다가왔다. 그래서인가 국회에서 열린 단식투쟁 동안 끝없이 이어지던 수많은 지지 방문과 전국의 노동자와 시민들의 연대가 뜨겁게 다가왔다. 이들은 매일 죽어 가는 예닐곱 명의 노동자뿐 아니라 곡기를 끊고 농성 중인 유가족들의 아픔까지 헤아렸다. 이들은 일터의 위험이 나와 내 가까운 이웃 누구에게나 어느 날 갑자기 일어날 수 있는 흔한 재난임을 공감했다. 이런 상식적인 정의감을 보면서 사회 구성원들의 옳은 목소리와 생각, 의지만이 희망임을 깨달았다. 나에게 민주주의의 가능성을 일깨워 준 것은 국회가 아니라, 싸우고 연대하는 이 사람들이었다.

한빛센터도 이런 지지와 연대를 통해 많은 성취를 이룰 수 있었다. '미디어 신문고'를 통해 방송 미디어 노동자들을 상담했고, 문제를 개선하려는 노력을 했다. 노동법 교육과 현장 모임 활동, "미디어 세이프" 캠페인 활동 등을 추진했다. 방송 제작 현장에 직접 찾아가 초장시간 노동이 침해한 노동 인권 문제를 제기했고, 현장 노동자의 목소리를 경청했다. MBC 비정규직 아나운서 부당 해고, 대전 MBC 성차별 채용, 대구 MBC 다온분회, 이재학 피디 사망 사건, 보조출연자 두 자매 성폭력 사건 등 방송 노동자를 위한 투쟁에 앞장섰고 힘을 보탰다. 여러 노동 안전 단체들과 연대해 "방송 산업 노동 안전 가이드라인"을 만들었고, "방송 현장 개선 우수 사례 공모전"을 개최했다. 미디어 신문고 상담 사례집 『이럴 때 어떻게 할까요?』를 발간해 배포하기도 했다.

한빛센터 설립 이후, 연대의 자리에서 만난 방송 노동자들이 현장의 변화를 피부로 느낀다고 말한다. 시민들도 한빛센터의 이런 노력에 공감을 표한다. 일례로 지하철 2호선 신촌역에 세운 "카메라 속 아동·청소년은 소품이 아니라 사람입니다" 팝업 게시물을 본 한 시민이 취지에 호응하며 후원한 적도 있다.

한 드라마 피디는 익명으로 이런 글을 썼다.

> 너의 추모제에 구름 같이 모인 사람들을 보면서, 내가 슬그머니 너의 이야기를 꺼내며 드라마 현장 제보 사이트를 알려 줬을 때, 이런 게 정말로 필요했다고 말하는 스태프들을 보면서 생각했다. 너는 죽었지만, 너의 죽음이 지옥 같은 여기에도 빛을 몰고 오고 있다고. 그리고 그 빛이 드라마 너머의 또 다른 어두운 곳까지 퍼져 갈 것이라고. 그리고 나는 더 이상 괴물이 되지 않기로 다짐한다고. 용기 없는 내가, 선택의 순간마다 어느 편에 설지 자신할 수는 없지만. 그래도 괴물이 되지 말자고 붙들어 줄 동료들이 있으니 가능성 없는 일은 아니지 않을까.

너는 여기 없지만 너의 이야기는 계속될 것이다. 너를 기억하는 우리가 있으니.♦

그 어떤 위로보다도 이런 말이 큰 힘을 준다. 한빛의 죽음이 지옥 같은 방송 현장에 빛을 몰고 왔다는 말. 한빛의 이야기가 계속될 거라는 말. 한빛을 기억하며 잘 해볼 거라는 말.

나도 분에 넘치는 지지와 연대 덕분에 한빛 없는 세상을 견딜 수 있었다. 누구보다 내가 쓰는 글들을 꼬박꼬박 읽고 격려해 주는 한빛 때문에 알게 된 이들과 가장 가까이서 한빛 없는 세상을 버티게 해준 동생 혜정과 혜란 덕이 크다. 여기저기서 주는 겨울의 햇빛 같은 위로를 붙잡으며 조금씩 한빛에게 건넬 약속의 말들을 다듬어 나갈 수 있었다.

그래, 한빛아. 엄마도 네 이야기를 계속 이어 갈게. 너를 가슴에 묻지 않고 부활시킨다는 약속, 늘 함께 있을 거란 약속 꼭 지킬게.

♦ 일리, <PD저널> 기고문(2017/05/08).

나가며

어릴 때부터 읽고 쓰는 것을 좋아했다. 국어 교사가 되겠다는 꿈을 키웠고, 그 꿈을 이뤘다. 학생들에게 읽고 쓰는 것을 가르치는 교사로 사는 것이 행복했다. 불쑥불쑥 내 책을 쓰고 싶다는 막연한 바람을 가지기도 했다. 이런 내가 책을 내게 되었다. 예전 같으면 자문을 구하는 척하며 여기저기 자랑하고 다녔을지 모르겠다. 꿈이 이뤄진 것이 믿기지 않아 내내 두근거렸을 것이다.

이 책은 한빛을 보낸 후 한빛미디어노동인권센터 홈페이지에 연재한 글들로부터 시작됐다. 책을 쓰는 게 쉽지 않았다. 한빛과 만나는 시간이지만, 왠지 한빛을 정리하는 시간이 될 것만 같았다. 자꾸 미적대며 딴 일을 찾아 두리번거렸다. 내일 먹을 반찬을 미리 만들고 뜬금없이 냉장고 청소를 했다. 지금 안 뽑으면 큰일이라도 날 것처럼 마당에 얼굴을 박고 풀을 뽑았다. 어디서도 마음이 흐리고 답답했다.

한동안 떠밀리듯 사는 게 낫다고 생각했다. 무엇을 해도 한빛은 절대로 돌아올 수 없으니, 달리 무슨 노력을 하겠냐며 매몰차게 나를 대했다. 그러나 한빛을 향한 그리움이 나를 에워쌌고 내가 떠내려가지 않게 붙들었다. 그렇게 한빛과 마주하고 앉았다. 한빛과 만났고 한빛을 기억했다. 한빛과 함께했던 시간은 아름다웠다. 언제나 눈물 잔치가 되고 말았지만, 아름다운 기억 때문에, 마음껏 한빛을 만날 수 있다는 것 때문에 책을 쓰는 동안 위로받았다.

책이 나오기까지 도움 준 많은 분들. 먼저 내 속내까지 헤아리며 처음 책을 내는 서툰 과정을 꼼꼼히 살펴 준 후마니타스 강소영 편집자님과 책을 더 빛나게 해준 추천인 세 분 — 우리 가족이 스스로 걸어 나올 수 있게 함께해 준 '한빛의 친구' 정혜신 선생님, 내 마음의 슬픔 저 밑바닥까지 따뜻하게 공감해 준 엄지혜 기자님, 이 책이 세상으로 나가는 소중한 선물이라고 해준 박희정 작가님 — 께 감사드린다.

처음부터 한빛을 믿고 상황을 직면하게 해준 예성화 선생님과 한빛의 아름다운 시간을 찾아 주고 나눠 준 한빛의 대학 친구들, 한빛미디어노동인권센터의 창립부터 오늘이 있기까지 도와주고 지원해 준 수많은 분들, 특히 한빛센터가 방송 노동자들의 '인권 지킴이'로서 제 역할을 할 수 있게 힘써 준 사무국 활동가들께 감사드린다.

한빛미디어노동인권센터를 지원하고 후원하는 분들을 '한빛의 친구'라고 부른다. 그들은 나의 친구이기도 하다. 이 책이 '한빛의 친구'들에게 친구이자 한빛 엄마가 주는 고마움의 표시가 되면 좋겠다.

아울러 산재피해가족네트워크 '다시는' 가족들과 직장 괴롭힘과 과로 등으로 인한 산업재해, 재난 참사로 소중한 가족을 잃고 상실의 아픔과 고통 속에 있는 유가족들께 이 책이 스치는 위로가 될 수 있기를 바란다. 우리에게 한 줄기 빛 같은 희망이 늘 함께하기를.

영원히 가시지 않을 슬픔을 주었지만 누구보다 존중하고 사랑하는 내 아들 한빛. 그가 살았던 시간, 치열하게 고민하느라 시간을 쪼개 살면서도 그 속에서 행복을 느꼈을 그 시간을, 오래 기억할 것이다.

이제 언제 어디든 한빛을 만나는 것은 내 선택이다. 한빛은 그때마다 늘 그랬듯 엄마를 응원하며 엄마의 손을 잡아 줄 것이다.

한빛의 이야기가 독자들에게도 빛을 몰고 오기를 바란다.